rowohlt
HUNDERT AUGEN

Gerasimos Bekas

Alle Guten waren tot

Rowohlt Hundert Augen

1. Auflage Dezember 2018 Innengestaltung Daniel Sauthoff Satz Eskorte Latin (InDesign) Gesamtherstellung CPI books GmbH, Leck, Germany
ISBN 978 3 498 00684 6

Für Pan
und meine Leute

«Everybody knows the war is over
Everybody knows the good guys lost»

Leonard Cohen

α

Pentelischer Marmor macht ästhetisch einiges her, eignet sich jedoch nur bedingt als Fußbodenbelag. Diese in ihrer Konsequenz schmerzhafte Erkenntnis verdankt die Welt den ersten Athenern. Am eigenen Leib erfuhren sie die hohe Verletzungsgefahr, die beim Betreten der vor allem bei Nässe rutschigen Böden besteht. Das Problem wurde nach den ersten unglücklichen Todesfällen unverzüglich angegangen, doch das Einmeißeln der Warnung «Vorsicht, Rutschgefahr!» hatte nicht den erhofften präventiven Charakter. Der gewünschte pädagogische Effekt ließ auf sich warten, die Menschen blieben unvorsichtig oder rutschten ihrer Vorsicht zum Trotz weiterhin aus, und ästhetisch gesehen, stellten die in den Stein der Tempel, Säulen und Mauern gehauenen Inschriften einen brutalen Eingriff in die Athener Architektur dar, was der Rat für Fremdenverkehr per Konsultation des Orakels von Delphi vorausgesehen hatte, ohne sich in dieser Frage durchsetzen zu können, was dem Rat in Delphi ebenfalls prophezeit worden war.

Der öffentliche Unmut wuchs. In der Presse war die Rede von Staatsversagen und Misswirtschaft. Die Regierenden fürchteten das zornige Aufbegehren ihrer Bürger und handelten entschlossen, ohne auch nur erahnen zu können, dass sie den Lauf der Dinge dadurch für immer ändern würden.

In einer siebzehnstündigen Krisensitzung des Hohen Athener Rates entstand ein Konzept, das bis heute als Grundlage menschlichen Zusammenlebens gilt und dabei die griechische Zivilisation begründet, groß gemacht und letztendlich zerstört hat: der Wettbewerb.

Alle Bewohner der attischen Halbinsel wurden aufgerufen, die beste Idee zu präsentieren und den idealen Weg vorzuschlagen, um des Problems, das Herodot in seinen lange verloren geglaubten Aufzeichnungen nachträglich als den «Marmor-Inzident» bezeichnete, Herr zu werden. Namhafte Aristokraten aus den besten Athener Häusern versuchten sich an einer Lösung. Hypotimos, der durch den Ausbau der Handelsflotte seines Vaters zu Reichtum und Ansehen gekommen war, schlug vor, in der ganzen Stadt eigens dafür ausgebildete und uniformierte Sklaven als Gehwegbegleiter für die Athener Bürger bereitzustellen. Das Projekt scheiterte an der personalintensiven und logistisch komplexen Umsetzung in der Betaphase. Hypotimos wurde zur Entschädigung für seine Mühen und die Bereitstellung der Uniformen für eine weitere Dekade von der Gewerbesteuer befreit und ließ sich ein Denkmal anfertigen, um seinen gewichtigen gemeinnützigen Beitrag nicht in Vergessenheit geraten zu lassen. Fälschlicherweise wird das Denkmal, das heute vor dem Nationalgarten, unweit des griechischen Parlamentsgebäudes, zu besichtigen ist, Euripides zugerechnet.

Das ist im Übrigen nicht ungewöhnlich. Die Statuen- und Büsten-Industrie wurde im frühen Athen zur Boombranche schlechthin. Das verlangte nach Innovationen im Produktionsprozess. Nach einigen Rückschlägen, ein Prototyp des fordistischen Fließbands etwa erwies sich für die Bildhauerei als weitgehend nutzlos, ging man dazu über, massenhaft fünf Standardmodelle zu produzieren. Jeder Athener konnte sich dann das Modell aussuchen, das ihm am ähnlichsten sah, und für einen kleinen Aufpreis gab es individuelle Anpassungen nach Absprache. Das löste einen neuen Trend aus, denn wer Bart trug und dadurch seine Physiognomie weitgehend verdeckte, fand leichter ein passendes Standardmodell. Maßgeschneiderte Büsten waren die absolute Ausnahme, wurden nur in wenigen Manufakturen angeboten und kosteten ein Vermögen.

Der Wettbewerb um die beste Idee zur Vermeidung von Rutsch-Unfällen auf Marmor dauerte mehrere Monate und führte zur Erfindung der Seilbahn, des Segelflugzeugs und der Stollenfußballschuhe. Der Marmor blieb rutschig. Unter den vielen Bewerbern, die versuchten, nachhaltigere Alternativen zu entwickeln, stach Rumelos hervor. Der ehemalige Sänger und Dichter, den es in die Politik verschlagen hatte, wo er von seiner früheren Popularität zehrte, stellte eine rutschfeste Fußmatte aus Hanffasern vor, die wahlweise individuell mitgeführt oder an den einschlägig bekannten Gefahrenstellen permanent ausgelegt werden sollte. Die Matte wurde von Experten als großer Durchbruch gepriesen. Sie war leicht herzustellen und ökologisch abbaubar. Prototypen wurden zu Phantasiepreisen unter der Ladentheke verkauft. Noch bevor dieser Ansatz flächendeckend im Alltag getestet werden konnte, kam heraus, dass Rumelos die gesamten Hanfvorräte in ganz Attika und bis nach Mykene aufgekauft hatte, um sich das Monopol zu sichern und am steigenden Hanfabsatz zu bereichern. Das Spekulationsgeschäft sorgte für große Empörung, obwohl Rumelos mit dem Handel gegen kein einziges geltendes Gesetz verstoßen hätte. Die Konkurrenz nutzte die Gunst der Stunde und erwirkte seine Verbannung auf die Insel Ägina, wo er bis ins hohe Alter ein bei Athenern sehr beliebtes Nachtlokal betrieb, in dem er seine größten Hits sang. Den Marmor-Inzident verarbeitete er in dem Lied «Immer wenn es regnet», mit dem er zwar nicht an die Publikumserfolge vergangener Jahre anknüpfen konnte, dafür aber Äonen später zur musikalischen Untermalung der Uraufführung von Aristophanes' «Die Vögel» beitrug.

Mond um Mond verging, in den Sommermonaten kümmerte sich niemand um das Problem, denn da regnete es nicht, und so rutschten die wenigen verbliebenen Athener, die sich nicht an kühlere Stranddomizile geflüchtet hatten, auch nicht so oft aus. Außerdem war es schlicht zu warm für geniale Ideen. Dann kam der Herbst. Und mit dem Herbst kam der erste Regen, und mit dem ersten Regen kam der Hirtenjunge Kommenos aus den Bergen bei Arta, um Bestellungen für seinen Vater entgegenzunehmen, der dort einen Fleischereigroßbetrieb führte. Auf dem Weg zur Athener Agora lief Kommenos just in dem Moment neben einem älteren Mann, als dieser ausrutschte. Kommenos' beherzter Griff verhinderte einen Sturz, und voller Dankbarkeit lud der ältere Mann ihn zu sich nach Hause ein, um ihn für seine Hilfe zu entlohnen. Aus Pflichtbewusstsein lehnte Kommenos ab, denn er wollte die Geschäfte seines Vaters so schnell wie möglich regeln. Er zeigte sich jedoch erstaunt darüber, dass niemand etwas gegen den rutschigen Marmor unternahm. So erfuhr er vom Wettbewerb und den vielen gescheiterten Versuchen, den verbreiteten Bodenbelag etwas stumpfer zu machen.

«Das ist doch ganz einfach. Man muss viele kleine Löcher in den Boden meißeln. In den Bergen machen wir das genauso, sonst könnten wir die Gipfel niemals lebendig erklimmen.» Die Idee klang nicht schlechter als die vorherigen, und so wurde sie auf Teststrecken ausprobiert und erzielte bereits bei ersten Probeläufen bahnbrechende Erfolge. Kommenos wurde mit einem Olivenzweig des heiligen Baumes der Stadt Athen belohnt und bekam die Ehrenbürgerschaft auf Lebenszeit zugesprochen. Ihm wurde trotz seiner Jugend ein Platz im Rat der Weisen angeboten, doch er lehnte ab: Er wollte zurück in die Berge vor Arta, um weiter im Betrieb seines Vaters arbeiten zu können. Sopholith der Ältere erließ indes im Jahre 1221 vor Christus das sogenannte «Marmordekret», wonach Marmorböden im Freien mit dicht beieinanderliegenden Einkerbungen zu versehen waren, um der Rutschgefahr bei Feuchtigkeit durch Regenfälle oder ähnliche Vorgänge Einhalt zu gebieten. Heute gilt das Dekret als der Vorläufer der Normierung nach DIN.

Fortan gab es strenge Vorgaben dafür, wie eine Marmorfußbodenplatte in der Athener Polis auszusehen hatte. Während die Opposition, die vom Rat der Trotzigen gebildet wurde, den Erlass als plumpe Arbeitsbeschaffungsmaßnahme zu entlarven versuchte, schrumpfte die Zahl der Verletzungen im Straßenverkehr bereits im ersten Jahr auf einen Bruchteil des Vorjahres, und die Athener Ärzte wurden durch die ausbleibende Notwendigkeit der ambulanten Unfallchirurgie so stark entlastet, dass ihnen Zeit für Forschung und Erholung blieb, was einen Innovationsschub zur Folge hatte, der unter anderem die asklepische Wende einleitete. Dass dies alles auf einen kleinen Hirtenjungen aus den Bergen zurückging, hatten bald selbst diejenigen vergessen, die dabei gewesen waren. Es gab keine Zeit zurückzuschauen. Die Menschheit war an ihrem Höhepunkt angelangt. Wenn man oben steht, schaut man nach vorne.

Von da an war der Verfall nur eine Frage der Zeit. Der Hellenismus blühte kurz und welkte in qualvoller Langsamkeit dahin. Innere Zerstrittenheit, globale Migrationsbewegungen und Kriege beschleunigten den griechischen Untergang. Der zeigte bald verheerende Auswirkungen. Römisierung, Christianisierung, Osmanisierung, Nationalisierung, Balkanisierung, Europäisierung. Innerhalb von zwei Jahrtausenden, einem olympischen Wimpernschlag, wurde jede Errungenschaft aufgegeben, jeder Erfolg zunichtegemacht. Von der griechischen Führungsrolle in der Welt blieben nur Bauruinen. In mühevoller Kleinarbeit versuchten die Überlebenden der Katastrophe zumindest einen Bruchteil dessen zu rekonstruieren, wozu die Menschheit schon mal imstande gewesen war, doch vieles war für immer verloren.

Am Ende wussten die Neugriechen nicht mehr, wo oben und wo unten war. Sie lebten mit der Gewissheit, dass der Trümmerhaufen, auf dem sie standen, einst ein prächtiger Palast gewesen sein musste. Sie waren stolz auf ihre Herkunft und hatten Angst vor ihrer Zukunft. Wer hat da Zeit für Gegenwart? Allein der Marmor blieb, als Zeuge vergangener Größe, doch das Marmordekret ging verloren und somit auch das Wissen um den richtigen Umgang damit.

Der zivilisatorischen Demenz des Griechentums, so lautet unsere Hypothese, ist es in erster Linie anzukreiden, dass sich folgender Vorfall ereignen musste, der jeglicher Relevanz für den Lauf der Weltgeschichte entbehrt, kommenden Generationen jedoch als mahnendes Exempel dienen kann.

An einem Freitagvormittag, Anfang September 2016, rutschte der junge Deutschgrieche, Grecodeutsche, Interimsfranke, Mensch mit Migration Aris Kommenos-Stein vor dem Nebeneingangstor des Ersten Athener Friedhofs auf dem marmornen Gehweg aus, scheiterte an der motorischen Herausforderung, seinen Aufprall mit den Händen abzufangen, und landete mit dem Hinterkopf zuerst. Das dabei entstehende Geräusch beschrieb eine Augenzeugin mit demjenigen, das beim Aufplatzen einer überreifen Melone nach dem Fall vom Transportfahrzeug entstehe. Ein Trauergast, der unmittelbar nach dem Aufprall den Unfallort passierte, erkannte im Muster der entstandenen Blutlache das Antlitz der Muttergottes. Die Sanitäter waren innerhalb weniger Minuten vor Ort. Der junge Mann war bis zum Eintreffen des Krankenwagens ansprechbar, aber bewegungsunfähig.

Anstatt der Sirenen hörte Aris eine dumpfe Stimme aus der Ferne, die ihm zurief: «Es geht nicht immer nur um dich.» Dann verlor er das Bewusstsein.

Es wäre zweifellos zu einfach und eines ernsthaften Arguments nicht würdig, die alleinige Schuld für diesen bedauerlichen Vorfall bei den Griechen zu suchen. Auch hier haben wir es mit einem komplexen Sachverhalt zu tun, der eine gründliche und besonnene Analyse des multifaktoriellen Ursachenbündels erfordert. Wer verstehen will, wie es zu diesem Unglück kommen konnte, kommt nicht umhin, sich dem Unglück einer anderen Person zu widmen. Am Anfang war das Ende von Frau Xenaki.

ß

Das Erste, was Aris von Frau Xenaki zu sehen bekam, war ihr Gebissabdruck. In Abstufungen von purpur bis dunkellila prangte er auf Claudias linkem Trizeps. Die Zähne hatten sich nicht vollständig in ihre solariumgegerbte Haut bohren können, und doch bestand kein Zweifel. So richtig weg ging das nie wieder. «Ist doch gar nicht schlecht geworden. Sieht aus wie tätowiert», sagte Aris. «Vielleicht noch eins auf die andere Seite?»

Claudia setzte zur Antwort an, doch ließ es bleiben. Sie war nicht gefechtsbereit. Ihr Lidstrich war noch immer verwischt und verriet die vergossenen Tränen. Schmerz und Wut, achtzig zu zwanzig, das Übliche. Beim Betreten des Raumes hatte sie noch etwas stabiler gewirkt.

Am weißen ovalen Plastiktisch im Pausenraum des fünften Stocks löste sie jetzt weiter Sudoku für Fortgeschrittene. Mit Kugelschreiber, nicht wie sonst mit Bleistift und Radiergummi, füllte sie die leeren Felder mit Ziffern. Sie war nicht etwa mutiger geworden, es war nur nicht ihr eigenes Rätselheft.

Hinter den Milchglastüren, auf dem Flur, wurde fleißig gewuselt. Der fünfte Stock war chronisch unterbesetzt, deswegen schafften es hier nur wenige, ihre Pausen zu machen.

Allen Kollegen, die wie Aris oder Claudia auf einem anderen Stockwerk arbeiteten, kam das sehr gelegen. Sie konnten ihre Pause in Ruhe im Fünften verbringen, ohne Pausenneider, ohne unterbrechende Notfälle, ohne oberflächlichen Plausch.

Aris goss Filterkaffee in die I HEART LUTHERSTADT WITTENBERG-Tasse nach, dabei sah er absichtlich nicht so genau hin. Das letzte Mal war die Thermoskanne von innen so stark mit Schimmelpilzen besiedelt gewesen, dass er meinte, den Amazonas aus der Vogelperspektive zu sehen. Wer keine Pause macht, kommt auch nicht zum Geschirrspülen. Claudia war das egal. Dreck reinigt den Magen, sagte sie, als Kinder haben wir Hühnerköttel gefrühstückt. Hat uns auch nicht geschadet.

Mit dem, was Aris im Kühlschrank finden konnte, hatte er ihr eine Gorgonzola-Bärchenwurst-Stulle geschmiert, zum Trost, garniert mit fast noch frischer Kresse, doch Claudia konnte jetzt nichts essen. Die Bisswunde war zu tief, um einfach weiterzuarbeiten, aber nicht tief genug, um sich krankschreiben zu lassen.

Gerade Zähne, kaum Plomben, gleichmäßige Bisskraft, das hat Seltenheitswert in Frau Xenakis Alter, dachte Aris, während er ihre Akte durchblätterte. Claudia ließ ihre Beine zu Radio Charivari wippen, zog am Stummel ihrer dritten F6, legte plötzlich ihr Rätselheft weg und wandte sich an Aris.

«Was soll's. YOLO, YOLO. Man lebt nur einmal. So sagt ihr das doch, oder? Nur die Harten kommen in den Garten, so haben wir gesagt.»

Aris staunte über Claudias plötzlichen Sinneswandel. Sonst weinte sich Claudia routiniert bei Aris aus, schilderte jede noch so kleine Verletzung mit dem Enthusiasmus eines

Sportreporters beim Länderspiel. Dabei machte sie aus jedem Kratzer eine Blutgrätsche im Strafraum, mit ständiger Zeitlupenwiederholung aus allen Kamerablickwinkeln.

Als Claudia das letzte Mal was abbekommen hatte, Frau Keller hatte ihr beim Blutabnehmen die Nadel entrissen und ihr in den Brustkorb gerammt, war sie eine Woche lang außer sich gewesen und nicht in der Lage, von etwas anderem zu sprechen. Jetzt wirkte sie fast fröhlich und ging nahtlos zur vierten F6 über.

«Weißt du», sagte sie und ließ den Rauch langsam aus den Nasenlöchern ab, «diese X-Frau, die hat was zu mir gesagt.»

«Was denn?»

«Ich habe es nicht verstanden, es war wohl Griechisch.»

«Na, was hat sie denn gesagt?»

«Was ganz Kurzes. Ein Wort. Monolawe, Mololawe oder so.»

«Molon Lave?»

«Ja, genau. Das war es. Wieso lachst du so? Ist das ein Schimpfwort?»

«Hast du nicht ‹300› gesehen? Das heißt: Komm und hol sie dir! Das haben die Spartiaten damals zu den Persern gesagt, als die denen angeboten haben, sie am Leben zu lassen, wenn sie ihre Waffen abgeben.»

«Gut, ich brauche jetzt keine Geschichtsstunde. Aber ich sehe, du wirst deine Freude mit ihr haben.»

«Was meinst du? Ich habe mit dem Siebten nichts zu tun. Das weißt du doch.»

«Die X. will einen Griechen, sonst beißt sie wieder. Wie gut, dass wir einen für sie haben.»

Das letzte Mal, als Aris sich aufgrund seiner abstrakten Zugehörigkeit zum Griechentum für einen Sonderjob qualifiziert hatte, endete das für ihn in einer Urindusche und

Nasenbluten, weil er sich geweigert hatte, den Lottoschein von Herrn Panajotopoulos aus seiner eigenen Tasche zu bezahlen, bei einer Gewinnbeteiligung von 10 Prozent.

«Die dürfen mir nicht jeden Scheiß aufladen», protestierte Aris.

Er würde trotzdem zu Frau Xenaki gehen. Aris lehnte keinen Job ab, er gab sich einfach keine Mühe und hoffte durch diesen Ansatz, den er als passiven Widerstand bezeichnete, unangenehmen Aufgaben dauerhaft zu entgehen. Der Erfolg dieser Strategie war bislang ausgeblieben, zumindest im Rahmen seiner Beschäftigung in der gerontopsychiatrischen Abteilung des Würzburger Silvaner-Spitals.

«Wo der Ossi versagt, muss der Grieche ran, oder was?»

«Ist doch prima, dass du auch mal für was gut bist.»

«Du kannst mich mal.»

«Darauf komme ich zurück, sobald mein Arm wieder in Ordnung ist. Auf jeden Fall weiß der Dr. Allister schon Bescheid. Er denkt sogar, es wäre seine Idee gewesen. Du hast die X. am Hals und machst auf 6A einfach bisschen schneller, junger Kollege. Und du sollst gleich hoch zu ihr.»

Aris beugte sich resigniert über den Patientenbericht.

«Sag mal, hast du das hier auf Russisch geschrieben? Ich kann das nicht lesen. Warum ist Frau Xenaki hier?»

«Ach, so spricht man das aus? Scheißname. Na warum wohl? Selbstgefährdung, hat versucht, den Abgang zu machen. Kann man ihr nicht übelnehmen. Erst Verdacht auf Demenz, dann sind die auf Tumore gestoßen. Hirn und weiß der Teufel wo. Hat gestreut wie nichts.»

«Wie lange hat sie noch?»

«Bis morgen oder nächste Woche, höchstens bis zum Sommer. Die ist 89, du weißt, da ist der Krebs auch eher träge. Sieht aber fit aus.»

«Warum ist die dann bei uns und nicht zu Hause?»

«Hast du mich das gerade wirklich gefragt?»

«Entmündigung?»

«So sicher wie der Ouzo beim Griechen! Sag mal, musst du nicht arbeiten?»

«Ich lagere gerade die komplette 6A um. Siehst du das nicht?»

Stolz lag in seiner Stimme, denn er hatte es geschafft, eine Lücke im engen Zeitplan zu finden und dabei etwas für das Wohlbefinden aller auf Station 6A zu tun. Die meisten Patienten dort spürten und bewegten ihre Körper kaum noch und bekamen Druckstellen vom Liegen, die sich binnen weniger Stunden entzündeten, wenn Aris sie nicht regelmäßig umlagerte. So verlor er in den ersten Wochen jeden Tag eine halbe Stunde Zeit, denn die Patienten waren oft schwer, und wenn er sie nicht behutsam hob, kam der Dekubitus von seinen Griffen und nicht vom Liegen. Mit einem Sack Tischtennisbällen, die er zum Wochenanfang unter die Patienten schob, und ordentlich Hautcreme nach jedem dritten Frühstück sparte er den Rest der Woche Zeit, die er für Pausen nutzte, und es gab sogar weniger offene Wunden als vorher. Offene Wunden waren das Schlimmste. Trotzdem teilte er seine Innovation nur mit Claudia, schließlich verletzte er dabei sämtliche Dienstvorschriften.

«Lass dich nicht erwischen! Ich geh jetzt den Papierkram machen, und dann fahre ich zum Amtsarzt. Mir egal, ob er wieder rumnervt. Mach den Rauchmelder wieder an, wenn du gehst.»

Auch für Aris wurde es Zeit sicherzustellen, dass zumindest keiner aus dem Bett gefallen war. Eigentlich konnte nichts passieren. Wer auf 6A lag, war angeschnallt, hatte meist die komplette Palette an Einrichtungen durch und entweder keine Verwandten mehr oder aber Verwandte, die ihn wirklich hassten. Paranoia blieb aber nicht aus bei Aris' Job, selbst wenn nicht viel schiefgehen konnte. Oder es keinen mehr interessierte.

Aris schaute kurz auf 6A vorbei, wie erwartet war alles in Ordnung, und nahm die Treppe in den siebten und für ihn unattraktivsten Stock der ganzen Einrichtung. Der PVC-Boden und die seiner Ästhetik nach pissgelben Wände, in der Kommunikation nach außen lemonesque genannt, bereiteten ihm einen Cocktail aus Platzangst und Würgereiz. Im Siebten roch es immer schrecklich, auch dann, wenn gerade kein Norovirus umging. Das lag daran, dass der Siebte Himmel, wie Claudia ihr Stockwerk gern umschrieb, täglich damit beschäftigt war, Menschen ableben zu lassen, und da die Engel des Siebten Himmels dabei nicht nachhelfen durften, war das Ergebnis nicht immer appetitfördernd. Die Alternative war der stechende Geruch nach Desinfektionsmittel, der Aris Tränen in die Augen trieb.

Der eigentliche Grund, warum Aris den siebten Stock mied, war dennoch ein ganz anderer. Er versuchte, Sibel aus dem Weg zu gehen, der Pflegerin, in die er schon als Zivi verknallt gewesen war und die ihn bei der letzten Schwesternfeier kurz vor Weihnachten mit nach Hause genommen hatte, um ohne Absprache ihre eigenwillige Interpretation der Fifty Shades of Grey auszuprobieren. Als sie mit ihm fertig gewesen war, schickte sie ihn weg und tat fortan, als wäre nichts gewesen. Mit brennenden Brustwarzen, Blutergüssen und dem abstrakten Gefühl, entwürdigt worden zu sein, war er damals durch den Schnee nach Hause gelaufen.

Eilig durchquerte Aris den Flur. Er musste, wie er der Akte entnommen hatte, in das Zimmer 707 am Ende des

Ganges, das immerhin über zwei Fenster verfügte. Das ganze Stockwerk schien zu schlafen. Aris hörte nur das jazzige Piepen der Todverzögerungsgeräte. Wenn er lange genug lauschte, entstand ein tanzbarer Beat, und so trat er, ohne darüber nachzudenken, mit seinem ganzen Körper dem Rhythmus folgend, in Frau Xenakis Zimmer. Frau Xenaki war an ihr Bett geschnallt, hatte den Kopf auf der linken Schulter abgelegt und schaute aus dem Fenster. Aris räusperte sich und nickte ihr zu, bevor er die Kanülen aus der Tasche seines Pflegerkittels zog und sie zu beschriften begann. Frau Xenaki musterte ihn ohne ersichtliche Regung. Ihren Augen nach zu urteilen, war sie etwas über den Durst sediert worden. Mit einem Ruck richtete sie sich jedoch auf und schien hellwach.

«Und was willst du jetzt von mir?»

«Guten Tag, Frau Xenaki. Einmal Blutabnehmen, bitte.»

«Warum?»

«Das Blut schicken wir ins Labor, und dann wissen wir mehr über Ihren Zustand.»

«Mein Zustand geht keinen etwas an. Warum arbeitest du für die?»

«Warum ich hier arbeite?»

«Ja, warum lernst du keinen richtigen Beruf?»

«Also Altenpfleger ist ein richtiger Beruf, mit viel Zukunft.»

«Warst du nicht klug in der Schule?»

«Bitte?»

«Hast du Drogen genommen und dein Gehirn kaputt gemacht? Kiffe, Kiffe?»

«Nein, Frau Xenaki, mein Gehirn funktioniert, danke.»

Frau Xenaki hob die linke Augenbraue und blickte ihn prüfend an.

«Das verstehe ich nicht. Was sagt deine Mutter dazu, dass du hier arbeiten musst?»

«Ich muss nicht. Keiner zwingt mich, hier zu arbeiten.»

«Schämt sie sich, deine Mutter? Die Arme. Nur wer Kinder hat, kann dieses Leid verstehen. Du kannst ja nichts dafür, sie hätte sich um dich kümmern müssen, dir den richtigen Weg zeigen.»

«Darf ich Ihnen jetzt Blut abnehmen?»

«Wenn du das schlecht machst, beiße ich dich.»

«Danke, das ist sehr motivierend.»

Ihre Venen waren einwandfrei, sie war nicht so ausgetrocknet wie die anderen Leute hier, derentwegen Dracula verhungern müsste, wie Claudia oft scherzte. Mit etwas Glück würde Aris in unter fünf Minuten mit drei Kanülen durch sein. Voll im Soll. Frau Xenaki schien es trotz ihrer Drohung egal zu sein, was er da an ihrem Arm machte. Sie ließ ihn nicht aus den Augen, bis ihre Unterlippe nach vorne ploppte und sie weiterredete.

«Sag mal, was bist du eigentlich für ein Grieche?»

«Ist mein Griechisch nicht in Ordnung?»

«Dein Griechisch ist mir egal. Aber du siehst komisch aus.»

«Ich bin ganz zufrieden.»

«Du bist so groß wie ein Türke, und du guckst wie ein Jude.»

«Bei Ihnen war Rassenkunde wohl Hauptfach.»

«Diese traurigen Augen, da wird man ja lebensmüde.»

«Wir geben hier alles für Sie. Das erschöpft eben.»

«Zu hell für einen Kleinasiaten, zu dunkel für einen Walachen, nicht breit genug für einen Makedonen. Die Nase ist zu gerade für einen Pontus-Griechen. Und überhaupt zu wenig Kanten für einen Mann. Du hast keine Freundin.»

In seiner Phantasie zog Aris eine Beruhigungsspritze wie ein Wurfmesser aus seinem Gürtel und traf Frau Xenaki, ohne hinzusehen, in den Oberschenkel. Sie schlief auf der Stelle ein, und er verließ den Raum, ohne sich noch mal umzudrehen. Im Gehen zündete er sich eine Zigarette an, löste dadurch den Feueralarm aus und verließ unbemerkt das Spital.

«Guck nicht so. Du bist zottelig. Keine Frau der Welt würde dich so herumlaufen lassen. Nicht mal eine Deutsche. Du bist traurig, einsam und unglücklich. Du hast keine Eltern. Du bist ein Waisenkind.»

Aris errötete, versuchte aber trotzdem, möglichst unbeeindruckt zu wirken.

«Wollen Sie mir vielleicht noch die Zukunft aus der Tasse lesen?»

«Nicht nötig, ich brauche kein Hokuspokus. Ich bin Psychologos.»

«In Ihrer Akte steht, Sie waren Gastwirtin.»

«Was ist ein Wirt anderes als ein Psychologos? Du musst wissen, warum die Leute sich betrinken wollen, damit du weißt, was du ihnen zu trinken gibst und vor allem wie viel.»

«Apothekerin sind Sie also auch noch?»

«Du musst die Menschen glücklicher nach Hause schicken, als sie zu dir gekommen sind. Weniger traurig. Sonst kommen sie nicht wieder. Und du musst sie austricksen, damit sie Trinkgeld geben, obwohl das Bier zu teuer ist.»

«Gut, ich glaube, wir haben eine unterschiedliche Definition von Psychologie, Frau Xenaki. Aber ich verstehe, Sie sind Psychologos, und ich bin jetzt fertig. Ich komme morgen wieder vorbei.»

«Warte, mach mich los. Ich bin doch keine Kriminelle.»

«Erzählen Sie das mal meiner Kollegin.»

«Mir hat man als Kind beigebracht, auch Alte wie Menschen zu behandeln. Aber das ist wohl nicht mehr in Mode. Ich könnte deine Oma sein.»

Aris tat, als würde er ihren vorwurfsvollen Blick ignorieren, lockerte Frau Xenakis Gurte beiläufig etwas, versicherte sich aber, dass sie trotzdem keinem gefährlich werden konnte. Dann ging er wortlos Richtung Tür.

«Erzähl mir morgen, wo du herkommst, kleiner Mann.»

«Sie können mich auch Aris nennen.»

«Oder ich nenne dich einfach kleiner Mann, kleiner Mann.» Sie kicherte und griff zur Fernbedienung, um die Rückenlehne ihres Bettes herunterzulassen. Aris bekam Gänsehaut vom Surren der Hydraulik und atmete tief durch, als er die Tür hinter sich schloss.

«Servus, Aris! Was machst du denn hier? Dich habe ich ja ewig nicht mehr gesehen.»

Aris war nicht überrascht. Er fand es nur konsequent, dass jetzt auch noch Sibel vor ihm stand, kaum hatte er das Zimmer verlassen.

«Ich war bei Frau Xenaki. Der Allister hat gesagt, ich soll sie betreuen.»

«Ah, die ist süß, gell?»

«Total. Ich muss weiter.»

«Aris, warte mal.»

Aris tippte im Vorbeigehen auf die nicht vorhandene Uhr an seinem Handgelenk und verschwand im Aufzug. Er drückte den Knopf für den sechsten Stock, stieg dort aber nicht aus, sondern blieb regungslos stehen, als sich die Tür öffnete, bemerkte den Wandkalender gegenüber, der immer noch Oktober zeigte, obwohl längst November war. Für eine

Etage lohnte sich der Aufzug ohnehin nicht. Er sah der Tür beim Schließen zu und fuhr weiter in den Keller, so wie er es immer tat, wenn er abhauen wollte, ohne ausgestempelt zu haben. Er schnappte sich eine viel zu große Strickjacke aus der Kammer mit den Kleiderspenden und nahm seinen gewohnten Weg. Vorbei am Leichensaal, dem Raum mit dem Kehrgerät und den Mülltonnen, kam er über die Nottreppe unbemerkt bis zum Hintereingang neben dem Parkhaus. Schon während seiner Ausbildung hatte er sich die Arbeitstage verkürzt, indem er zwischendurch so verschwand und kurz vor Dienstschluss den gleichen Weg zurücknahm, um doch noch auszustempeln.

Aber dieses Mal wollte er nicht einfach nur während der Arbeitszeit ein Bier am Main trinken. Dazu wäre es draußen ohnehin zu kalt. Aris musste den Kopf freikriegen. Der Kloß in seinem Hals wurde immer wuchtiger, hinderte ihn am Atmen und Denken. Er manövrierte sich mit Mühe durch die kleinen Gassen, um die Altstadt in Richtung Zellerau zu verlassen. Die ganz eifrigen unter den Ladenbesitzern hatten ihre Schaufenster schon für Weihnachten dekoriert. Übertrieben hatten wieder dieselben, zum dritten Jahr in Folge. Die Apotheke mit einem besonders großen Angebot an Ersatzteilen für Alte: Rentiere in Stützstrümpfen, von blinkenden Lichtgirlanden illuminiert. Der zweite Platz ging an den Optiker, der eine geschätzte Tonne Watte in der Vitrine zu einem halben Meter Neuschnee gestapelt hatte, aus dem rote, grüne und funkelnde Brillengestelle ragten, und Platz drei hatte sich der komische Laden mit den Namenstassen gesichert, die in einer kleinen aufblasbaren Weihnachtshüpfburg ausgestellt waren, bewacht von einem ebenfalls aufblasbaren Weihnachtsmann, der in Spider-Man-Pose kopfüber von der Decke hing. Seitdem

Aris lesen konnte, wunderte er sich über diese Tassen. Für wen wurden die gemacht? Anfangs suchte er noch nach einem Exemplar mit seinem Namen, doch die konnte er damals genauso wenig finden wie heute. Hildegard war immer vorrätig, Bernward auch. Andererseits, eine Tasse mit dem eigenen Namen ergibt vor allem dann Sinn, wenn man dazu neigt, diesen zu vergessen. Im Silvaner-Spital etwa war es sehr vernünftig, Schnabeltassen mit Namensetiketten zu beschriften. Und die Namensauswahl war ähnlich. Mit diesen Gedanken kam Aris am Alten Kranen an und musste nach rechts abbiegen und die Talavera-Brücke nehmen, obwohl das ein Umweg war. Auf der Alten Mainbrücke wäre die Gefahr zu groß, Kollegen beim Glühweintrinken zu treffen. Was für ein albernes Getränk mit völlig unverdienter Monopolstellung. Wenn es warm war, tranken die Leute auf der Brücke Müller-Thurgau-Schorle, Aperol-Spritz oder Hugo. Die Leute unter der Brücke tranken Öttinger oder Lübzer aus der Plastikflasche, also im weitesten Sinne Pilsener. In der Peripherie Biermischgetränke, lokale Biere für geschmacklose Lokalpatrioten und bayerische Qualitätsbiere für Leute, die Niveau heucheln wollten oder Marken-Assis waren. War es kalt, tranken plötzlich alle Glühwein. Egal ob auf oder unter der Brücke. Und es war kalt, nasskalt. Die Wolkendecke entfärbte Main und Menschen. Es war, als hätte jemand Würzburg auf Graustufen gestellt. Das half Aris nicht dabei, auf schönere Gedanken zu kommen. Nicht mal die watschelnden Riesenenten, an denen er sich sonst erfreuen konnte, weil sie so fett waren, dass sie wie Kaninchen auf dem Weg herumhoppelten und die vielen Allwetter-Radfahrer zu gefährlichen Bremsmanövern zwangen, heiterten ihn auf. Es war, als hätte ihm Frau Xenaki einen mentalen Nierenschlag verpasst und Sibel ihm noch mal in den Unterleib getreten, als er schon k.o. am Boden lag.

Das Spital war sein Reich. Geredet wurde im Pausenraum und nur, mit wem und wann er wollte. Er war es nicht gewohnt, dass Patienten so mit ihm umsprangen. Überhaupt mit ihm redeten, vom wimmernden «Herr Doktor, helfen Sie mir» einmal abgesehen. In ihm stieg wieder dieser Druck bis in die Nasennebenhöhlen auf, der kein Niesen war, auch wenn es sich so anfühlte, sondern die Vorankündigung für das schluchzende Weinen, dass er sich wie das Rauchen angewöhnt hatte, als er in die Schule kam. Den Tränenausbruch konnte Aris hinauszögern, bis er in der Brunostraße ankam.

Der Ersatzschlüssel steckte wie immer im Loch auf der Rückseite des «Willkommen bei Helmut, Gitte und Aris»-Türschildes, das Aris in der Grundschule getöpfert hatte. Anders als in seinem Zimmer im Schwesternwohnheim hatte Aris hier, in seinem sogenannten Elternhaus, Ruhe und war allein. Keine Wände aus Pappe, keine Gemeinschaftsküche. Ein ganzes Haus für sich.

Helmut und Gitte erweiterten ihr Straßenhundeprojekt bei Ioaninna gerade mit Freiwilligen von der Universität um neue Zwinger. Gitte hatte wie immer für Aris gesorgt. Am Kühlschrank war eine durchnummerierte Liste der Mahlzeiten, die sie für ihn im Tiefkühlfach deponiert hatte. Gefüllte Bifteki mit Feta und Ofenkartoffeln, Kohlrouladen, Lasagne, Gulasch und Kalamaris für den Aris. Das fand Gitte schon lustig, als sie Aris im Alter von vier Jahren zum ersten Mal an die Fritteuse stellte. Aris hatte schon damals nicht darüber gelacht.

Er war nicht hungrig. Unter der Spüle, verdeckt durch Gummihandschuhe in allen Farben des Regenbogens, fand

Aris den kleinen Kasten Kauzenbier, den Helmut immer irgendwo im Haus versteckt aufbewahrte, damit Gitte ihn nicht fand und ihm alles wegtrank.

Der Kloß in Aris' Hals war mittlerweile zum Knoten in der Brust geworden. Er bekam die Bierflasche weder mit dem Feuerzeug noch mit dem Fischmesser auf, dessen Klinge brach, obwohl sie aus Solingen war. Er musste auf den Souvenir-Flaschenöffner zurückgreifen, den Helmut in Berlin geschenkt bekommen hatte, als er mit seiner zwölften Klasse im Erotikmuseum war. Überhaupt quoll die Wohnung über vor Berlin-Devotionalien, Helmut machte jedes Jahr drei Exkursionen: Dachau, Buchenwald, Berlin. Er hasste Goethe und mied das nahegelegene Weimar, und er hasste München und verbot seinen Schülern deswegen, die Gedenkstättenführung mit Shopping am Stachus zu verbinden. Kauzenbier war genau richtig für so einen komischen Kauz, dachte Aris. Lustvolles Stöhnen begleitete das überfällige Öffnen der Flasche. Er machte weitere drei auf, sie sollten in Bereitschaft zur Verfügung stehen. Beim letzten Bier glaubte er, Sibel zu hören. «Uuuh, yes Baby!»

Mit einem Seufzer ließ sich Aris auf den Küchenboden sinken, landete im Schneidersitz auf dem kleinen handgeknüpften und viel zu bunten Flickenteppich, nahm einen Schluck von dem warmen Bier und versuchte, sich zu sammeln. Bei der Kälte konnte man nicht denken, er schaltete die Fußbodenheizung ein, was aus Gründen, die ihm gerade nicht einfielen, keine gute Idee war, aber notwendig. Vernunft kann so kalt sein, sang Spaceman Spiff immer. Musik wäre gut. Jeder bekommt den Rock 'n' Roll, den er verdient, rauschte es Aris aus dem Handylautsprecher entgegen. Das Küchenradio hatte Gitte vor der Reise abmontiert. Aus Sicherheitsgründen.

Was das Trinken anging, war Aris gleichermaßen untalentiert wie unroutiniert. Es war wie bei jeder anderen Sportart auch: Aus dem Nichts lief man keinen Marathon, und Aris trank nach der Devise «Zu viel oder gar nicht».

Dabei war er mit dem idealen Vorbild aufgewachsen, denn Helmut machte das Trinken zu einem besseren Menschen, einem freundlicheren. Mit steigendem Alkoholpegel wuchs seine Liebe zur Menschheit exponentiell. Dazu kam, dass er auch nach sieben Bieren auf dem Berliner Ring fahren konnte, ohne auch nur einen Schlenker zu machen oder einen Huper zu provozieren. Ganz ohne sichtbare Anstrengung.

Wenn Gitte trank, es reichte schon ein halbes Glas, konnte sie sich nicht mehr deutlich artikulieren. Sie war dann zwar nicht sonderlich betrunken, weigerte sich aber einzugestehen, dass sie lallte. Sie konnte in diesem Zustand stundenlang Unterhaltungen führen und begeisterte sich dabei gern für ihre eigenen Gedanken. Ihre Umwelt hatte sich damit abgefunden.

Aris konnte nicht betrunken werden. Er wurde müde, oder ihm wurde übel. Im schlimmsten Fall beides. Und so hatte er schon das ein oder andere Mal beim Brechen mit dem Einschlafen kämpfen müssen und umgekehrt.

Diese Frau Xenaki hatte ihn verletzen wollen, so glaubte er, dabei hatte er sich immer einiges darauf eingebildet, dass auch die unbequemsten Patienten relativ nett zu ihm waren. Sofern man überhaupt von Interaktionen sprechen konnte. Und Sibel hatte doch wieder mit ihm geredet. Ihn erst wie eine Fliege, einen jungen Schmetterling in der Hand gehalten, von allen Seiten begutachtet, ihm die Flügel ausgerissen und ihn dann noch mal zertreten.

Es ist immer noch besser, nicht zu wissen, wer du bist,

und dafür ganz genau, wer nicht, sang Spaceman Spiff weiter, und Aris schlief auf dem Küchenboden ein, bevor er die Flasche wieder an den Mund führen konnte.

Sommer 1943

«Und es war eine richtige Hochzeit? Mit Bonbonnieren und allem?»

«Ja, Tante, ich sage es dir doch. Ich habe dir auch welche mitgebracht. Ganz oben in meiner Tasche. Sind aber nicht sehr süß. Zucker war wohl knapp. Aber jetzt lass mich schlafen. Hätte ich mich doch einfach dort hingelegt! Mein Kopf.»

«Nichts da! Die Sonne ist längst aufgegangen. Was glaubst du, wie früh du erst im Kloster aufstehen musst? Gewöhn dich schon mal dran.»

«Auf Athos werde ich aber kaum so viel Wein trinken wie gestern. Alles dreht sich.»

«Wenn du dich da mal nicht irrst. Die haben guten Wein auf Athos.»

Tante Tasia zog Stylianos mit einem Ruck das Leinentuch vom Körper, zwickte ihn in den Oberschenkel, faltete das Tuch mit drei flinken Handgriffen auf die Größe einer Zeitung zusammen und hängte es über das Bettende.

Stylianos drehte sich auf den Bauch, grub das Gesicht, so gut er konnte, in das harte Kissen und kniff die Augen zusammen. Doch Tante Tasia gab nicht auf und pikste jetzt in seine Waden. Es war hoffnungslos.

Die morgendlichen Sonnenstrahlen fielen durch das

offene Fenster direkt auf das Bett. Er würde sicher sowieso nicht noch mal einschlafen können. Zu warm war es auch. Es war August, kein Regen in Sicht, nicht mal eine Wolke, schon seit Wochen. Stylianos hatte seit dessen Tod im Bett seines Onkels Lefteris geschlafen. Das Bett, darauf war sein Onkel stolz gewesen, stand genau so, dass er sich jeden Morgen rechtzeitig von der Sonne wecken lassen konnte, um nach den Tieren zu sehen und sie zu füttern. Bis zum Krieg.

Stylianos verzog das Gesicht. Bitter schoss es ihm die Speiseröhre hoch, mit Mühe konnte er alles bei sich behalten, um das weiße Laken nicht zu verderben.

In der Nacht, bei seiner Ankunft, hatte er sich schon hinter der Scheune übergeben. Für Napoleon, Tante Tasias Schäferhund, war das ein Festmahl gewesen, was Stylianos den Magen gleich noch mal umgedreht hatte. Wenigstens war so das Gift aus dem Körper und die Spuren seiner Eskapade verwischt. Mehr als vier Stunden hatte er sicher nicht geschlafen. Er fühlte sich, als hätte jemand einen Zimmermannsnagel zwischen seine Augenbrauen gejagt, und seine Lippen waren so rau und trocken, dass sie schmerzten, wenn er den Mund schloss.

Nachdem er sich einen Moment gesammelt und vor sich hin gestiert hatte, entdeckte Stylianos die dicke in Olivenöl getränkte Brotscheibe, die ihm Tante Tasia offenbar auf den Tisch gestellt hatte. Kaffee roch er auch. Ihm war zwar nicht nach Essen zumute, aber er hatte eine lange Reise vor sich. Wenn er wirklich in zwei Tagen in Athos ankommen wollte, müsste er es heute bis fast nach Saloniki schaffen. Von da an wurde es gefährlich. Dort waren nicht mehr die deutschen, sondern die bulgarischen Soldaten zuständig, und auf die war kein Verlass, hörte man. Stylianos hatte alle Passierscheine zusammen, die Einladung nach Athos und die Reiseerlaubnis auch. Aber wenn die bulgarischen Posten schlecht drauf waren, oder noch schlimmer, wenn sie zu gut drauf waren, konnte das trotzdem übel für ihn ausgehen. Sein ganzes Dorf hatte ihn davor gewarnt. Vor Bulgaren und vor zudringlichen Mönchen, denen ein junger Novize in einsamen Stunden nicht nur als Gesprächspartner gelegen kommen könnte.

«Erst mal loskommen», murmelte Stylianos, richtete sich auf und wischte sich mit dem Nachthemd, das ihm Tante Tasia herausgelegt hatte, die Schweißperlen vom Oberkörper. Von draußen drang das Zirpen der Zikaden herein, aus der Ferne konnte er immer wieder ein paar Ziegenglocken hören. Auch den Ziegen war es zu warm, um sich groß zu bewegen. Jede, die ein bisschen Schatten fand, machte es sich gemütlich und ließ den Tag vorüberziehen. Stylianos hätte es ihnen gerne gleichgetan. Das war ein Tag zum Ausschlafen, kein Tag für große Pläne.

Stylianos hätte ein ganzes Leben ohne große Pläne führen können. Er hatte sich dagegen entschieden. Die Ziegenherde, die ihm sein Onkel Lefteris hinterlassen hatte, hätte ihm ein ordentliches Einkommen verschafft. Doch das war nichts für ihn. Er wollte auch nach Amerika. Sein Onkel Tassos war schon dort, und er hatte ihm geschrieben, dass er ihn eines Tages zu sich holen würde. Nach Chicago. Das war eine richtige Metropole mit gigantischen Gebäuden. Sobald sein Onkel das Geld für einen Fotoapparat zusammenhätte, würde er ihm Fotos schicken, hatte er geschrieben. Von den Dächern dort sahen die Menschen aus wie Ameisen. Wären die Deutschen nicht gekommen, wäre der Krieg nicht gekommen, wäre Stylianos vielleicht jetzt schon dort. Nun aber kamen die Schiffe nicht mehr.

Fürs Erste war Athos ein guter Ort für ihn, das hatte seine Mutter so gesagt, und sie wusste meist am besten, was gut für ihn war. Der Vater kämpfte in den Bergen, die Mutter hütete das Haus, der Junge musste ins Kloster und für alle beten. Sie war so überzeugt davon, dass sie es besser wusste, dass Widerspruch sinnlos schien. Auf jeden Fall musste Athos ein besserer Ort sein als das Dorf, aus dem er stammte und das nicht mal einen richtigen Namen hatte. Um genau zu sein, war es nicht mal ein Dorf. Es lag zwischen Peranthi und Kommeno, und viel mehr gab es nicht zu wissen. Irgendwann, zu Beginn der Osmanenherrschaft, war da jemand vorbeigestolpert und hatte sich gedacht: «Oh, eine Bergquelle, hier baue ich mal ein Haus.» Dann kam jemand anderes vorbei und dachte sich: «Oh, da hat ja einer ein Haus gebaut, ich baue mir auch eins, so habe ich immer frisches Wasser und einen Nachbarn dazu.» Und so ging das weiter. Dann wurde geheiratet. Dann wurde geboren. Dafür musste natürlich eine Kirche her. Irgendwann, niemand weiß, wann und warum genau, wollte keiner mehr sein Haus dort bauen, und niemand ließ sich dorthin verheiraten. So wurde aus dem Dorf ein großer Rastplatz mit alten Menschen und ein paar jungen, die immer nur so lange dort blieben, wie sie keiner an der Flucht hindern konnte. Reisende und Händler kamen vorbei und erzählten, wie aufregend die Welt da draußen war, weshalb alle Kinder große Augen bekamen und ihre Flucht planten. Stylianos war keines dieser Kinder. Er flüchtete nicht. Er hatte alles mit seiner Familie besprochen, und sie hatten die Entscheidung gemeinsam getroffen. Er fuhr schließlich nicht zur See, um ein syphilitischer Trinker zu werden, er wusste ja nicht mal, was das bedeutete, und ging auch nicht als Fabrikarbeiter in die Stadt, wo die Menschen zu Maschinen wurden und krumm und entkräftet starben.

Nach Athos zu gehen und Mönch zu werden war ein guter Plan, dagegen konnte keiner etwas sagen. Außer seinem Großvater, der glaubte, dass die Kirche eine Erfindung des Teufels war, um die Menschen zu verdummen. Doch selbst Opa Stylianos widersprach nicht wirklich:

«Wenn diese Langbärte eines auf der Welt können, dann in Saus und Braus leben, während die Welt untergeht. Und gerade geht sie unter, also geh ruhig zu denen. Da bist du sicher, mein Kind.» Und dann fuhr er sich durch seinen eigenen Rauschebart, und sein Blick blieb an der Wand am Hochzeitsfoto seines Erstgeborenen hängen, den er wohl nie wiedersehen würde, «weil der ewige Kindskopf beschlossen hatte, Unglück über die Familie zu bringen», wie Opa Stylianos, in Gegenwart seiner Schwiegertochter Maria, betonte. Insgeheim war er stolz, dass sein Sohn das Herz eines Löwen hatte und ein richtiger Mann war, doch zum Mannsein gehörte es auch, Verantwortung zu übernehmen, ein Patriarch zu sein und nicht jede Gelegenheit für ein Abenteuer zu nutzen. Maria stammte aus einer wohlhabenden Familie aus Lefkas. Mit ihrer Aussteuer hatte Opa Stylianos seinen Hof ausgebaut, sie half auf den Feldern mit wie ein Mann, und was blieb ihr auch anderes übrig, als die Rolle ihres Mannes einzunehmen, der ja nie da war, wenn er gebraucht wurde. Sie war verbittert und krank geworden über die Jahre. Keine Frau heiratete, um alleine zu schlafen. Dass ihr Mann nun in die Berge gegangen war, um mit den Partisanen für die Befreiung Griechenlands zu kämpfen, war da nur ein schwacher Trost, aber es löste nicht ihr Problem. Die ganze Familie ahnte, wenn er die Deutschen überleben würde, fänden sich schnell neue Feinde, mit denen er sich messen könnte. Stylianos lauschte stets aufmerksam, sein Opa war neben Tante Tasia der einzige Verwandte, den er wirklich kannte.

Und auch bei ihm waren die Tage gezählt, bis Charon, der Fährmann, kommen würde, um ihn zu holen.

Das Olivenöl brannte sich unangenehm seine Kehle hinunter, das gute Öl hatte Tante Tasia sicher abgeben müssen, und der Kaffee war so dünn und dabei so süß, dass er ihn kaum hinunterbekam, trotzdem gab er ihm genug Schwung, um sich nach draußen zu schleppen, die Ziegen zur Seite zu drängen und seinen Kopf in die eiskalte Tränke zu stecken. Er hielt nicht lange aus. Das Wasser war angenehm, doch die Mücken fielen sofort über ihn her. Tante Tasia brauchte scheinbar gar nicht nachzusehen, sie dachte sich wohl das ihre. Er hörte ihr schallendes Gelächter schon aus der Küche.

«Süßes Blut», rief sie, «das hast du von deinem Vater. Als wir Kinder waren, musste ich mich nur neben ihn legen, um Ruhe vor den Mücken zu haben. Komm rein, ich habe dir Bohnen gemacht. Die bringen dich wieder auf die Beine.»

Bei dem Gedanken an Bohnen kehrte die Übelkeit zurück, er versuchte nicht mal, sich zu wehren. Wenn Tante Tasia kochte, wurde gegessen. Stylianos hatte nur die Wahl, sich vorher anschreien zu lassen oder nicht. Essen würde er auf jeden Fall. «Meinst du, ich habe die Bohnen gepflückt, geschält und mit meinen eigenen Händen gekocht, damit du sie stehen lässt und sie der Hund bekommt?», würde sie wettern.

Stylianos ging hinein, setzte sich an den gedeckten Tisch und nahm ein Stück Schafskäse, das er sich auf den Tellerrand legte. Tante Tasia hatte die Küche schon wieder in Ordnung gebracht, den Gaskocher weggeräumt und zündete sich eine Zigarette an.

«Erzähl schon, wie war die Hochzeit? Wie sah Alexandra aus? Sie ist ja eine Schönheit.»

«Tante, es war eine Hochzeit. Die Braut war noch schöner als sonst. Alle waren fröhlich.»

«Hast du getanzt?»

Stylianos errötete.

«Mit wem? Mit der Tochter von Lambros?»

«Ach, Tante.» Stylianos stopfte sich Bohnen und Käse in den Mund, um nicht weitersprechen zu müssen.

«Das Leben ist so schön, du bist noch so jung und verkümmerst jetzt bei den Greisen auf Athos. Ich verstehe das nicht. Dir wächst noch nicht mal ein richtiger Bart, und du willst dich in ein Kloster sperren lassen. Dein Vater war ganz anders in dem Alter. Wo ein Rock war, da war er: Aris, der Schürzenjäger.»

«Hörst du das auch, Tante?»

Tante Tasia schlug mit der flachen Hand auf den Tisch.

«So leicht lenkst du mich nicht ab, mein Junge. Erzähl mir, warum willst du ins Kloster? Warum wartest du nicht wenigstens noch ein paar Jahre?» Sie hielt inne. Jetzt hörte auch sie etwas. Ein Motorengeräusch näherte sich. Kein Flugzeugdröhnen, das Geräusch kam von der Straße, nicht aus dem Himmel, und es war ein kleiner Motor, der tuckerte. Es war das Knattern eines Motorrads. Stylianos war froh, dass er aufstehen und den Bohnen entkommen konnte. Beide liefen vor die Tür. Die Ziegen schien das Geräusch nicht zu stören, sie wirkten völlig entspannt. Es musste also Thodoris sein, einer der wenigen Nachbarn, deren Fahrzeug noch nicht beschlagnahmt worden war. Tatsächlich bog er, umgeben von einer Staubwolke, um die Ecke, kam kurz vor ihnen zum Stehen und rief den beiden noch bei laufendem Motor etwas zu, was sie nicht verstanden.

«Was ist los, Thodoris? Was machst du für einen Lärm am frühen Morgen?»

«Gott stehe uns bei!»

«Siehst du, Tante, wer für Gott arbeitet, hat immer etwas zu tun», scherzte Stylianos.

Thodoris schenkte ihm keine Beachtung. Er kniff die Augen zusammen und suchte hektisch den Horizont hinter sich ab.

«Sprich schon, was ist passiert?», fragte Tante Tasia streng. Thodoris war bekannt für seinen Hang zur Panik, das wusste sogar Stylianos, obwohl er erst seit kurzem im Dorf seiner Tante wohnte, um ihr zur Hand zu gehen, jetzt, wo Onkel Lefteris nicht mehr da war. Das ganze Dorf hielt Thodoris für schwachsinnig, und so sahen auch die Soldaten in ihm keine Gefahr und ließen ihn herumlungern, passieren und fahren. Er holte tief Luft und begann, immer noch schwer atmend, zu sprechen.

«Ich war in Koprena und wollte sehen, ob ich Krabben bekomme, meine Frau isst doch so gern Krabben, und wir kriegen hier ja keine mehr.» Thodoris schaltete den Motor ab und blickte Tante Tasia und Stylianos abwechselnd an. Tante Tasia zuckte mit den Achseln, klopfte ihm auf die Schulter und ging hinein.

«Hast du Krabben bekommen, Kyr Thodoris?», rief sie.

«Ja, nein, ich meine, ich kriege morgen welche, aber wer weiß, ob wir morgen überhaupt noch leben.»

«Was redest du da? Du siehst doch kerngesund aus.»

Tante Tasia kam mit einem Glas Wasser zurück, das sie Thodoris reichte. Der völlig verschwitzte Thodoris nahm einen Schluck und stieg keuchend vom Motorrad.

«Also, was haben dir die Krabben angetan?», fragte Tante Tasia und grinste.

«Was wollt ihr immer mit den Krabben? Es brennt! Es brennt in Kommeno.»

«Der Wald?», fragte Tante Tasia vorsichtig.

«Das Dorf! Das Dorf natürlich. Ich habe es vom Ufer aus gesehen. Der Himmel war schwarz. Es waren auch welche aus Sikies in Koprena; die können ja direkt rüberschauen, und sie sagen, in Kommeno brennt es schon seit dem Morgengrauen. Ich muss jetzt weiter, ich muss es allen sagen. Es brennt in Kommeno!» Bevor Tante Tasia ihn aufhalten konnte, drückte er ihr das Glas in die Hand, stieg aufs Motorrad und knatterte davon.

Kurz war es still. Tante Tasia schien zu grübeln, Stylianos verstand überhaupt nicht, was los war.

«Was ist passiert, Tante? Ich komme doch gerade erst aus Kommeno.»

«Junge, nimm deine Sachen und geh! Sofort!»

«Aber Tante ...»

Tante Tasia hörte gar nicht mehr hin. Sie nahm sein Hemd von der Wäscheleine und warf es ihm zu. Bis Stylianos es zugeknöpft hatte, stand sie mit seiner Tasche vor ihm und drückte sie ihm in die Hand.

«Schau, dass du hier wegkommst, und geh allen Soldaten aus dem Weg.»

Stylianos rollte mit den Augen. Seine Tante hielt nichts von Abschieden, ließ ihn einfach stehen und ging zurück ins Haus. Stylianos drehte sich zu ihr, dann zurück zum Pfad. Mit der Rechten tätschelte er etwas unbeholfen die weiße Ziege, die sich in seinen Schatten gestellt hatte und seiner Hand mürrisch auswich. Dann wandte er sich Richtung Osten. Er hörte noch das Plätschern des Wassereimers, den Tante Tasia hinter ihm ausgoss, damit er eine gute Reise hatte. Nach wenigen Schritten hatte er das Dorf hinter sich gelassen. Stylianos blieb kurz stehen, streckte sich und sog die Luft ein. Es roch nach Heu, ohne eine Spur von Rauch.

Erst mal hier weg, dachte er dennoch mit dem ungewohnten Gefühl des Unbehagens im Nacken, zum Nachdenken würde er im Kloster noch genug Zeit haben.

γ

Der nächste Morgen schmeckte bitter und sauer zugleich, vor allem aber war Aris' Mund vollkommen ausgetrocknet. Es war noch dunkel draußen, in der Küche brannte nur das Lämpchen der Dunstabzugshaube. Aris war klitschnass. Er hatte im Schlaf zwei volle Bierflaschen umgekippt. Der Flickenteppich, auf dem er die Nacht verbracht hatte, war vollgesogen, die Heizung hatte über Nacht ganze Arbeit geleistet, und so hatte das schale Bier immerhin Körpertemperatur.

Eine gelbliche Lache verlief entlang seines linken Hosenbeins und verwandelte die gestern noch weiße Arbeitshose in ein Schandmal der Erinnerung an den vergangenen Abend. Aris roch, als wäre er in den Main gefallen. Er entledigte sich seiner Uniform und fischte im Kleiderschrank nach Helmuts langer Radlerhose, der einzigen Hose im Schrank, die ihm nicht drei Nummern zu groß war. Er hatte sie sich schon einige Male zum Trinken ausgeliehen. Sie war praktisch, weil sie an den Gelenken und im Schritt gepolstert war und es nicht weh tat, wenn man beim Brechen kniete. Außerdem war der Funktionsstoff leicht zu waschen, und man musste sich keine Sorgen um Flecken machen.

Aris hatte noch zwei Stunden bis Schichtbeginn. Es gab

genau einen Ort, an dem man in seinem Zustand in der Öffentlichkeit und doch in Ruhe frühstücken konnte, ohne aufzufallen. Das «Brandstetter» am Marktplatz. Es öffnete bereits um 4 Uhr morgens und war Anlaufstelle für alle, die es nicht geschafft hatten, die Nacht rechtzeitig und in Würde zu beenden. Studenten, Obdachlose und spontan verstörte Seelen mischten sich mit den Türstehern der umliegenden Clubs, die Feierabend hatten.

Dazu müsste man allerdings das Haus verlassen, das mittlerweile auf Brutkastentemperatur gebracht worden war.

Es kostete Aris einige Überwindung, sich nicht unter oder besser in Helmuts und Gittes neue Dusche zu stellen. Es handelte sich dabei um eine 360-Grad-Dusche mit Wassermassage-Funktion und fünf automatischen Waschgängen. Die Wechseldusche wirkte Wunder, sie machte Aris jedes Mal so aggressiv, dass er schon nach der Hälfte des Waschgangs vor Adrenalin zu platzen meinte. Dazu könnte er sein tool-Album auf voller Lautstärke über die Soundanlage hören, die Helmut in der Badezimmerdecke versenkt hatte. Eine Dusche war trotzdem keine gute Idee, Aris wohnte nicht mehr hier. Die Küche war nicht seine Küche und das Bad nicht sein Bad. Sein Zimmer war jetzt das Schweigezimmer. Dort konnten sich Gitte und Helmut eine Auszeit vom Streiten nehmen. Es gab Sitzkissen, Duftkerzen, und an der Wand prangte die erste und einzige Regel: Sprechen verboten. Auf dem Dachboden bunkerte Gitte noch ein paar von seinen Sachen. Aris zog die Umkleide des Spitals vor, er hatte keine Lust, Gittes Haus im Nachgang wieder so herzurichten, dass sie bei ihrer Rückkehr auf eine mahnende Mailbox-Nachricht verzichten würde. Die Küche war mit dem Dampfstrahler schnell in Ordnung gebracht. Aris ließ die Fußbodenheizung weiterlaufen. Sie hatte eine Woche Zeit, um alles zu trocknen.

Draußen war es angenehmer als gedacht. Der kalte Nieselregen half ein bisschen gegen die Kopfschmerzen. Kein Mensch war um diese Zeit unterwegs, nur ab und an kam ein Lastwagen vorbei. Stille Häuser, einzelne Fenster erleuchtet. Zwei Kaninchen oder Ratten huschten an Aris vorbei. Wenig Erbrochenes auf der Straße, kaum Uringeruch in der Luft. Es müsste Mittwoch sein. Aris schaute auf sein Telefon. Fünf unbeantwortete Anrufe. Und es war Donnerstag.

Heute war Hubert an der Rezeption im Spital, also konnte er nicht vor dem Frühstück stechen, denn Hubert war korrekt. Das Gute daran war: Wenn Hubert Dienst hat, müsste im Brandstetter Hertha arbeiten. Aris hatte sich die Schichtpläne der Cafés in der Umgebung besorgt und sich Eselsbrücken zu seinen eigenen Diensten gebaut, an die er sich allerdings gerade nicht erinnern konnte. Irgendwas mit H wie Hubert und Hertha. Er mochte es zu wissen, auf wen er traf. Vor allem im Brandstetter, wo Monika arbeitete. Monika, die einen zwang, Butter auf das Brötchen zu schmieren, obwohl man nicht wollte, und immer Expresso sagte und das lustig fand. Monika, die nie aufhörte zu fragen. Hertha dagegen war heute genau richtig. Ein bisschen zu langsam und ein bisschen zu leise für die Welt. Als er sie beim Betreten des Ladens sah, wich die Anspannung aus seinem Gesicht. Er setzte sich an seinen Lieblingsplatz, den kleinen Tisch neben der Theke, wo er den Angestellten auf die Finger gucken konnte und von draußen fast unsichtbar war. Jetzt war Aris bereit für den sanften Start in den Tag. 3 Kaiser und ein Ei, Käse, Schinken, Honig, billiger O-Saft aus schönen Glaskannen, Espresso zweimal doppelt aus dem WMF-Vollautomaten. Kauen, schlucken, Leute gucken.

Eine knappe Stunde später saß er bei der Übergabe. Sein Spind hielt alles bereit, was er nach so einer Nacht brauchte, um sich wiederherzustellen. Duschbad, Deo, Zahncreme, Zahnbürste, Ersatzkleidung, Ibuprofen, Minzpastillen und Müsliriegel. Die Ibuprofen hatte er gar nicht gebraucht. Claudia hatte sich tatsächlich krankschreiben lassen. Aris gab vor, der Stationsleitung zuzuhören, und versuchte dabei, sich an seinen Traum von letzter Nacht zu erinnern. Die Morgenrunde war für den Arsch. Es änderte sich sowieso nie etwas, und wenn doch, stand es alles in den Akten. Wegen der epidemischen Schreiberitis, wie Claudia immer sagte. Nach der Übergabe hieß es, aufgebackene Weizenbrötchen mit Margarine und Konfitüre bestreichen, Milchkaffee drüberkippen, damit man sie den Leuten mit dem Löffel reichen konnte, Pillenrunde, danach Fernseher an, Blumengießen. Und dann ist ja auch schon wieder Mittag. Essenswagen holen. Teller füllen, Leute nerven, die nicht essen wollten, Pillenrunde.

Wichtig: An Kroketten- und Leberkäsetagen nimmt man einen Teller beiseite, rotzt ordentlich rein, drapiert die Pampe schön und wartet, dass sich die Stationsleitung anschleicht, um den Alten, getrieben von Gier und Geiz, was wegzuessen, weil «es bleibt ja immer was übrig, und es ist doch schade um das gute Essen». Fernseher an. Abgang. Treppe hoch.

Frau Xenaki empfing Aris vor ihrer Tür. Sie stand stramm, im Rahmen ihrer Möglichkeiten, und salutierte.

«So läuft das hier, oder nicht? Ich weiß Bescheid, du Kapo. Wo soll ich meine Goldzähne abgeben? Scherst du mich, oder werde ich gleich erschossen?»

«Mit Ihrem Humor bereichern Sie meinen Arbeitstag enorm.»

«Du bist der erste Grieche, der sich bezahlen lässt, um Hintern abzuwischen. Kannst du Karten spielen?»

«Klar.»

«Gut, hol mein Deck aus dem Schrank.»

Sie betraten Frau Xenakis Zimmer oder was davon übrig geblieben war. Sie hatte alle beweglichen Möbelstücke umgestellt. Entgegen Aris' Befürchtung schien sie nicht auch noch ihre Körperflüssigkeiten großzügig im Raum verteilt zu haben, weswegen er Claudia nun fünf Euro schuldete. Andererseits war sie ja nicht da und konnte es nicht überprüfen. Diese Dauerwette hatte Aris schon über hundert Euro gekostet, was nicht so schlimm war, denn Aris sah das Geld als Investition, um das Schicksal auszutricksen. Bei neuen Patienten gab es zwei Möglichkeiten: Geriet er an Scheißewerfer, brachte ihm das fünf Euro. Verschonten die Patienten ihn, zahlte er Claudia fünf. Er konnte sich nicht erklären, warum mit Beginn der Wette die Körperflüssigkeiten, die er aus den Zimmern zu wischen hatte, so abgenommen hatten, erfreulich war es so oder so.

Aris mischte die Karten, während Frau Xenaki ein grünes Tischtuch aus ihrem Nachtschrank nahm.

«Du lügst oder Mau-Mau?»

«Was redest du?»

«Was spielen wir? *Du lügst* oder *Mau-Mau*?»

«Wir sind doch nicht im Kindergarten. Ich will Poker spielen.»

«Das spielen wir hier nicht.»

«Poker oder gar nichts. Ich setze 1000 Euro.»

«Klar tun Sie das.»

«Zehn zu eins. Das ist die Quote. Du setzt 100 Euro.»

«Nein, Frau Xenaki, das tue ich nicht.»

«10 000 Euro im Jackpot. Hundert zu eins. Oder bist du ein kleiner Ein-Euro-Mensch? Kriegst du nicht mal ordentliches Geld dafür, dass du den ganzen Tag mit vollen Windeln verbringst? Du wirst ja wohl ein bisschen Geld zum Spielen haben.»

«Das ist gegen die Vorschrift.»

«Dass du so ein Weichei bist, ist gegen die Vorschrift! Sei ein Mann und lass uns pokern!»

«Vielleicht lieber ein Brettspiel?»

«Tavli?»

«Kann ich leider nicht. Sie mögen doch bestimmt *Mensch ärgere dich nicht*.»

«Was für ein deutsches Spiel. Hauptsache keine Emotionen. Was soll's, dann lass uns Schach spielen. Ich habe schon gegen Russen gewonnen, da warst du noch gar nicht geboren. Und du bist ein Sokolski-Typ, das sehe ich gleich. Ich mach dich Matt in 4 Zügen. Vor ein paar Jahren hätte ich zwei gebraucht.»

«So, ich glaube, ich muss dann doch auch schon wieder weiter. Schönen Nachmittag, Frau Xenaki.»

«Kein Wunder, dass du dich nicht traust. Es wäre peinlich für dich geworden. Ich weiß, wer du bist. Die Türkin hat geredet.»

«Es gibt keine Türken hier. Sibel stammt aus dem Libanon.»

«Oh, das ist natürlich ein riesiger Unterschied.»

Frau Xenakis Bauch tanzte vor Lachen. Aris verließ das Zimmer und bemerkte, dass auch er breit grinste. Unfreiwillig, wie früher in der Schule, wenn sein Gesicht zur Grimasse wurde und er sich erst beruhigen konnte, wenn er schon eine Strafarbeit verordnet oder eine Verwarnung ausgesprochen bekommen hatte. Das zumindest konnte ihm hier nicht mehr passieren. Die Röte wich aus seinem Gesicht.

Er konnte sich Frau Xenaki sehr gut am Zapfhahn vorstellen, mit dem Spültuch über der Schulter und der Geldbörse in der Gürteltasche. Es riecht nach Grillfleisch und Knoblauch. Im Hintergrund singt Vicky Leandros. Umso seltsamer, dass Frau Xenaki hier gelandet war. Solche Leute waren in der Regel Selbstversorger. Sie kümmerten sich rechtzeitig darum, einen Myokardinfarkt abzubekommen oder zumindest ein ordentliches Bronchialkarzinom, damit sie sich rauchend, schulterzuckend und bei klarem Verstand im Sterbebett zurücklehnen konnten, um zu sagen: «Ich habe mein Leben gelebt.»

Jetzt war der sechste Stock dran, den Aris am liebsten mit Frau Steiger begann. Sie kämmte sich gerade mit ihrer pinken Prinzessinnenbürste das Haar und tat ertappt, als Aris ihr Zimmer betrat. Die Murmeln hatte sie schon auf dem Tisch verteilt. Aris setzte sich, und sie ließen sie aufeinanderprallen, während Frau Steiger mal mit gesenkten Augen die Verlegene gab und mal mit ihren Blicken flirtete. Immer wenn eine vom Tisch fiel, erschrak Frau Steiger kurz und jauchzte fast im selben Augenblick vor Freude.

Nach einer halben Stunde fühlte sich Aris bereit für den Affentrakt, wo die kotwerfenden Herren untergebracht waren. Sie waren von der Langzeitwette mit Claudia ausgeschlossen. Ein Gorilla, ein Orang-Utan und ein Schimpanse. Letzteren riefen sie auch Heiner Geißler. Aber niemand wusste mehr so genau, wieso. Allen Affen gemeinsam war ihre körperliche Überlegenheit dem Pflegepersonal gegenüber, die spontane Gewaltbereitschaft an sich sowie die Art und Weise sich mitzuteilen. Aris gehörte zu den wenigen, die den Affentrakt überhaupt noch betraten. Er störte sich schon lange nicht mehr an Körperflüssigkeiten, und überhaupt: Claudia war nicht da, also hatte er sowieso keine Möglichkeit, dem Real-Life-Shitstorm, so nannten die beiden den Besuch bei den Alten, zu entgehen. Er passierte die schallisolierte Glastür, die den Trakt vom Rest des Flures trennte, und lauschte. Es war nichts zu hören. Kein Grunzen, kein Geschrei. Mit einem «Uh Uh Uuuuuh» betrat Aris das Schlafgehege und begrüßte so die Patienten. Der Raum war undekoriert, kein Personal zu sehen, allein drei Gitterbetten standen nebeneinander, darin angeschnallt die drei alten Herren, deren glasige Augen ihn nicht mehr wahrzunehmen schienen. Aris drückte sofort den Notknopf, doch auch nach knapp zwei Minuten, in denen er Puls und Pupillen prüfte, war niemand da. Er rief im Schwesternzimmer an, Yvonne ging ans Telefon.

«Schrei nicht so, Aris, das geht schon in Ordnung. Der Göbel hat gesagt, das ist o. k.»

«Die krepieren mir. Womit habt ihr die abgeschossen? In der Akte steht nichts.»

«Na womit wohl? Reg dich ab und mach im Vierten weiter.»

«Ich brauche einen Arzt hier. Checkst du das?»

«Keiner da. Morgen scheißen die dich wieder voll, keine Sorge. Die haben nachts keine Ruhe gegeben. Das hat man dann halt davon. Sei nicht so eine Memme, du bist lang genug hier.»

Yvonne legte auf, Aris schrie auf und stürmte aus dem Zimmer. Im Gang drehte er kurz um, steckte noch mal den Kopf durch die Tür des Schwesternzimmers und legte nach.

«Irgendwann liegt ihr selbst hier und sabbert, und dann seid ihr so richtig gefickt, das verspreche ich euch.»

Er hörte zustimmendes Grunzen. Wieder war ein Tag im Arsch. Diesmal machte sich Aris nicht mal die Mühe, den Hinterausgang zu nehmen. Er zog sich rasch um und beschritt den Königsweg: Er schob einen leeren Rollstuhl durch den Haupteingang.

Der leere Rollstuhl ist die Tarnkappe des Gesundheitspersonals. Wer einen leeren Rollstuhl rausschiebt, kommt höchstwahrscheinlich gleich wieder mit einem vollen zurück. Niemand will dabei sein, wenn ein voller Rollstuhl ankommt, denn er bedeutet Arbeit. Verwaltungskram, Aufnahmeformulare und Mausklicks. Zur eigenen Sicherheit, das ist ein ungeschriebenes Gesetz des Spitals, sollte man Rollende nicht aufhalten. Allerdings darf, wer diese Tarnung nutzen will, nie vergessen, sich vorher der Dienstkleidung zu entledigen. Denn Besuchende, vor allem Angehörige, lassen sich von keiner Tarnkappe abhalten. Im Zweifel ist jeder weiß gekleidete Mensch ein umfassend informierter und auskunftsfreudiger Kundendienstmitarbeiter, ein Generalist für das Spezielle. Wo liegt meine Alte? Wie geht es meinem Vater? Wann hatte ich meinen Termin noch mal?

Nachdem Aris den Rollstuhl entsorgt hatte, indem er damit den mit dem geprägten Nummernschild BO-SS reservierten Parkplatz versperrte, schlenderte er in Richtung Pub. Es war Donnerstag, also bekam man zwei Guinness zum Preis von einem und fünf zum Preis von drei. Es gab kaum eine Thekenkraft, die mit diesen Angeboten umgehen konnte, deswegen wurde die Rechnung am Ende meist einfach halbiert. Wie spät war es? Vielleicht war sogar Happy Hour, aber der Laden war etwas intransparent, wenn es darum ging zu kommunizieren, wann «Happy Hour» war und was es überhaupt für den Kunden bedeutete, diese in Anspruch zu nehmen. So gesehen strahlte der Laden chronisch die «Sad Hour» aus. Die Nikotinkruste an den Wänden erinnerte an die goldene Zeit vor dem Rauchverbot, und alles, was einst Mahagoni imitiert hatte, war so abgenutzt, dass die Lasurreste die Vertäfelung darunter wie Ekzeme überwucherten. Es gab einen Tischkicker, zwei Billardtische und eine Dartscheibe, auf der man Prinz Charles' Konterfei mit Pfeilen durchbohren konnte. Das Beste aber war, dass es sich um eine Kellerkneipe handelte. Man konnte sich dort also jederzeit, unabhängig vom Sonnenstand, im eigenen Elend suhlen, abgeschnitten von der Außenwelt. Der Laden war fast leer, und Aris setzte sich, ohne sich umzusehen, auf seinen Stammplatz, den letzten Barhocker hinten links, direkt an die Backsteinwandattrappe und mit der Jukebox im Rücken. Obwohl er fast jeden Donnerstag herkam, gab es hier niemanden, der ihn kannte. Das Personal bestand aus Studenten, meist Erstsemestern, die so schlecht bezahlt wurden, dass sie bei nächster Gelegenheit kündigten und zudem mit der Kundschaft, die sich auffallend häufig aus großflächig tätowierten Harley-Begeisterten in einschlägig bestickter Lederkluft zusammensetzte, ihre Schwierigkeiten hatten. Eine Zeitlang hatte es Sicherheitsleute am Eingang gegeben, aber als sich herausstellte, dass die sich mehr für Motorräder als für die Gesetzestreue der Pubbesucher interessierten, wurden sie wieder abgeschafft.

«Ich nehme die 5 für 3.»

«O.k., soll ich alles bringen, wenn deine Freunde kommen, oder willst du das erste schon mal haben?»

«Nein, jetzt. Es kommen keine Freunde.»

«Du willst allein fünf Guinness trinken?»

«Was dagegen?»

«Na ja, allein die Kalorien, selbst wenn du Berufstrinker bist.»

«Ich möchte gern fünf Guinness. Alle zusammen. Jetzt.»

«Ich mach sie dir nacheinander, o.k.? Kriegst trotzdem

das Angebot und zahlst nur drei. Gerade Schluss gemacht, oder? Ich kenn das, das wird schon. Bin auch noch nicht über meine Freundin hinweg. Aber ich trinke nicht, sonst wäre ich schon längst draufgegangen. Die ist in Amsterdam, hat da was mit einem Mexikaner angefangen. Das kommt alles von der Globalisierung.»

Aris rang sich aus Höflichkeit ein Lächeln ab und war jetzt schon sicher, dass er den Spinner hier wohl kein zweites Mal sehen würde. Die Übermotivierten sind die Schlimmsten. Dann doch lieber einen, der den Job nicht ernst nimmt und sich eigentlich zu schade dafür ist. Dieser Typ ging so in seiner Pub-Kellnerrolle auf, dass er schon wie ein Bilderbuch-Ire aussah. Rotblondes Haar, Sommersprossen, Frohnatur. Aris trank das erste Bier in anderthalb Zügen und kippte das zweite gleich hinterher. Er musste schnell genug sein, um sich besoffen zu fühlen, bevor er einschlief, ansonsten würde er den Rausch verpassen und am nächsten Tag trotzdem die Nachteile übermäßigen Alkoholkonsums ausbaden müssen. Lose-lose-Situation.

Das dritte ging auch noch rein, dann spürte er, wie Leber und Nieren protestierten. Er ließ den Kopf auf die Brust fallen und atmete tief durch. Gleich würde er auf den Tresen kotzen, und diese Vorstellung war ihm sehr unangenehm, auch wenn er sicher weder der Erste noch der Letzte war, der sich hier heute übergab.

Auf einmal trötete es, und ein Mann mit Cowboyhut und einem nur von einer Westernweste bedeckten Oberkörper stieg die Treppe hinab. Dabei prostete er allen Gästen mit einer Zweiliterflasche in der Hand zu. Aris drehte sich um. Der Adrenalinkick nach dem Tröten-Schreck half ihm über seine kurze Krise hinweg, zumindest fürs Erste. Aris ließ den Kopf auf den Tresen sinken und sah durch seine fast geschlossenen Augenlider dem Pseudo-Iren beim Gläserspülen zu, was dieser ausdauernd und in ansteckend meditativer Gelassenheit tat.

«Hier Jägermeister! Geht auf mich!»

Aris schreckte erneut auf. Ein vollkommen haarloser, käsiger Schädel war auf seiner Schulter abgelegt worden, während der dazugehörige übrige Körper nicht aus dem Wanken kam. Die Flasche hatte der Typ inzwischen auf dem Tresen abgestellt und schien nun zu einer Musik zu tanzen, die nur er wahrnahm. Plötzlich stand er stramm. Muskulös bis in die Ohrläppchen. Er trug eine Hundemarke um den Hals.

«Nichts gegen den Islam, aber warum gehst du in ein Pub, wenn du keinen Alkohol trinkst?»

Aris blickte ihn an und glaubte, dabei eine Augenbraue anzuheben, dabei war ihm die Kontrolle über seine Gesichtszüge längst entglitten.

«Schon gut, no offense, Alter. Du kannst kein Deutsch. Ich bin nicht im Dienst, is mir egal. Ich würde auch abhauen, wenn ich da irgendwo aus der Wüste wäre. Ist doch alles beschissen. Aber ich sag dir jetzt mal was, weil ich meine Kumpels verloren habe und du jetzt mein Kumpel bist. Hier!»

Er nahm seinen Cowboyhut vom Rücken und setzte ihn auf Aris' Kopf, der sich nicht wehrte, sondern weiter versuchte einzuschlafen.

«Ich bin seit heute offiziell Polizist. Deswegen feiern wir! Police! Good cop! Celebration! Ce-le-brate good times come on.»

Er warf eine Zwei-Euro-Münze Richtung Jukebox, packte Aris an den Schultern und schüttelte ihn rhythmisch, bis der anfing zu würgen, es jedoch schaffte, alles wieder hinunterzuschlucken.

«Ich muss gleich kotzen», stammelte Aris.

«Hey, du kannst ja doch Deutsch! Hier, ich habe was für dich.»

Der gute Bulle zog einen kleinen braunen Flakon aus seiner Bauchtasche, griff hinter die Theke und nahm sich ein Zuckertütchen, das er öffnete und dessen Inhalt er mit der Flüssigkeit aus dem Fläschchen beträufelte. Dann legte er Aris Kopf in den Nacken und flößte ihm das Zeug ein.

«Das schmeckt wie Ohrenschmalz, aber du kannst jetzt saufen, soviel du willst, und bleibst fit. Ist bio, ganz ohne Chemie. Frag mich nicht, wo ich das herhabe, frag mich nicht, wie das funktioniert, aber unter uns: Wenn ich die Wahl hätte, ob ich ein Kilo Koka oder ein Liter von dem Öl möchte, ich würde das Öl nehmen. Das gibt es hier nicht. Nur in Dubai, in der Apotheke. Dabei darf man da eh nicht saufen. Das Zeug ist flüssiges Gold. Du kommst in Stimmung, aber es gibt keine Konsequenzen. Ist wie zur Beichte gehen. Danach bist du sauber.»

Er schaute Aris erwartungsvoll an, der sich von der eigenwilligen Empathieoffensive unbeeindruckt zeigte. Er fühlte sich tatsächlich gleich wacher, und die Übelkeit war weg.

«Bist du wirklich Polizist?»

Der Cowboy kramte in seiner Bauchtasche und zog eine lederne Brieftasche hervor.

«Ja, schau! Mein Dienstausweis. Habe ich heute bekommen.»

«Gut, Anton Bader, ich geh dann mal.»

Aris drehte sich um, traute sich aber noch nicht, vom Hocker zu steigen, und beschloss, den Kopf einfach wieder auf den Tresen sinken zu lassen.

«Hast du was gegen Cops? Komm, das ist doch scheiße! Das ist mein Job. Ich bin durch die Hölle für den Lappen.

NACAB, Digga. Not all cops are bastards! Wir sind doch jetzt Kumpels.»

«Kann ich dich was fragen?» Aris sprach erst Richtung Fake-Backsteinwand, sah Anton dann doch direkt in die Augen und richtete sich auf.

«Klar. Mein Kumpel darf mich alles fragen.»

«Warum werde ich immer kontrolliert? Seitdem ich denken kann, immer nur ich. Und komm mir nicht mit Zufall und Verdachtsunabhängige Personenkontrolle.»

«Du bist halt beliebt.»

«O.k., Servus, ich gehe nach Hause.»

«Warte, o.k. Was bist du, Türke, Kurde?»

«Nein. Deutscher.»

«Ja klar, aber ich mein die Wurzeln.»

«Italiener.»

«Aha. Arschkarte. Ich erkläre es dir. Ihr Italiener, ihr seht aus wie Türken, seid aber anders kriminell. Ihr habt die Mafia und Berlusconi und so was. Ihr macht das eleganter. Beispiel aus der Praxis. Wenn ich jetzt hier rausgehe, vor die Tür, und ich filze zehn Türken, dann haben acht was Verbotenes dabei, wenn Ramadan ist, sieben. Filze ich zehn Italiener, haben auch acht was dabei, aber ich find nur bei vieren was. Nehm ich zehn Deutsche, haben vielleicht zwei, drei was dabei. Da muss man effizient handeln. Verstehst du?»

«Nein, Mann. Das ist rassistischer Fuck! Und so kriegt man einen Hass auf euch. Verstehst du das?» Aris' Gesicht fühlte sich taub an, er war zwar hellwach, spürte aber nichts.

«Sag meinen Kollegen einfach, dass du kein Türke bist, dann lassen die dich in Ruhe. Ihr seht euch halt schon alle sehr ähnlich da unten. Das musst du zugeben. Da verliert man den Überblick.»

«So ein Schwachsinn. Weißt du, wie viele Deutsche ich kenne, die nur Scheiße bauen, und keiner kriegt es mit?»

Anton Bader hielt kurz inne, setzte sich neben ihn und zündete sich eine Zigarette an, zog einmal daran und löschte sie in einem leeren Bierglas.

«Ist ja gut. Das sind eben Erfahrungswerte, ist klar, dass dir das nicht gefällt. Ist auch nicht immer gerecht, aber ist ja nicht böse gemeint. Die Musik ist kacke hier. Was hörst du für Musik?»

«Grada Kilomba und Frantz Fanon.»

«Das Erste kenne ich nicht, aber Franz Ferdinand find ich auch geil. Die alten Sachen vor allem. So if you're lonely/you know I'm here waiting for you. Kennst du Hafti? Haftbefehl? Ich nehm' dir alles weg/Die Schlüssel zu deinem Haus/Die Bitch, die du liebst/Den Mercedes, den du fährst/Ich nehm' dir alles weg/Und töte deinen Bruder/Ja, du hast recht/Das Leben ist nicht fair. Sehr geil. Hilft beim Pumpen. Ich habe mal in einem Video von Hafti mitgespielt. Ist so ein Hobby von mir, als Komparse. Wie heißt du eigentlich?»

Er nahm einen kräftigen Schluck aus der Jägermeisterflasche und schien den Beat dabei im Kopf weiterlaufen zu lassen oder offbeat zu Flogging Molly zu tanzen, die gerade aus den schlechten Boxen dröhnten.

«Toni Luca.»

«Ah, lustig, wie der Fußballer, nur umgekehrt. Seid ihr verwandt? So Toni, mein Kumpel, mein Brudi, hast du Bock, einen zu schmökern?»

Aris blickte ihn irritiert an.

«Du weißt schon, magst du mit mir einen durchziehen?»

«Du meinst kiffen? Mach ich nicht.»

«Sicher? Ist mein letzter Joint. Im Dienst kann ich das

nicht mehr machen. Ich habe richtig gutes Gras im Auto. Wäre schade drum.»

«Ich mach so was nicht.»

«Dann leiste mir wenigstens Gesellschaft. Hier drinnen ist doch tote Hose. Wäre ich nicht so druff, würde ich sagen, ab nach Mainhattan. Ich habe auch gute Musik dabei.»

«Was soll's.»

Aris schnappte sich seine Jacke und verließ das Pub, ohne zu zahlen. Anton Bader kam ihm nach, die Jägermeisterflasche unter den Arm geklemmt. Sein Auto stand ein paar hundert Meter entfernt am Alten Kranen. Es war gefühlt kurz vor oder kurz nach Mitternacht, es regnete, sie kämpften sich von Vordach zu Vordach, Anton Bader lachte hysterisch bei jedem Tropfen, der seine Glatze traf, als ob der Regen ihn kitzelte. Aris hatte die Jacke über den Kopf gezogen. Kein Mensch schien unterwegs zu sein. Sie zwängten sich unter das schmale Dach eines Wartehäuschens, während Anton Bader sich einhändig nach seinem Autoschlüssel abtastete.

«Kannst du bauen, Toni?»

«Wie gesagt, ich habe so was noch nie gemacht. Ich weiß nicht, wie das geht.»

«O.k. Ich krieg das schon hin, aber es dauert ein bisschen, weil, mir ist ganz schön schwindelig. Setz dich mit ins Auto, sonst wirst du noch nasser. Aber freut mich, Toni, dass ich dich getroffen habe. Weißt du, ich habe viele Freunde, Ausländer, auch Schwarze mit dunklerer Hautfarbe. Ich sage immer, der Mensch zählt.»

Aris rutschte auf den Beifahrersitz und inspizierte mit raschen Blicken das Innere des Audi-Kombis. Sportsitze. FC-Bayern-München-Wunderbaum am Rückspiegel und Würzburger-Kickers-Aufkleber auf dem Handschuhfach.

Auf der Rückbank stand ein Sixpack Warsteiner, daneben lagen Chips-Tüten und einige Zeitschriften.

«Du liest Praline? Ich dachte, du wärst schwul.» Aris entfuhren die Worte, bevor er über ihre Wirkung nachdenken konnte, aber Anton Bader blieb ruhig.

«Ja, ich weiß, ist bisschen peinlich. Ich habe früher die FHM gelesen, aber seitdem es die nicht mehr gibt, finde ich nichts Besseres. Ich bin nicht schwul. Viele denken das, weil ich so herzlich bin. Ich komme aus dem Sinngrund, da sind wir alle so. Ich habe auch schon mal einen Mann geküsst auf der Kirb, und auf dem Kiliani hatte ich zwei Schwänze in der Hand. Aus Spaß, beim Pissen.»

Anton Bader leckte die Klebefläche eines langen Blättchens an, mit eindeutig zu viel Speichel, wenn es nach Aris ging, und hielt kurz inne, bevor er wieder anhob.

«No homo, also. Ich bin da offen, aber es hat zu sehr gepikst, das hat mir nicht gefallen. Das Küssen meine ich. Du als Italiener bist da natürlich fein raus, du darfst einfach nicht schwul werden. Bei uns kann man alles sein. Das bringt die Leute durcheinander.»

«Ja, genauso ist es», sagte Aris und unterdrückte ein Grinsen.

Anton Bader fummelte in seiner Bauchtasche herum und hatte dabei sicher schon vier bis fünf Gramm Gras über seinen Schoß, den Sitz und die Fußmatte verteilt. Der Filter-Tipp sah aus wie eine Miniaturklorolle und war viel zu dick für das Papier. Die Hälfte der Blättchen lag ebenfalls im Wageninnenraum verteilt. Dennoch hatte er es geschafft, einen einigermaßen ansehnlichen Joint zu drehen. Er deutete auf das Handschuhfach.

«Hol mal bitte das Sturmfeuerzeug heraus. Nicht erschrecken, da ist einiges Zeug drin.»

«Deine Knarre?»

«Nee, Mann, die darf ich doch nicht mitnehmen.»

Das Handschuhfach war von innen beleuchtet. Aris sah Handschellen, Taschentücher und viele kleine Sprühdosen. Dazwischen ein paar kleine Feuerzeuge. Aris griff eines heraus und half Anton Bader dabei, den Joint anzuzünden. Anton zog kurz daran und gab ihn dann Aris, der gleichfalls einen Zug nahm und so tat, als würde ihm das nicht gefallen.

«Was willst du mit dem ganzen Pfefferspray?»

«Ich probier die aus und verbessere sie. Mein Traum ist, ein eigenes Pfefferspray zu entwickeln, das dich für eine Stunde vollkommen kampfunfähig macht, aber keine Nebenwirkungen und Folgeschäden hat. Ich habe schon einen Namen. Chilli Bomb 3000.»

«Du verarschst mich doch.»

«Nee, echt, und ich werde auch ein Gegenmittel entwickeln, dass einen immunisiert. Das kann ich dann für irre viel Geld an die Russen oder die Chinesen verkaufen. Ich selbst bin schon immun. Nimm mal das gelbe Spray raus und sprüh es mir in die Augen.»

«Was geht mit dir? Spinnst du?»

«Nee, echt jetzt.»

«Ich mach das nicht.»

«Wolltest du nicht schon immer mal einen Bullen fertigmachen?»

Anton Bader blickte Aris erwartungsvoll an. Die Sprühdose lag schon in seiner Hand, er hatte den Daumen auf dem Auslöser, gab sich einen Ruck und richtete das Spray auf Anton Bader. Ein orangefarbener Strahl traf seine Stirn, die Flüssigkeit lief ihm über das ganze Gesicht. Es war kurz still, dann schrie Anton, öffnete die Fahrertür und warf sich auf den Boden, wo er sich in einer knöcheltiefen Pfütze wälzte. Aris riss die Beifahrertür auf, eilte um das Auto, sah sich nach Hilfe um, doch es war niemand da. Anton Bader war jetzt vollkommen durchnässt und hörte nicht auf, sich mit schmerzverzerrtem Gesicht hin und her zu wälzen.

Plötzlich blieb er auf dem Rücken liegen und begann mit den Armen zu wedeln, als wolle er einen Schneeengel machen. Aris starrte ihn ungläubig an. Anton lachte laut auf.

«Reingelegt! Hahaha! Dein Gesicht hättest du sehen müssen! Das Zeug ist inert, das nehmen wir zum Üben, da ist nichts drin. Mensch, Toni, du bist voll drauf reingefallen.» Aris' Beine zitterten. Er lehnte sich an das Auto und atmete schwer. Anton Bader kniete vor der Fahrertür und konnte nicht aufhören zu lachen.

Aris grinste kurz, dann trat er erst gegen den Audi und dann Anton Bader in die Magengrube, wieder und wieder. Er trat, bis Anton Bader sich nicht mehr bewegte und auch keinen Laut mehr von sich gab. Aris stand keuchend da und sah Anton Bader vor sich auf dem Boden liegen. Es regnete nicht mehr. Es floss kein Blut, was Aris wunderte, zumindest eine Platzwunde musste dabei herausgekommen sein. Er trug doch seine Sicherheitsschuhe. Er hievte Anton Bader wieder auf den Fahrersitz, legte ihm die fast leere Jägermeisterflasche in den Arm und schloss die Fahrzeugtür.

Dann lief er los, ohne sich umzudrehen, er rannte und schaffte es bis zur Alten Mainbrücke, wo er sich übergeben musste: Er klammerte sich an das Geländer hinter der Statue des heiligen Joseph, und die dunkle Suppe schoss Richtung Main, als hätte Aris ein Festbierfass angestochen. Er war durchnässt von den Schuhen bis zu den Knien. Die Jacke hatte gehalten, da hatte Gitte gut investiert. Sein Magen war in Ordnung, es ging ihm geradezu prächtig, und sein Blick klebte auf dem Audi-Kombi am Alten Kranen. Was hatte er gemacht? Aris wusste nicht, wovor er mehr Angst hatte: dass der Typ aufwachen würde oder dass er nie wieder aufwachen würde. Aris hatte es nicht mehr in der Hand. Er zwang sich, woandershin zu sehen. Die Weinberge am Horizont waren kaum mehr zu erkennen. Er drehte sich um und fing an, die Fenster der angestrahlten Festung zu zählen, doch gerade als sein Puls zur Ruhe kam, bei Fenster 29, wurde das Licht abgeschaltet. So spät war es also. Zu spät. Ihm blieb nur noch, die Kirchturmspitzen auf der anderen Mainseite im Kopf nach Größe zu sortieren und aneinanderzureihen. Es half alles nichts. Der Audi-Kombi zog seine Blicke magisch an.

«Hast du Feuer?»

Aris schrie auf. Vor ihm stand eine brünette Abiturientin, die sichtlich erschrocken von seinem Geschrei und vielleicht auch von seiner gegenwärtigen Erscheinung war und doch stehen blieb. Ihre Kunstpelzkapuze bedeckte den halben Kopf, einen Schal trug sie nicht, dafür Goldstaub auf Sternum und Schlüsselbein. Würzburger Abiturientinnen konnte Aris zu jeder Tages- und Nachtzeit identifizieren, dazu hatte das Mädchen eine Dunhill Slim Cut im Mund. So etwas raucht man, wenn man mit Mitte vierzig ein mittelständisches Unternehmen leitet oder im Vorzimmer des Bürgermeisters sitzt und Mitte fünfzig ist. Oder eben Abiturientin.

«Du siehst vielleicht scheiße aus. Hier», sagte sie, steckte ihm auch eine Dunhill zwischen die Lippen und gab ihnen beiden Feuer.

War das jetzt gut oder schlecht, war das gar ein Alibi? Wenn er sie nur dazu bringen könnte auszusagen, dass sie ihn ein paar Stunden früher getroffen hatte und sie gemeinsam unterwegs gewesen waren, die ganze Zeit.

«Ich war erst im Brauhaus und dann im Biertümpel, da geht heute gar nix.»

«Warum? Ich meine, wie war es genau?»

Aris würde nie ins Brauhaus gehen und in den Biertümpel schon gar nicht, er kannte da auch keinen, da war nichts zu drehen. Das Alibi war gestorben, wie der Polizist. Aris biss sich auf die Zunge bei dem Gedanken. Kein Anzeichen von Bewegung rund um den Audi-Kombi.

«Hey, du kannst ja reden. Im Brauhaus habe ich mit meinem Exfreund Schluss gemacht, da war er noch nicht mein Exfreund. Im Biertümpel habe ich mich betrunken und mit Typen aus Holland gekickert.»

«Und wo sind die jetzt?»

«Du bist süß.»

Sie griff in sein Haar, wie es alle taten, als tätschelte sie ein Angorakaninchen. Aris hatte jetzt andere Sorgen und ließ sie einfach machen. Doch. Er lebte noch. Ganz sicher. Bullen konnten einstecken, die lernten das doch sicher. Innere Selbstverteidigung oder so.

Die Abiturientin spendierte ihnen noch zwei Zigaretten und sagte dann: «Jetzt einen Döner! Komm, wir gehen zu Tigris!»

Das war gar keine schlechte Idee. Aris Magen war ja nun leer, und manchmal half ein Döner dabei, den Kopf klarzukriegen. Sie überquerten wortlos die Brücke. Die Dombeleuchtung flackerte, ansonsten war alles in Ordnung. Feuchte, buntsandsteinfarbene Melancholie. Der Kaminrauch lag tief über den Dächern und reizte die Atemwege nur wenig mehr, als es die Dunhill vermocht hatte.

Die Abiturientin schien Stammkundin zu sein, Abu

sperrte für sie die Tür auf, obwohl er schon dabei gewesen war zusammenzuräumen. Das war nicht seine Art, denn er gehörte nicht zu den geschäftstüchtigen Dönerverkäufern, wie Mehmet am Ulmer Hof, der je nach Alkoholpegel Phantasiepreise für ein Dürüm oder ein Stück Pizza verlangte, oder Fatih in der Neubaustraße, der seinen Dönerladen «Crêperie» nannte, die Döner nach dem Modularprinzip zusammenbauen ließ und dafür Preise ab vier Euro fünfzig pro Stück nahm. Abu gab gern mal einen aus, wenn er einen guten Tag hatte oder er jemanden sah, der einen schlechten erlebte. Und seine kleine Tochter Isa hatte es sich, seitdem sie klettern und laufen konnte, zum Hobby gemacht, heimlich an die Registrierkasse zu gehen, wenn Abu in der Küche war, Scheine herauszunehmen, zu zerreißen und vor dem Laden in die Luft zu werfen.

Wenn Abu abends einen Obdachlosen am Laden vorbeigehen sah, lief er ihm hinterher und schenkte ihm ein Lahmacun und ein Ayran. Kurz, Abu war der Jesus unter den Würzburger Dönerverkäufern, und deswegen wartete Aris auf den Tag, an dem er schließen musste.

Aris kam kaum zum Kauen, weil er der Abiturientin alles erzählen wollte, was ihm zu Abu einfiel, doch sie schien gar nicht zuzuhören.

«Wenn der ganze Abistress vorbei ist, will ich erst mal eine Reise machen. Work and Travel oder so.»

«Ach, echt.»

«Ich will an die ESMOD nach München, aber meine Eltern haben keinen Bock, das zu zahlen, und sagen, ich soll BWL oder Lehramt studieren.»

«Hat das was mit der NASA zu tun? Willst du Astronautin werden?»

Die Abiturientin lächelte zum ersten Mal.

«Das ist eine Modeschule. Ich will Designerin werden. Schau, das hab ich selbst gemacht.»

Sie warf die Winterjacke von den Schultern und zeigte ihm ihre tief ausgeschnittene Bluse, die Aris ein wenig unpraktisch vorkam. Der Stoff, aus dem Nierenbeckenentzündungen waren. Er nickte anerkennend.

«Und was machst du so? Und wie heißt du? Ich bin übrigens Vanessa.»

«Ich studiere Medizin und Sport. Drittes Semester.»

«Du siehst gar nicht aus wie ein Sportler. Und wie heißt du?»

«Kostas.»

«Bist du Grieche?»

«Ja. Warum?»

«Kennst du Dimitri Panagiotopoulos?»

«Den Fußballer?»

«Nein, den Designer! Der war auch an der ESMOD. Der ist voll berühmt, ich würde echt gern mit dem arbeiten.»

«Ja, ich kenne ja sonst alle Griechen persönlich, aber der sagt mir jetzt leider nichts.»

Vanessa wurde ganz ruhig und fischte mit ihren schwarz lackierten Fingernägeln die Haloumi-Stückchen aus dem Fladen.

Sie zahlten getrennt, verließen den Dönerladen und gingen zurück auf die Alte Mainbrücke. Aris suchte nach dem Audi-Kombi, aber irgendetwas an der Stadtbeleuchtung hatte sich verändert, oder es war noch dunkler geworden, sein flüchtiger Blick fand ihn jedenfalls nicht. Erneut befiel ihn Panik, andererseits wollte er sich lieber nicht zu offensichtlich umsehen. Am Ende könnte aus einem möglichen Alibi eine Belastungszeugin werden. Die zwei verließen die

Alte Mainbrücke, liefen am Mainufer entlang Richtung Sanderau, wieder rauchten sie. Sie redeten über die Autofahrten in «Lammbock», die so montiert waren, dass Moritz Bleibtreu und dieser andere, an dessen Namen man sich nie erinnert, obwohl er eigentlich voll der gute Schauspieler ist, mal im Zickzack durch Würzburg fahren und mal im Kreis. Sie überquerten die Ludwigsbrücke, wo Aris Vanessa die Einschusslöcher aus dem Zweiten Weltkrieg auf den bronzenen Löwenärschen zeigte, und gingen durch den Ringpark, wo früher die Schwulen heimlich gevögelt hatten, was sich heute cruisen nannte, wie Aris von einem Patienten wusste, der selbst von Anwohnern fast gesteinigt worden war, nachdem die ihn im Park mit einem anderen jungen Mann erwischt hatten. Das war in den siebziger Jahren.

«Kostas?»

Er antwortete nicht. Wie würde es wohl klingen, wenn sie seinen richtigen Namen aussprach? Aris durchfuhr immer ein sanfter Oxytocinrausch, wenn jemand zum ersten Mal seinen Namen sagte, auch wenn es meist irgendwie falsch klang und es ja auch war, weil sich der Vokativ aus dem Griechischen nicht recht in den deutschen Sprachgebrauch übertragen ließ. Es müsste «Ari» heißen oder eben «Kosta», wenn man ihn anspricht, aber das machte nur Helmut richtig. Wer fränkelte, rollte zumindest das «r». Vanessa fränkelte kaum, obwohl sie danach aussah.

«Kostas, glaubst du, ich schaffe es hier weg?»

«Klar. Warum nicht?»

«Hast du es weggeschafft?»

«Ich habe es nicht versucht.»

«Findest du nicht auch, dass alle hängenbleiben? Dass keiner was macht aus seinen Träumen, und dann ist man hier und tut so, als wäre es das Beste auf der Welt, obwohl man es ja gar nicht weiß, weil man sich einfach nie getraut hat, was anderes auszuprobieren? Und dann macht man das, was alle anderen gemacht haben, obwohl die damit auch nicht glücklich geworden sind, und dann hasst man sich und die anderen und tut so, als wisse man nicht, warum, dabei ist es ja klar. Weil man den Arsch nicht hochgekriegt hat.»

«Kann schon sein.»

Das Päckchen Dunhill war leer, als sie vor ihrem Haus stehen blieben, sie teilten die letzte Zigarette. Aris gefiel die Vorstellung, dass sich auf diese Weise sein Speichel mit dem von Vanessa mischte, wenn auch nur auf einem Zigarettenfilter. War das schon ein Fetisch? Die Abiturientin war keine geübte Raucherin, es schien ihr nicht mal zu gefallen. Die Zigarette war ihr Gadget, ihr Accessoire, Beiwerk. Eine Investition, um die richtigen Signale an die Außenwelt zu senden. Ich bin tough. Ich habe Stil. Genuss kommt vor Gesundheit. Ich lebe gefährlich.

«So, Kostas, ich muss rein. Man sieht sich.»

«Warte.»

«Ja?»

«Wie sehe ich aus?»

«Was?»

«Du hast gesagt, ich sehe nicht aus wie ein Sportler. Wonach sehe ich denn aus?»

«Keine Ahnung. Philosophie, Soziologie, Yoga. Mein Ex war Sportler auf Lehramt und Mathe, also ist er noch. Meine Eltern machen sich Sorgen. Gute Nacht!»

Sie streichelte über seine Schulter und wirkte dabei fast mütterlich, bevor sie verschwand. Natürlich wohnte sie im Frauenland. Prachtbau, Balthasar-Neumann-Style, Vorgarten. Hier haben bestimmt mal Juden gewohnt. Ach guck, ein Stolperstein. Auch darauf hätte er gewettet. Grüß Gott, Familie Weinberger, tut mir leid, dass Sie ermordet wurden. Ich kenne das Problem. Aris wischte mit dem Jackenärmel über die Stolpersteine, entfernte Reste eines Aufklebers, die vom Regen aufgeweicht worden waren, und schaute noch mal hoch zum Haus. In jedem ansatzweise anständigen Film hätte sie kurz aus dem Fenster geschaut und beschämt gelächelt, weil er immer noch dastand, um dann ihre Telefonnummer hinunterflattern zu lassen oder – je nach Genre – ihn hochzubitten. Nichts. Sie hatte gut gerochen, die Abiturientin, und doch war alles immer eine simple Frage von Angebot und Nachfrage. Stell zehn Menschen in eine Reihe, und du findest einen, den du lieben kannst. Schick den weg, dann ist unter den neun wieder einer. Und so weiter, je nachdem wie verzweifelt, ungeliebt oder notgeil du bist. Das ist der Mensch. Angebot und Nachfrage. Und obwohl er der Einzige war, den der Abend für Vanessa übrig gelassen hatte, ging sie ohne ihn ins Bett. Die Ausnahme bestätigte die Regel.

Der nächste Morgen durfte nicht anbrechen. Aris vertiefte sich in seine Gedanken, fror, weil es kalt war, fror, weil er müde war, fror, weil er Angst hatte. Da lebt man mal spontan, und dann das, murmelte er.

Das Schwesternwohnheim war nicht weit. Er versuchte sich innerlich darauf vorzubereiten, dass ihn davor ein Streifenwagen erwarten könnte. Andererseits waren das immer noch bayerische Polizisten und nicht der NSA. Aris stellte sich vor, wie es gewesen wäre, mit der Abiturientin zu schlafen, die mit viel Glück sogar 18 war, die werden ja immer jünger, es wäre vielleicht nicht mal strafbar.

Keiner da, Straße frei. Sogar der Aufzug funktionierte ausnahmsweise. Es roch angebrannt. Feminismus schön und gut, aber warum konnte keine einzige Schwesternschülerin kochen? Aris schloss seine Apartmenttür auf und ließ sich angezogen auf sein Bett fallen, wo Anton Bader ihn in seinen Träumen verfolgen konnte. Zolpinox und Doxepin. Das nennt man Freundschaft, das nennt man Vertrauen.

δ

O.k., Google. Wann verjährt schwere Körperverletzung?

Zehn Jahre. Das ist ganz schön lang. Vielleicht ist es ja keine schwere, dann wären es fünf. Andererseits wird man ja sogar dann bestraft, wenn man Opfer von Polizisten wird. Die sagen dann, man hätte sie angegriffen, und decken sich gegenseitig. Aber der Typ war ja allein. Und nicht im Dienst. Gefährliche Körperverletzung, auch zehn Jahre. Gefährliche oder schwere, wo ist da der Unterschied? Was ist denn ungefährliche Körperverletzung? Verstümmelung weiblicher Genitalien verjährt nach drei Jahren. Paragraph 226 A. Haben die einen eigenen Paragraphen gemacht, damit die Verstümmelung von Frauen schneller verjährt? Was machen die, wenn Männer da verstümmelt werden?

Das Auto stand nicht mehr am Alten Kranen. Aris war auf der linken Mainseite vom Sandering bis zur Talavera gelaufen und hatte dort die Straßenbahn Richtung Bahnhof genommen, um unentdeckt nachsehen zu können, was inzwischen passiert war. Die Bahn war fast leer, er hatte freie Sicht und konnte nebenbei ungestört mit seinem Telefon recherchieren. Aktuelle Nachrichten gab es noch keine, nicht mal im Radio. Über den Polizeifunk war auch nichts gekommen, was Aris auf sich hätte beziehen können. Auf der Arbeit durfte keiner etwas merken. Er hatte dem Impuls, sich krankzumelden, nicht nachgegeben, das hätte im Zweifel nur Verdacht erregt. Alles schien normal zu laufen, alle schauten so depressiv wie immer um diese Jahreszeit, die Tageszeit leistete ihren Beitrag dazu. Kein Streifenwagen vor dem Spital. Die Routine im Umkleideraum tat gut. Ausziehen, anziehen, desinfizieren. Zur Sicherheit zwei Ibuprofen, auch wenn dieses komische Öl und seine Gutenachtkapseln beste Arbeit geleistet hatten. Ab auf Station.

«Aris, wo steckst du?»

Aris entwich vor Schreck ein Quieken, er musste diese Laute dringend unter Kontrolle bekommen. Yvonne hatte nach seiner Schulter gegriffen. Ihre Hände waren hart und heiß wie Bügeleisen.

«Gute Nachricht: Scheiß heute auf die Übergabe. Schlechte Nachricht: Claudia kommt erst mal nicht wieder, hat neun Wochen Kur. Mit Aussicht auf Verlängerung.»

«Ist doch gut für sie.»

«Für sie schon, aber rate mal, wer ihre Arbeit übernimmt.»

«Ach, komm. Wie soll ich das denn bitte schaffen?»

«Dein Problem. Du machst das, und Sibel packt auch mit an.»

«Großartig.»

«Husch, husch. Los geht's! Sibel ist im Siebten und weiß Bescheid. Wenn was ist, klingel mich an. Aber nur, wenn was wirklich, wirklich Schlimmes passiert.»

Ein Gespräch mit Yvonne war wie Föhnen mit einem Laubbläser. Jeder wusste, dass Yvonne Amphetamine nahm, das warf ihr niemand vor, sie war ja auch nicht die Einzige, die etwas nachhalf. Trotzdem gab es in Aris' Arbeitsalltag kaum etwas Schlimmeres als «Druffyvonne». Der Name kam von Claudia. Widerworte waren Zeitverschwendung, und sie war vollkommen enthemmt, wenn es darum ging, andere zu Höchstleistungen anzutreiben. Also drehte sich Aris um und ging.

Im Siebten lief Richard Claydermans Weihnachtsmedley, aber selbst das war Aris heute vollkommen egal.

Sibel hatte mittlerweile auch die Weihnachtsdekoration angebracht und dabei an Schneespray nicht gespart. Sie bezahlte das aus ihrer eigenen Tasche, die Dose kostete vier Euro, und wie man aus dem Treibgasgeruch schließen konnte, hatte sie einige Flaschen versprüht. «Wenn schon Schnee, dann geil» war die Devise.

Sie war gerade dabei, alte Paraffinreste vom Adventskranz zu kratzen, der für sein achtes Dienstjahr ganz passabel aussah, als Aris durch die Tür kam.

«Claudia hat es richtig gemacht, aber zu spät. Ich will mein Burnout unbedingt haben, bevor meine Brüste schlaff runterhängen. Kur soll doch Spaß machen.»

«Guten Morgen, Sibel.»

«Ich habe schon alles aufgeteilt, Habibi. Ich schreibe die Überstunden auf, ist mir egal, was die sagen. Würde ich an deiner Stelle auch machen. Dein Stapel liegt hier, und Frau Xenaki ist als Erstes dran, sie hat schon nach dir gefragt. Ich bin mal gespannt, wie du reagierst.»

«Was ist das mit dir und Frau Xenaki? Was hast du ihr über mich erzählt?»

«Na, alles. Außer wie viel Schiss du hast, dass jemand deinem Knackpo zu nahe kommt, du kleiner Klemmy.»

«Ich finde nicht, dass wir hier als Kollegen so miteinander reden sollten. Und wenn ich dir im Vertrauen Dinge erzähle, erwarte ich ein wenig Diskretion.»

«Ich sage es ja nicht als Kollegin, ich sage es als dein erotischer Endgegner.»

«O.k., ich gehe jetzt. Das ist mir gerade zu viel.»

«Aris, warum bist du immer so ernst? Das zieht einen voll runter. Wie lang hat Frau Xenaki noch? Paar Tage? Wochen? Vielleicht Monate? Warum darf ich ihr die Zeit nicht ein wenig versüßen? Du Grieche, sie Griechin. Ist doch klar, dass du sie interessierst.»

«Was, wenn ich so etwas mit dir machen würde?»

«Erstens ging es bei uns nicht so krass zu wie bei dir und zweitens, wenn du mir einen libanesischen Opi herbringst, der im Sterben liegt, tanze ich Raqs Sharqi für ihn, wenn ihn das fröhlich macht. Nackt. Das ist Kultur.»

«Du checkst es einfach nicht.»

Aris ließ Sibel, die ihn mit Bauchtanzbewegungen verabschiedete, stehen. Auf dem Weg durch die Gänge zu Frau Xenaki erschrak er bei jeder Tür, die sich öffnete. Er stellte sich vor, wie Polizisten ihm auflauerten, ihn zu Boden warfen und die Handschellen klickten. Das Unangenehmste daran war, dass er keinen Plan hatte, wie damit umzugehen war. Er würde zunächst überrascht tun, das war immerhin ein Anfang. Er könnte alles abstreiten und sagen, er könne sich nicht erinnern. Filmriss. Vielleicht gäbe es Lügendetektoren. Und gerade ein behaupteter Filmriss könnte dazu führen, dass die Polizistenversion gewinnt. Wer sich nicht erinnert, kann sich nicht verteidigen. Was war dieser Anton Bader überhaupt für ein Polizist? Durften die sich in ihrer Freizeit so wegballern? Es gab bestimmt einen juristischen Trick, um da rauszukommen. Ein Königreich für einen Anwalt. Claudia war nicht da, dabei hätte Aris ihre Fernseh-

Gerichtsshow-Expertise jetzt gut gebrauchen können. Er müsste Helmut und Gitte anbetteln, damit die einen Anwalt auftrieben, und das machte ihm mehr Angst als die Vorstellung, ein Gefängnis von innen zu sehen. Mandela war Jahrzehnte im Gefängnis, hat ihm nicht geschadet. Er schien ihm von der Wand aus zuzuzwinkern. Sibel hatte es sich nicht nehmen lassen, auch ihre «Wall of Love» mit Lametta zu verzieren. Dort hatte sie, den Bedenken der Stationsleitung zum Trotz, Fotos ihrer Heldinnen und Helden versammelt. Es hatte Aris einige Wochen Recherche gekostet, um alle Namen, Biographien und Werke so weit zu studieren, dass er mitreden konnte, wenn im Pausenplausch mit Sibel politische Kämpfe des 20. Jahrhunderts und der Widerstand gegen Sklaverei und Kolonialmächte zur Sprache kamen. Dazu war es schon so lange nicht mehr gekommen, dass er bei der Zuordnung der Namen und Zitate zu den Gesichtern schwächelte. Um ihr aus dem Weg zu gehen, hatte er sich dazu überwunden, seine Pausen an den entlegensten Orten des Spitals zu verbringen. Im Archiv war es so staubig, dass er nicht atmen konnte, in der Waschküche war es feucht und roch nach Schimmelpilzen. Es blieb der angenehm kühle und saubere Leichensaal, wo er sein Brot essen konnte, wenn sich Sibels Schicht mit seiner überschnitt. Das verlieh dem Wort Leichenschmaus in Claudias Augen eine ganz neue Bedeutung.

Bevor ihm wieder einfiel, wer die Dame neben Rosa Luxemburg war, wurde er von einer Stimme unterbrochen, die durch den Gang hallte.

«Endlich kommst du, kleiner Mann. Ich habe etwas zu tun für dich. Aber erst mal brauche ich Feuer.»

Frau Xenaki war aus dem Aufenthaltsraum getreten und stand jetzt dicht neben ihm, eine selbstgedrehte Zigarette im Mund. Aris seufzte, nahm ihr die Zigarette ab und steckte sie in seine Hosentasche, bereute es sogleich, erkannte aber auch, dass jetzt nicht der Moment war, um Schwäche zu zeigen.

«Rauchen ist hier verboten, für Sie sowieso.»

«Ich habe einen Auftrag für dich, hat die Türkin dir Bescheid gesagt?»

«Für Sie gerne noch mal: Meine Kollegin heißt Sibel und stammt aus dem Libanon.»

«Du musst für mich nach Griechenland.»

«Ach so. Klar! Mykonos? Santorini? Sehr gerne, Frau Xenaki.» Aris schüttelte den Kopf.

«Lass den Quatsch. Ich rede ernsthaft mit dir. Ich habe keinen andern. Du musst das machen.»

«Ich habe leider schon einen Vollzeitjob, Frau Xenaki, aber danke für das Angebot.»

«Hast du deinen Ausweis mit?»

«Wofür?»

«Heute Abend geht ein Flug. Hat die Türkin alles ausgedruckt. Im Internet. Sie ist klug und weiß, wie das funktioniert. Am besten, du machst dich gleich fertig.»

«Frau Xenaki, ich habe heute wirklich keine Lust auf solche Scherze.»

Sie erwiderte ausnahmsweise nichts, hakte sich bei Aris ein und schlurfte mit ihm im Schlepptau auf ihr Zimmer. Widerwillig ließ er sich mitziehen. Frau Xenaki öffnete die oberste Schublade ihres Nachtschränkchens und entnahm ihr eine rote Einlegemappe aus Pappe.

«Hier, da steht alles drin, die Umschläge sind nummeriert. Du fängst bei 1 an. Den ersten machst du am Flughafen auf. Da sind auch knapp 1500 Euro drin. Anzahlung. Das reicht erst mal.»

«Frau Xenaki, ich verstehe ja, dass Ihnen langweilig ist, aber ich kann jetzt nicht Schnitzeljagd mit Ihnen spielen. Hier sind Ihre Medikamente. Heute Mittag gibt es Kaiserschmarrn.»

Frau Xenaki wischte die Pillendose mit einer energischen Handbewegung beiseite, packte Aris am Kragen und zog ihn zu sich. Er war so überrascht von ihrer Kraft, dass er sie gewähren ließ, obwohl seine Wimpern und ihre sich nun fast berührten. Mit großen Augen sah er sie an.

«Ich habe mein Leben lang gearbeitet. Die Deutschen hatten noch Geld zum Versaufen. Es lief gut. Das Geld haben wir in Blumentöpfen gesammelt. Die Pflanzen sind eingegangen, so viel Geld war dadrin. Manchmal hatten wir keine Kraft mehr, die Treppe zur Wohnung hinaufzusteigen, und wir haben die Geldbündel hochgeworfen, damit kein Einbrecher sie findet, und sind am Stammtisch eingeschlafen. Küchendunst und Kneipenluft habe ich geatmet. Jeden Tag.»

Aris löste sich aus ihrem Griff und sammelte die Pillen wieder ein.

«Frau Xenaki, ich wünschte, ich hätte genug Zeit, um mir Ihre Geschichte anzuhören. Aber wie Sie wissen, warten auch noch andere Patienten auf ihre Medikamente. Ich muss leider weiter.»

«Wir haben Blut gespuckt und gepinkelt, du Wicht! Aber meine Kinder haben an den besten Unis studiert, die besten Klamotten getragen, Lacostaki, Ralph Lauren, Adidas. An nichts hat es ihnen gefehlt.» Ihr Mund schäumte, und ihre Worte waren wie Nadelstiche.

«Frau Xenaki, ich muss ...»

«Setz dich hin, wenn ich mit dir rede. Alles missratene Blutegel und Aasgeier. Sie kamen nach meiner Schwiegermutter. Das ist DNA, da kann man nichts machen. Lakis ist Oberarzt in Stuttgart, Takis ist Professor in Boston, in den USA, beide haben blonde Mannsweiber geheiratet, die keine Kinder gebären können. Die eine ist wahrscheinlich sogar ein Mann. Und meine Tochter Dora ist Doktor in Kunstgeschichte, guck nicht so, das gibt es wirklich.»

Frau Xenaki hatte sehr schnell gesprochen und wischte sich mit einem Papiertaschentuch die Schweißtropfen von Stirn und Nasenrücken, rang nach Luft.

«Was hat das mit mir zu tun, Frau Xenaki?» Aris versuchte ruhig zu bleiben.

«Vor ein paar Jahren habe ich alles, was ich besitze, nach Athen bringen lassen. Mein Bruder hat das organisiert. Er ist zehn Jahre jünger als ich, und ich dachte, er überlebt mich und kümmert sich. Ich habe gestern den Anruf bekommen, er ist gestorben. Keines meiner Kinder weiß davon, aber in seinem Testament steht, wo er den Koffer, den ich ihm gegeben habe, eingemauert hat. Jetzt muss alles schnell gehen, bevor die Geier kommen.»

«Mein Beileid. Für den Verlust Ihres Bruders, meine ich.»

«Der hat sein Leben gelebt. Als er so alt war wie du, hatte er es schon mit der Frau des Pastors und seiner Lehrerin getrieben. Wir haben immer gedacht, dass er an Syphilis zugrunde geht. Sein Spitzname war James Dean. Keiner wird ihn so beweinen wie die Huren von Athen.»

«Na dann.»

Frau Xenaki lächelte, und Aris kannte ihren Gesichtsausdruck zu gut. So guckten die Leute, wenn ihre Gedanken sie kurz wegtrugen. In eine andere Zeit, an andere Orte. Aris ließ sie in Gedanken schwelgen und sah aus dem Fenster ins Grau.

«Meine Enkelin Aphrodite ist jetzt der einzige Mensch in meiner Sippe, den ich noch habe. Und das wohl auch nur, weil wir uns nie getroffen haben. Sie lebt in Athen. Sie soll alles kriegen, was ich hinterlasse.»

«Ist doch prima. Das Geld ist in Athen, die Enkelin ist in Athen. Wozu brauchen Sie mich?» Aris war selbst überrascht, wie klar er die Situation anderer sah.

«Du bist ein Esel, kleiner Mann. Warte doch einfach ab und unterbrich mich nicht.»

Sie holte eine Packung Lokum unter ihrem Kissen hervor, nahm zwei auf einmal in den Mund und bot Aris auch welche an.

«Die mit Rosenwasser sind gut, da sind kleine Mandelstücke drin. Das sind richtige, nicht die billigen vom Türken. Die Türken machen auch gute, aber die exportieren sie nicht, weil sie klüger sind als die Griechen.»

«Frau Xenaki, das ist reiner Zucker mit reinem Fett, das sind tausend Kalorien auf einmal. Sie bringen sich um.»

«O Gott, du hast recht, dabei will ich doch unbedingt in mein Sommerkleid passen. Hör mal zu, ich bin auch nicht froh darüber, aber du bist der Einzige, der mir helfen kann. Ich will meiner Enkelin etwas hinterlassen, und ich habe nicht mehr viel Zeit.»

Aris stand auf, versuchte das Fenster zu öffnen, das natürlich abgeschlossen war. Er hatte den Schlüssel nicht dabei.

«In der Mappe steht, wo du den Koffer findest. Du öffnest ihn mit dem Schlüssel, der auch in der Mappe ist. Du suchst meine Enkelin und teilst dir den Inhalt mit ihr. Alles, was drin ist. Behaltet das für euch. Pass nur auf, dass die Bombe nicht hochgeht.»

«Was für eine Bombe?»

Frau Xenaki lachte laut auf und freute sich über das Entsetzen in Aris Gesicht.

«Na, habe ich es dir nicht gesagt? Da ist eine Bombe im Koffer, wenn man nicht den richtigen Schlüssel hat oder ihn mit Gewalt öffnet, geht sie hoch.»

«Ihr Angebot wird immer attraktiver, keine Ahnung, warum sich niemand anderes dafür gefunden hat.»

«Es ist eine Farbbombe. Halb so wild. Und du hast doch den Schlüssel. Du bist so ein Weichei. Bist du sicher, dass du Grieche bist?»

«Gut, wenn das so ist, ist ja alles geklärt. Bis später.»

«Ach, weine doch nicht gleich, als hätte dich ein kleines Mädchen von der Schaukel geschubst. Ich gebe dir die Chance deines Lebens. Du kannst es allen zeigen. Zeig ihnen, dass du nicht der Versager bist, den du hier täglich spielst. Zeig ihnen, dass du das Zeug zu einem richtigen Mann hast. Und du kriegst auch noch Geld dafür. Und ich kann in Frieden sterben.»

«Sie werden auch so in Frieden sterben, dafür sind wir hier. Ich fliege auf keinen Fall nach Athen.»

Frau Xenaki steckte sich noch einen Lokum in den Mund und klopfte sich den Puderzucker von der Kleidung. Dann klemmte sie Aris die Mappe unter den Arm und schob ihn aus der Tür.

3

Willkommen in Ihrer Mailbox. Sie haben vier neue Nachrichten. Neueste Nachricht: empfangen heute um 15:42 Uhr.

«Aris! Das ist kein Spaß. Geh an dein verdammtes Telefon. Ich raste gleich aus. Das wird Konsequenzen haben! Da kannst du dir sicher sein!»

Nächste Nachricht: empfangen heute um 15:35 Uhr.

«Hast du dein Handy ausgemacht? Ich habe dir doch gesagt, du musst jederzeit erreichbar sein! Ich weiß, dass du diese Nachricht abhörst. Was, wenn uns in Griechenland etwas passiert? Oder wenn jemand, aber wer könnte dieser Jemand wohl sein, unser ganzes Haus unter Wasser setzt? Ich rufe gleich noch mal bei Frau Siebold an, und wenn du dann nicht bei ihr bist, reiße ich dir den Kopf ab. Und nur falls du denkst, du kannst dich wieder rausreden, versuch es erst gar nicht. Ich kenne deinen Dienstplan, du hattest Frühschicht heute. Du machst deinen Vater und mich sehr traurig.»

Nächste Nachricht: empfangen heute um 14:49 Uhr.

«Aris, geh an dein Telefon! Was ist mit dir los? Was soll die Scheiße? Du gehst jetzt sofort nach Hause. Zum Glück war Frau Siebold zum Gießen da, ansonsten wäre uns das ganze Haus abgesoffen. Du weißt doch genau, dass die Heizung ein Leck hat, ich habe es dir extra gesagt. Frau Siebold ist jetzt da und wartet auf den Notdienst. Geh sie ablösen. Ich bin wirklich wütend und enttäuscht. Wir haben so oft darüber gesprochen, wie wichtig Vertrauen ist. Mir reicht es. Ich mache uns wieder einen Familientermin bei Frau Sänger. Und ich hoffe für dich, dass die Versicherung das abdeckt, was du da angerichtet hast, ansonsten kannst du dir schon mal überlegen, wie du das zurückzahlen willst.»

Nächste Nachricht: empfangen heute um 14:32 Uhr.

«Hey, Ari, wie läuft es? Helmut hier. Du, ich glaube, da ist etwas richtig schiefgelaufen. Das Haus steht unter Wasser. Frau Siebold hat es zum Glück gemerkt, aber da ist wohl einiges kaputtgegangen. Ruf Gitte doch mal bitte an, rede mit ihr. Entschuldige dich. Du weißt, es ist immer besser, auf sie zuzugehen. Sie ist schon sehr wütend. Es ist sehr spannend hier. Ich habe einen Instrumentenbauer kennengelernt. Dimitris Loumidis. Der baut byzantinische Lauten in der x-ten Generation. Die haben schon Lauten gebaut, da existierte Byzanz noch. Leider ist Dimitris der Letzte, ich versuche aber, einen Lehrling für ihn zu finden. Wäre doch schade. Ich meine, das ist Handwerk, das ist Tradition. Stell dir vor, Byzanz! …»

Aris brach die Nachricht ab. Er stand von der Parkbank auf, warf den Rest seiner Laugenbrezel in Richtung der Enten im Main, die so satt und träge waren, dass sie sich gegenseitig den Vortritt ließen, bis eine Taube in einem waghalsigen Manöver den angeweichten Klumpen aus dem Wasser zog.

Er beschloss, die nächste Straßenbahn zu nehmen und

es dem Zufall zu überlassen, in welche Richtung es ging. «Hauptbahnhof» bedeutete Döner, Wodka und Filmriss. «Zellerau» bedeutete trautes Heim, Glück allein.

Der Zufall war noch nie Aris' Freund gewesen, in der Schule wurde immer dann abgefragt, wenn er sich nicht einmal daran erinnern konnte, ob er in der letzten Stunde überhaupt da gewesen war. Bei der Arbeit kam der Norovirus immer kurz nach seinem Urlaub. Bei «Mensch ärgere dich nicht» würfelte er eine Sechs immer dann, wenn eine Eins geboten war.

Die Straßenbahn kam, und natürlich ging es in die Zellerau. Beim Einsteigen blieb er an der Fahrradspeiche eines aussteigenden Rennradherumträgers hängen, der ihn empört zur Seite schubste. Er brüllte dem Radfahrer «Es gibt auch Niederflurwagen!» hinterher, doch nicht einmal gebrüllt war dieser Ausspruch eine verbale Entgleisung.

«Hey, du bist doch Aris, oder? Komm, setz dich zu mir!»

War ja klar, dass er jetzt erkannt wurde, wo er sich beim Einsteigen so blamiert hatte.

«Clemens, ist ja ewig her. Wie geht es dir?»

«Na ja, muss ja.»

«Was macht Claudia?»

«Geht so. Ich war gestern bei ihr. Die haben da einen ganz netten Park, aber sie wollte kaum aus dem Bett.»

«Was kriegt sie für Medikamente, weißt du das?»

«Sie will gar nichts. Dabei hat sie zu Hause manchmal Schlaftabletten genommen. Sie raucht aber nicht mehr.»

«Ich glaube, ich habe Claudia noch nie ohne Zigarette im Mund gesehen.»

«Ich auch nicht. Und ich bin über zwanzig Jahre mit ihr verheiratet. Sag mal, komm doch mit auf einen Kaffee. Ich habe Kuchen geholt. Wir haben immer ein Stück gegessen. Einmal die Woche. Allein ist das blöd, und kein Kuchen ist auch blöd.»

«Ich würde voll gern, wirklich, aber ich muss ...» Aris' Telefon klingelte.

«Geh ruhig ran, vielleicht ist es etwas Wichtiges.»

«Schon in Ordnung. Ja, ich komme mit. Ich kenne eure Wohnung ja noch gar nicht.»

«Toll. Jetzt, wo Claudia nicht da ist, ist in der Wohnung auch alles schön ordentlich», lachte Clemens. Aris knibbelte beiläufig mit seinen zu kurzen Fingernägeln an der Akkuabdeckung seines Telefons, entnahm den Akku und zerbrach die SIM-Karte. Clemens zog die Augenbrauen hoch und wandte sich ihm in verschwörerischem Ton zu.

«Bei dir alles in Ordnung?»

«Bisschen turbulent. Passt schon», sagte Aris und packte das Telefon weg. Sie fuhren die Frankfurter Straße entlang ins Gewerbegebiet, fast bis zur Endhaltestelle. Hier war Aris nicht oft. Zum einen weil hier einige Leute wohnten, die überzeugt waren, dass Aris ihnen Geld schuldete, und zum anderen weil man hier nur herkam, um billig zu wohnen oder billig einzukaufen. Beidem ging Aris lieber woanders nach. Bis zum REWE war saniert, dahinter standen vereinzelt Baugerüste. Hier war das neue, schicke Würzburg noch lange nicht angekommen. Irgendwo musste ja der Rand sein, und an Rand mangelte es der Stadt nicht. Die Holztreppen im Hausflur ächzten bei jedem Schritt. Zum Glück ging es nur in den ersten Stock.

Aris hatte nie darüber nachgedacht, wie Claudia lebte. Von der Eingangstür hatte man Einblick in alle Zimmer. Wohnzimmer, Schlafzimmer, Küche, Bad. Die Wohnung war sehr hell, und überall standen Topfpflanzen, die so gut gepflegt waren, dass Aris sie erst für Plastikblumen gehalten hatte. Die Küchenmöbel waren weiß lackiert, und auf dem Fenstersims hinter der Sitzbank waren kleine Figuren aus Porzellan aufgereiht. Von den Figuren hatte er gehört, Clemens sammelte sie. Aris wusste, wie jede einzelne hieß, dass sie handbemalt waren und dass Erika, das kleine blasse Mädchen im grünen Kleid, bei einer Internetauktion 92 Euro gekostet hatte. Diese Informationen hatten sich in seinem Kopf eingebrannt, wie die meisten belanglosen Details aus dem Leben seiner Mitmenschen. Mit den Blümchentapeten hatte er aber genauso wenig gerechnet wie mit den Kupferstichen, die in filigranen Holzrahmen die Wände dekorierten und mittelalterliche Städte zeigten. Dillingen, Lüben, Kitzingen, Arnsberg.

«Zucker in den Kaffee? Oder Milch?»

«Schwarz, bitte.»

«Ich hoffe, du magst Schwarzwälder Kirschtorte.»

«Ja, klingt gut.»

«Claudia hat gesagt, sie will wieder nach Gera, wenn sie das mit der Berufsunfähigkeit durchbekommt.»

«Echt? Krass. Ist Gera schön?»

«Nicht wirklich. Halle ist schön.»

«Du kommst aus Halle, oder?»

«Ja, da bin ich groß geworden, aber dann bin ich 1987 nach Ostberlin. Und weißt du, wen ich da an meinem ersten Tag gesehen habe? Bei einem riesigen Konzert auf dem Rosa-Luxemburg-Platz?»

«Mikis Theodorakis.»

«Ja, das war wirklich toll. Der ganze Platz war am Tanzen und am Toben. Habe ich dir das schon mal erzählt?»

Aris nickte.

«Ja, klar. Weil du Grieche bist. Deswegen ist mir das ja auch gerade eingefallen. Ich kenne sonst gar keine Griechen. Außer Kostas von der Taverne Sirtaki. Da gehen wir manchmal essen.»

Aris hatte Clemens höchstens dreimal getroffen, doch er wusste alles über ihn. Claudia redete, gemessen an dem, was sie erlebte, sehr viel. Wenn sie gerade nicht arbeitete, war sie mit ihrem Mann zusammen, der irgendwann seine Arbeit verloren hatte und jetzt Hausmann war. Zwangsläufig spielte Clemens eine wichtige Rolle in ihren Erzählungen, und Aris gefiel der Wissensvorsprung gut, der sich jetzt daraus ergab. Es war eine ganze Weile her, dass er sich das letzte Mal so im Vorteil gefühlt hatte. Es bräuchte nur den Hauch einer Anspielung, um sein gegenüber völlig zu überfordern und auszuschalten. Aris war Herr der Lage.

Wie damals bei Frau Rosenkranz, seiner Physiklehrerin in der Oberstufe. Ihr Exfreund Glitterboy69, so nannte er sich zumindest auf diversen Pornoseiten im Internet, hatte ein Sexvideo mit ihr hochgeladen, nachdem sie ihn verlassen hatte. Aris war eher zufällig darauf gestoßen, er suchte Nacktaufnahmen von Judy Garland und stolperte über ‹rose garland›. Dort fand sich Frau Rosenkranz. Sie war fast nackt, hatte nur einen Blazer übergeworfen und stocherte mit einem Zeigestab am nackten Glitterboy69 herum, bis er kam. Dabei sagte sie Sätze wie: «Das passiert, wenn du deine Hausaufgaben nicht machst.» Er konnte sich darauf keinen runterholen. Das war Ehrensache. Das Video ließ ihn trotzdem nicht los. Jedes Mal, wenn Frau Rosenkranz ihm in der Schule über den Weg lief, empfand er eine Zärtlichkeit, die ihm das Herz wärmte und ihn erröten ließ. Er wollte zu ihr gehen, sie in den Arm nehmen und sagen: «Sie sind schön, telegen, und Ihr Geheimnis ist bei mir sicher.»

Er tat es nicht. Nur wenn die Klausuren korrigiert waren und er keine gute Note bekam, lächelte er sie milde an. Er hätte sich nie an ihr oder an ihrem Geheimnis aufgegeilt, die Befriedigung, die er darüber empfand, war permanent und ging tiefer als jeder Orgasmus. Ihm wurde noch immer ganz warm bei dem Gedanken. Clemens stand zwar nicht buchstäblich nackt vor ihm, aber er sah so mitgenommen aus, dass Aris ihm gern über den Rücken streichen wollte.

Clemens wirkte, als hätte er tagelang nicht geredet, denn jetzt hörte er gar nicht mehr damit auf. Er brühte eine weitere Kanne Kaffee. Aris gab sich so aufmerksam wie nötig, um höflich zu bleiben, wobei der Kaffee half, erfuhr aber nichts, was er nicht schon aus dem Pausenraum wusste. Clemens war fleißig im Bett, auch wenn er Claudia nicht mehr so heben konnte wie früher (das sagte er natürlich beides nicht). Er war aber auch sehr mager geworden, nach seiner Dickdarmentzündung. Sein Platz war am Herd. Als junger Mann hatte er eigentlich Raketentechnik in Moskau studieren wollen, aber der Untergang der DDR hatte seine Pläne durchkreuzt. Rote Bete konnte er jeden Tag essen, Nudeln gar nicht. Seine Mutter war ein hohes Tier in der SED gewesen, seine Großmutter im KZ inhaftiert, der Großvater hatte in Frankreich gekämpft. Die Kriegsgefangenschaft hatte ihm aber gut gefallen, er wollte sogar nach Frankreich auswandern nach dem Krieg. Clemens hatte Schuhgröße 39 und kaufte Schuhe manchmal extra in der 40, damit seine Füße größer wirkten. Er schnarchte nicht, aber atmete manchmal mitten in der Nacht sehr schwer, was Claudia im Schlaf oft hochschrecken ließ. Er war, wie Claudia oft sagte, kein Sechser im Lotto, aber für ihre Verhältnisse fünf Richtige plus Superzahl.

«Claudia sagt auch immer, du bist der Einzige im Spital, mit dem man sich anständig unterhalten kann.»

«Na ja, die Auswahl an Kollegen ist ja nicht so groß.»

«Das muss ja wirklich schlimm sein bei euch. Also, verstehe mich nicht falsch, aber dass es meine Claudia so umgehauen hat, gibt mir doch zu denken.»

«Was soll ich sagen, sie ist nicht die Erste, der das passiert. Aber sie hat sich lange gut gehalten.»

«Wie geht es dir da?»

«Keine Ahnung. Ich mache einfach meine Arbeit. Ich glaube, dass man darüber nicht so viel nachdenken darf. Ein Müllmann stellt sich ja auch nicht hin und sagt, oh, hier habe ich eine grüne Tonne und da eine blaue. Was ist der Sinn des Lebens?»

«Schon klar. Aber ihr habt ja mit Menschen zu tun.»

«Eben, Clemens. Genau deshalb sollte man nicht zu viel nachdenken. Sonst kann man den Job nicht machen.»

Aris kam sich sehr reif vor. Jetzt wollte er den Sack zumachen. Eine große Geste für das Finale. Doch er zögerte und verpasste so den perfekten Augenblick, um Clemens die Hand auf die Schulter zu legen.

«Willst du Claudia nicht auch mal besuchen? Ich könnte dich mitnehmen. Sie reißt sich bestimmt eher zusammen, wenn sie dich sieht, und kommt mal raus an die frische Luft. Da habe ich dann auch etwas von.»

«An sich gerne», sagte Aris, hielt kurz inne und fügte dann zu seiner eigenen Überraschung hinzu: «Aber ich verreise für eine Weile. Sag ihr ganz liebe Grüße. Ich melde mich, wenn ich zurück bin. Und halt die Ohren steif!»

Jetzt war Aris aufgestanden und hatte die Hand tatsächlich auf Clemens' Schulter gelegt. Clemens lächelte dankbar, brachte ihn wenig später zur Tür und wünschte ihm eine angenehme Reise. Aris fühlte sich gut.

Winter 1943

Panagia mou. Die Muttergottes war schwarz. Sie trug einen goldenen Haarreif, sonst nichts und saß auf Ruinen aus strahlendem, nur ganz leicht angestaubtem Marmor. Stylianos traute sich kaum aufzusehen. Ihre Worte hallten nach, und es zog ihn in Richtung Himmel fort. Er fiel aufwärts, entfernte sich, doch hatte er das Nachbild der Muttergottes noch eine Weile schemenhaft vor sich. Das Bild verblasste, bis er nur noch Sternenlicht um sich spürte. Glänzenden Staub im dunklen Nichts. Ihre Worte behielt er klar im Ohr. «Lauf, mein Kind! Nimm deine Sachen und lauf!»

Stylianos lag in seiner Zelle und keuchte. Es war stockfinster. Bestimmt hatte er noch zwei Stunden bis Sonnenaufgang. Jetzt war es draußen am kältesten. Sein Körper war steif, er lag mit aufgerissenen Augen auf dem Rücken. Er sah sich um und konnte sich trotz der Dunkelheit in seiner Zelle orientieren.

Kein Anlass zur Sorge. Das war nur ein Traum. Der Aberglaube prüft die Frommen, doch er schreckt sie nicht. Stylianos bekreuzigte sich, doch fühlte er sich dadurch nicht sicherer. Noch mal. Es half nicht. Das wird schon, dachte er. Es war ja nur ein Traum. Andererseits war das der erste

Traum, seitdem Stylianos das Kloster Megaspiläon betreten hatte. Er hatte so viele Nächte darauf warten müssen, dass er Angst bekam, er könne vielleicht gar nicht mehr träumen. Zum Glück konnte er das noch. Und den ersten Traum, den man an einem neuen Ort hatte, sollte man ernst nehmen, da war Tante Tasia sehr streng. Sie machte sich sicher Sorgen um ihn, sie wusste ja nicht, wo er gelandet war.

Er wusste es ja selbst nicht genau, wieso er ausgerechnet hier in Achaia in einer Mönchszelle lag. Aber das Essen war gut, die Arbeit einfach. Größere Wünsche oder gar Ansprüche hatte man in diesen Tagen kaum. Da brauchte es keine großen Fragen.

Bald waren es vier Monate seit seiner Ankunft, und Stylianos staunte, wie schnell die Zeit vergangen war.

In seinem Dorf wäre er bis vor wenigen Tagen damit beschäftigt gewesen, die Olivenernte einzufahren. Hier im Kloster konnte er den ganzen Tag lesen und sich in Ikonographien vertiefen. Und das, obwohl sein Weg anders gelaufen war als geplant.

Nachdem er im August in Richtung Athos aufgebrochen war, hatten die Straßensperren der Deutschen ihn vom Weg abgebracht. Stylianos hielt sich an Tante Tasias Anweisung und mied alle Wachposten. Sie befürchtete wohl, die Soldaten im Umkreis würden den Namen seines Vaters kennen und ihn trotz seiner Passierscheine festhalten. Griechische Spione machten ein gutes Geschäft damit, dass sie Leute vom Widerstand bei den deutschen Soldaten verpfiffen. Deshalb umgaben sich die Deutschen mit einheimischen Verrätern, die ihre plötzliche Macht nutzten, offene Rechnungen mit Nachbarn zu begleichen, indem sie sie bei den Deutschen denunzierten.

Die Angst hielt Stylianos für übertrieben, wie alle Ängste seiner Tante, aber ihr zuliebe und weil Vorsicht nicht schaden konnte, versuchte er, über die Bergpässe abzukürzen und die Landstraßen zu umgehen. Statt nach Osten ging er Richtung Süden. Er folgte Waldpfaden und versuchte, sich an der Sonne zu orientieren. Trotzdem wusste Stylianos schon bald nicht mehr, wo er war.

Es wurde dunkel, er übernachtete auf dem Ast einer mächtigen Platane und machte sich bei Sonnenaufgang wieder auf den Weg. Als er vor Hunger kaum noch klar denken konnte – seinen Proviant hatte er vor Aufregung in kürzester Zeit aufgebraucht –, stieß er auf eine Straße, die ihn bald zu einem Hof führte. Es war Mittag, er beschloss, sich etwas zu essen zu besorgen. Um die Zeit war sicher niemand da, den man fragen musste. Die einen machten Mittagsschlaf, die anderen waren draußen auf dem Feld. Er näherte sich vorsichtig von hinten, durch die Ställe. Sicher gab es hier Hunde, die aufzuschrecken keine gute Idee war. Jetzt ein Ei oder zwei und ein Stückchen Käse, mehr brauchte er nicht. Immerhin floss ihm noch etwas Wasser im Mund zusammen, wenn er ans Essen dachte, ganz ausgetrocknet war er also nicht. Weit und breit war kein Mensch zu sehen. Ein Maulesel döste im Schatten eines Orangenbaumes. Stylianos hatte die Straße im Blick. Außer dem Zirpen der Grillen, dem Surren und Summen der Bienen und Käfer war nichts zu hören als sein knurrender Magen. Gerade als Stylianos sich auf die kleine Lichtung vor dem Hof wagen wollte, packte ihn jemand von hinten am Hals und hielt ihm den Mund zu, er zappelte, denn der Griff war nicht allzu fest, bis er eine harte, aber hohe Stimme hörte.

«Halt die Fresse! Sie hören uns.»

Stylianos traute sich nicht zu atmen. Er wurde am Kragen gepackt, gegen einen Baumstamm gedrückt und umgedreht. Vor ihm stand eine junge Frau im Tarnanzug. Sie ließ von ihm ab und fuchtelte mit ihren Händen; es wirkte fast, als hätten ihre Bewegungen eine bestimmte Bedeutung. Stylianos verstand überhaupt nichts.

«Komm einfach mit», zischte sie schließlich und verschwand im Dickicht. Er zögerte kurz, doch folgte er ihr. Sie bewegte sich geschmeidig an den Sträuchern und Bäumen vorbei, während Stylianos so ungeschickt auf Äste und gegen Steine trat, dass sich die Soldatin zwischendurch empört zu ihm umdrehte. Sie erreichten einen Hochsitz, den sie erklommen. Die Soldatin reichte ihm eine Trinkflasche und eine Handvoll Oliven. Begierig begann er zu essen. Die Soldatin musterte ihn besorgt. Unter ihrer Mütze, auf der die Buchstaben E L A S eingestickt waren, ragten sonnengebleichte Korkenzieherlocken hervor. Sie hatte einige Schrammen im Gesicht und dunkle Augenringe, doch konnte sie nicht so viel älter sein als er.

«Was treibst du dich hier rum? Das ist gefährlich.»

«Ich hab nichts gemacht. Ich hab Papiere. Ich will nach Athos.»

«Über Patras? Bist du verrückt?»

«Ist das nicht die Straße nach Ioannina?»

«Ganz falsch. Wo kommst du her?»

«Aus Kommeno.»

«Du bist entkommen?»

Sie sah ihn erstaunt an.

«Entkommen? Was ist passiert? Hat es dort wirklich gebrannt?»

Sie zögerte.

«Hast du Familie in Kommeno?», fragte sie.

Er verneinte. «Ich war auf einer Hochzeit, vor dem Brand.»

«Kommeno gibt es nicht mehr. Die Deutschen sind am Morgen nach der Hochzeit gekommen. Das Dorf ist verloren.»

Stylianos sah sie fassungslos an. «Und die Hochzeitsgäste?»

«Fast alle tot. Fast das ganze Dorf.» Seine Augen brannten. Er konnte es nicht fassen.

Die Soldatin legte ihm eine Hand auf die Schulter und zog ihn an sich.

«Ein Wunder, dass du lebst», sagte sie, «und eben wärst du fast draufgegangen. Du bist direkt auf unsere Sprengfallen zugelaufen. Auf dem Hof gehen Deutsche ein und aus. Der gehört einem Kollaborateur.»

Stylianos rührte sich nicht. Sein Kopf lag auf ihrer Schulter und sie fuhr ihm über das Haar. «So ist das im Krieg, Kleiner, reiß dich zusammen», murmelte sie unbeholfen.

«Bist du eine richtige Soldatin?»

«Ich bin gelernte Schneiderin, aber ich tue, was nötig ist, wenn mein Land nicht frei sein darf.»

«Wie heißt du? Ich heiße Stylianos.»

«Aphrodite. Was willst du in Athos?»

«Ich muss weg von zu Hause. Mein Vater ist in die Berge, um gegen die Besatzung zu kämpfen. Meine Mutter hat gesagt, ich muss verschwinden, weil mich sonst die Deutschen holen.»

«Und da willst du zu den Pfaffen? Warum kommst du nicht mit und kämpfst mit uns? Ich hab auch als Späherin angefangen. Jetzt bin ich Botin und Leibwache.»

«Ich kann kein Blut sehen», stammelte Stylianos.

«Dann bist du in der falschen Zeit geboren.»

«Wegen euch muss ich weg von zu Hause», schluchzte er, «weil ihr die Deutschen angreift.» Jetzt weinte er doch.

«Das ist Propaganda, kleiner Mann», sagte die Soldatin und schob ihn von sich, «hätte ich dich eben vielleicht doch in die Luft gehen lassen sollen?»

Sie sah wohl die Angst in seinen Augen, zwinkerte ihm zu und kniff in seine Wange.

«Du bist hier ganz falsch. Aber du kommst erst mal mit. Nicht weit von hier werde ich eingesammelt. Wir fahren weiter nach Patras. Von dort kannst du weitersehen», sagte sie. Aphrodite zog einen Kaugummistreifen aus der Tasche ihrer Uniform und steckte ihn Stylianos in den Mund.

«Hier. Das hilft gleich gegen den Gestank.»

Wenigstens der Hunger war verflogen, dachte Stylianos und fragte sich nicht mehr, gegen welchen Gestank ihn der Kaugummi wappnen sollte. So kauerten sie im Viehtransporter und kauten wie die mageren Kühe über ihnen.

Die Ausdünstungen der Tiere wurden für die beiden immer schwerer erträglich, je mehr Kuhmist sich auf der Ladefläche anhäufte. Der Fahrtwind vertrieb immerhin die Schmeißfliegen. Die Kühe nahmen die Straßenschäden mit Gleichmut hin, Aphrodite und Stylianos wurden zwar ordentlich durchgeschüttelt, aber dösten immer wieder ein.

Sie kamen gut voran. Ab und zu wurde der Lastwagen langsamer, zum Stehen kam er immer nur fast. Stylianos hielt jedes Mal die Luft an und machte sich so klein wie möglich.

«Ich bin die Strecke schon gefahren. Es kann nicht viel schiefgehen», sagte Aphrodite und reichte ihm vom Brot, das im Laster bereitlag.

«Jetzt sag schon: Was willst du im Kloster? Bist du nicht etwas jung?»

«Da ist es sicher. Ich musste gehen, sonst hätten sie mich geholt, um meinen Vater zu bestrafen. Hat meine Mutter gesagt.»

«Was ist aus deinem Vater geworden?»

«Ich weiß es nicht.»

Aphrodite legte ihm die Hand auf die Schulter und sah ihn ernst an.

«Du solltest wirklich in die Berge gehen, wie dein Vater», sagte sie, «wenn wir alle kämpfen, ist der Krieg bald vorbei.» Stylianos schwieg.

Am Hafen von Patras schließlich trennten sich die Wege. Aphrodite musste zu Fuß weiter, sie wollte versuchen, auf eine Fähre zu kommen. Stylianos überlegte kurz, ob er sie nicht begleiten sollte. Er war nicht sicher, ob er es allein heil nach Athos schaffen würde, aber er hielt es auch nicht für wahrscheinlicher, an Aphrodites Seite lange zu überleben. «Schisser», sagte sie, drückte ihm noch etwas von dem Brot in die Hand und verabschiedete sich mit einer sanften Ohrfeige.

Es war viel los am Hafen, die Leute schienen es eilig zu haben. Die Möwen hier waren größer als am Ambrakischen Golf, und überall dampfte es. In der Ferne konnte er die Stadt erahnen, vor deren Silhouette Trümmerhaufen lagen. Stylianos lief wieder das Wasser im Mund zusammen, als er den gegrillten Mais roch, den ein alter Mann auf einem kleinen Holzkohlegrill zum Verkauf anbot. Seine Taschen waren leer, er brauchte gar nicht nach dem Preis zu fragen. Das Brot von Aphrodite war ein Anfang. Jetzt musste er nur noch zusehen, dass er weiterkam. Gerade als ihn Ratlosigkeit zu überkommen drohte, entdeckte Stylianos am Pier vier Mönche. Das Gefühl verflog so schnell, wie es gekommen war, denn er wähnte sich plötzlich seinem eigentlichen Ziel zum Greifen nah. Er näherte sich, sprach sie an, küsste vorsorglich jedem die Hand, weil er dachte, dass es im Zweifel nicht schaden würde, und fragte sie um Rat, in der Hoffnung, sie würden ihn nach Athos bringen. Sie nahmen ihn tatsächlich mit. Allerdings in ihren Orden, nach Megaspiläon. Seine Einladung vom Bischof, die er stolz präsentierte und die dazu gedacht war, ihm Einlass nach Athos zu gewähren, reichte als Vertrauensbeweis aus.

Gut, vielleicht musste es doch nicht Athos sein. Ihm war das recht. Kloster war Kloster. So viel schöner konnte es dort auch nicht sein. Die Landschaft in Achaia war karg, die Sonne blich Pflanzen und Steine aus, doch Megaspiläon war in einen mächtigen Felsen hineingebaut und von einem Wäldchen umgeben. Stylianos war jetzt Novize. Das war das Wichtigste. Das Leben im Kloster gefiel ihm gut. Am schönsten waren die Feste. Und es roch immer so gut nach Nelken und Weihrauch und Wachs. Hier ließ es sich aushalten. Viel geredet wurde nicht, die meisten verrichteten ihre Arbeit schweigend. Wie Ameisen. Das Singen bereitete Stylianos große Freude, nur war seine Stimme noch nicht tief genug.

Ja, es war schön hier. Und wohl auch sicher. Trotzdem. Dieser Traum. Ein Zufall konnte das doch nicht sein. Um die Muttergottes herum hatte es gebrannt, aber sie lächelte ihn beinahe hoffnungsfroh an. Als würde sie ihn aus den Flammen führen. Und es war warm. Waren das die Flammen? Jetzt fror er ein bisschen, aber im Traum war es, als umarme ihn die erste Märzsonne an einem windstillen Tag.

Ja, so fühlte sich das an, wie die Freude auf einen schönen Sommer, nachdem der Winter hart und lang gewesen war.

Er richtete sich auf. An seine Zelle hatte er sich noch immer nicht gewöhnt. Die Wände faszinierten ihn. Sie war in eine Höhle hineingebaut, wie das halbe Kloster. Als er im August angekommen war und sie bezogen hatte, war sie so kühl, dass es ihn nachts fror. Und jetzt, im Dezember, war es, als würde irgendwo ein Ofen lodern. Er brauchte nur ein Schaffell, um sich zuzudecken, zu Hause nahm er im Winter zwei oder drei. Aber diese Nacht war anders. Ein eisiger Hauch lag in der Luft. Stylianos taumelte zum kleinen Fenster seiner Zelle, schaffte es, dieses Mal nicht mit dem kleinen Zeh am Tisch hängen zu bleiben, und sah hinaus. Er atmete tief ein. Moment.

In der Ferne blinkte es. Hinten aus dem Wald. Panagia. Die Muttergottes. Er schlief doch nicht mehr. Er zwickte sich, ohrfeigte sich. Er war wach. Und wieder gab sie ihm ein Zeichen. Hastig entzündete er zwei Kerzen, brannte sich dabei einige Armhaare ab, er hasste den Geruch von brennendem Haar, und sammelte, so schnell er konnte, seine Sachen auf dem Tischtuch, das er zu einem Beutel verknotete. Seine Bibel, ein paar Kleider und seine Papiere. Die Muttergottes ließ man nicht warten. Er schlüpfte in seine Schuhe, warf das Schaffell um und schlich sich durch den Korridor zur schweren Eichenholztür. Als er die Tür öffnete und die kalte Morgenluft in seine Lungen strömte, hielt er kurz inne, zog dann die Tür hinter sich zu und verschwand.

ζ

Was für eine schöne Handschrift, dachte Aris, als er die rote Mappe endlich öffnete und zu lesen begann. Obwohl um ihn herum alle in ihre Bildschirme vertieft waren, hielt er die Mappe ganz nah an seinem Bauch, als könnten dic übrigen Passagiere ihm sonst etwas weglesen. Die Halskette mit dem Schlüssel zog er sich hastig über den Kopf und verbarg sie in seinem Pulloverkragen.

Hey Aris, hier schreibt Sibel. Vorab: das Geld, was dir Frau Xenaki gegeben hat, hat sie von Frau Schwab aus dem Vierten ~~geklaut~~ organisiert. Geil, was? Ich meine, die kann sich ja nicht wehren, und braucht das Geld ja auch wirklich gerade nicht, aber es wäre schon gut, wenn sie das irgendwann zurückbekommt. Jedenfalls: Ich sage keinem, wo du steckst. Claudia denkt bestimmt, du bist in den Dschihad gezogen. Aber sie ist ja nicht da. O.k., jetzt muss ich schreiben, was Frau Xenaki sagt, sie schaut mich schon böse an. LOL!

Kleiner Mann, Sibel schreibt diesen Brief für mich auf. Irgendetwas ist mit meinen Händen los. Sibel ist eine Traumfrau mit Verstand und Killerbody. Sibel: Das S steht für «sexy und smart». (O.k., ab jetzt schreibe ich richtig auf.)

Wenn du am Flughafen ankommst, atme tief ein und mach dich locker. Merke dir deine Aufgabe: In der Nähe des Nationalgartens, in der Straße Arktinou, befindet sich die Taverne Karavitis. Die hat einen Garten. Der ist durch eine weiße, gekalkte Mauer begrenzt. Gegenüber vom Eingang, hinter den Weinfässern, findest du den Koffer. Er ist eingemauert. Da ist alles drin. Bring den Koffer zu meiner Enkelin. Passt mit dem Schlüssel auf – wenn die Bombe hochgeht, habt ihr ein Problem. Das ist alles. Und du bekommst sogar Hilfe dabei. Dazu musst du zu Stelios gehen, der einen Kiosk am Omonoia-Platz hat. Er gibt dir den Schlüssel zu meiner Wohnung in der Faidrou-Straße, nicht weit von der Taverne Karavitis. Ist nichts Besonderes, war mal eine Ferienwohnung. In der Küche, unter der Spüle, findest du Werkzeug.

Stelios ist ein alter Freund der Familie, wir haben zusammen einiges erlebt, aber das kann er dir selbst erzählen. Er behält Aphrodite für mich im Auge und schickt mir alles, was von ihr in der Zeitung erscheint. Sie ist Fotoreporterin und trägt meinen Namen, Aphrodite eben.

Das ist der einzige Kontakt, den wir haben. Das Mädchen weiß nicht, dass es mich noch gibt. Sag es ihr nicht, überlass Stelios das Erklären, der ist gut darin. So.

Lies den zweiten Brief erst, wenn der Koffer offen ist.

P.S. Gut, dass du das machst. Es ist nie zu spät. Grüß Stelios von mir!

Das Schlimmste am Fliegen war für Aris immer die Landung. Einerseits war es zwar erfreulich und Aris' Ansicht nach ganz und gar nicht erwartbar, heil irgendwo anzukommen, andererseits waren seine Gehörgänge nach der Landung jedes Mal verstopft. Sein Schädel dröhnte schon währenddessen, da half weder Kaugummikauen noch Kiefergymnastik. Auch sämtliche Versuche der Selbstmedikation waren erfolglos geblieben. Sie verschlimmerten seine Situation sogar. Er erschrak vor jedem Menschen, der auch nur in seine Nähe kam, weil er das Gefühl nicht loswurde, dass sie alle auf Kollisionskurs waren. Aris flüchtete sich in den ersten Toilettenraum, den er sah, und schloss sich im WC für Menschen mit Behinderung ein. Er stellte seinen Rucksack ab und betätigte die Klospülung. Bei ihm auf Station standen die gleichen Toiletten. Man merkte, dass Deutsche den Flughafen gebaut hatten. Er wusch sich, putzte sich die Zähne, benutzte sogar Zahnseide. Ohne Erfolg. Er fühlte sich nicht wohler. Dazu überkam ihn das schlechte Gewissen: Wahrscheinlich wartete draußen jemand, der auf die Toilette angewiesen war, die Aris aus Jux und Tollerei besetzte, wie Gitte sagen würde. Er verließ den Toilettenraum, vor dem niemand stand, und lief Richtung Ausgang. Die Zollbeamten ließen ihn in Ruhe. Aris kaufte sich die Tageszeitung «TA NEA» und setzte sich in das nächste Café, das er fand. Jetzt bin ich echt hier; was bin ich für ein Depp, dachte er. Es dauerte eine Weile, bis er die Bedienung bemerkte, die darauf wartete, seine Bestellung entgegenzunehmen.

«Einen doppelten Espresso. Ohne Zucker. Ohne Milch.»

Er hörte sich selbst vollkommen dumpf, als riefe er aus einer Holzkiste heraus. Die Bedienung notierte und verschwand, sie schien das alles vollkommen normal zu finden. Vielleicht war es das. Oder sie war super professionell. Aris schlug die Zeitung auf. Das Parlament sollte ohne klare Mehrheitsverhältnisse den neuen Staatspräsidenten wählen. Wenn das oft genug schiefgehen würde, bedeutete das Neuwahlen. In Griechenland ging immer alles genau ein Mal mehr schief, als es schiefgehen konnte. Helmut wiederholte diesen Satz sehr oft in der Hoffnung, dass man ihn damit zitieren würde. Der Kaffee kam. Es war ein mit Sirup überzogener Cappuccino.

«Entschuldigung. Da gab es wohl ein Missverständnis. Ich wollte einen doppelten Espresso.»

«Ich weiß.»

«Warum bringen Sie mir dann einen Cappuccino?»

«Der Espresso ist echt ungenießbar bei uns. Das wollte ich Ihnen nicht zumuten. Mit Milch und viel Zucker geht es.»

«Aber Sie hätten mir doch einfach sagen können ...»

«O. k. Der geht aufs Haus.»

«Darum geht es mir doch gar nicht!»

«Na gut, und ein Schokocroissant gratis, aber jetzt beruhigen Sie sich doch wieder.»

Das Gute an dieser absurden Diskussion war: Aris' Stimme klang für ihn jetzt wieder wie gewohnt.

Er kippte den Cappuccino runter, schüttelte sich, stopfte das Croissant hinterher und las weiter. Politik, Wirtschaft, Sport. Rentenkürzungen, Konjunkturprobleme, Korruptionsskandale, missratene Brustoperationen. Eine Welt voller Hiobsbotschaften. Er faltete die Zeitung zusammen und warf sie gleich in den Mülleimer, um dem nächsten ahnungslosen Gast nicht auch noch die Laune zu verderben.

Als er aus dem Flughafen trat, war die Sonne nicht zu sehen. Immerhin waren die Bäume nicht so kahl wie in Deutschland. Der Bus Richtung Syntagma wartete schon, er warf eine Fentanyl ein, die er in seiner Jackeninnentasche fand, als er Kleingeld für das Ticket suchte, und stieg ein. Der Bus setzte sich in Bewegung, passierte IKEA, PRAKTIKER, OUTLET, noch ein OUTLET, oh, und noch ein OUTLET, die üblichen überdimensionierten Fertigbauhallen am Stadtrand und ordnete sich schließlich auf der Schnellstraße ein, die kaum befahren war. Aris spürte, dass sein Griechenland-Tourette sich wieder bemerkbar machte. Er hatte keinen besseren Ausdruck dafür. Seine Symptome schienen in der Fachliteratur undokumentiert. Immer wenn er in Griechenland ankam, egal wo genau, hatte er so etwas wie eine emotionale Allergie, die dazu führte, dass er eine starke Ablehnung gegen seine Umgebung spürte. Zum Glück hielt dieser Zustand nicht lange an, nervig war es trotzdem. Wenigstens fing es diesmal harmlos an. Das lag auch daran, dass es eine ganze Weile geradeaus ging. Links Felder, rechts Felder. Nichts zu beanstanden. Dann aber kamen die ersten Siedlungen, und seine Gedanken überschlugen sich. Orte, die keinen Namen brauchten, weil niemand nach ihnen suchte. Die Menschheit würde ihre Abwesenheit nicht bemerken. Hier wuchs niemand auf, für den man irgendwann eine emaillierte Gedenktafel anbringen müsste. Das vereinzelte Aufbäumen unverbesserlicher Einheimischer, die versuchten, mit billigen Fertighäusern die Bewohnbarkeit dieses Unortes zu behaupten, empfand Aris als kleinkariert und irreführend. Dann lieber gleich Wellblechhütten für alle. Stattdessen standen hier mit ausgeblichenen Reklameschildern vollgestellte Betonklötze, um zu verkünden: Hier war der Rest.

Alle, die im Sog des Zentrums lebten und es nicht weiter vor geschafft hatten. Alle, die hier nicht richtig sterben durften, obwohl nichts mehr lebte. Dazu ein paar Überzeugungstäter. Eine Handvoll. Aber waren die besser als die anderen oder einfach nur naiver?

Hier hatte es wohl jemand für eine gute Idee gehalten, einfach mal loszulegen, nach Lust und Laune zu bauen. Immer der Straße entlang.

Nimm nie den Landweg nach Athen, sagte Helmut immer. Lieber schön mit der Fähre nach Piräus, dann mit der Metro in die Stadt, Museen abklappern, sonst gibt es da ja nichts zu sehen, und schnell wieder zurück. Athen, wetterte er, ist historisch zuallererst eine bayerische Stadt, dann ein osmanisches Dorf und erst dann ein griechischer Moloch. Diese Kombination bringt das Verderben. König Otto, der hätte das alles so nicht gewollt, er hätte es auch zu verhindern gewusst, aber die Griechen mussten ja die Helden spielen, sie mussten ja den König vertreiben, der sie liebte wie sein eigenes Volk, der Griechisch gelernt hatte in Rekordzeit und massiv investiert hatte in die Auferstehung des antiken Hellas. Aber die Hirten und Bauern wollten eine Verfassung. Eine Verfassung, die seitdem immer nur mit Füßen getreten worden ist. Und dann nickte Helmut und blickte in die Ferne, um die Weisheit seiner Worte nachwirken zu lassen.

Vereinzelt klebten noch Wahlplakate an den Laternen. Das gab Aris den Rest. Mit Mühe hielt er sich auf dem Sitz. Grimmige Herren, schlecht angezogen, die das Volk beschworen. Hässliche, gut Angezogene, mit Hochstaplerfressen. Gutaussehende, nein, das waren Popsternchen auf Tour. Wo waren die Frauen?

Im Siedlungsbrei, den der Bus durchfuhr, sah man jetzt die Überreste vieler kleiner, im Laufe der Jahrzehnte von der Bauwut überschwemmter Dörfer. Aris kannte die Geschichten dazu, die Theorie. Jetzt im Bus zu sitzen ließ seine Reise noch unwirklicher erscheinen. Jedes Jahr waren sie in Griechenland gewesen. In Ioannina, in Nafplion. Auf Kreta, Paros, Naxos, Santorini, Mykonos. Zwischendurch ging es für Tagesreisen nach Athen, um in der sengenden Sonne Ruinen zu begaffen oder sich in Museen, die klimatisiert waren wie Leichenhallen, eine Erkältung zu holen. Athen und Halsschmerzen, das hing für Aris zusammen. Bis er der Letzte in seiner Schulklasse war, der noch mit auf Familienurlaube musste, weswegen Helmut widerwillig Erbarmen zeigte und ihn davon befreite.

Nun saß er im Bus vom Flughafen ins Zentrum und dachte, das sind doch meine Leute, warum haben die das hier alles so verbockt? Egal, durch welche Ortschaft sie fuhren, es standen höchstens noch die Kirche und ein Kafeneion, wohl aus Gründen der Pietät. Ansonsten Bauruinen, pseudofuturistische Musterhäuser, Lizenzhändler für Wasserbettmatratzen, autorisierte Motorradersatzteilreseller, Einbauküchenspezialisten. Fast alles war geschlossen, und warum sollte es auch öffnen? Wer hatte diese Läden je gebraucht?

Aris spielte mit dem Gedanken, sich im Vorbeifahren die Telefonnummern auf den rot-gelben «Zu vermieten»-Schildern zu notieren, nur um zu fragen, wie das mal war, als diese Menschen auf die Idee kamen, mitten im Nichts Wasserbettmatratzen verkaufen zu wollen. Was hatten sie sich dabei gedacht?

Auf einmal regnete es. Oder regnete es schon die ganze Zeit? Man sah die Schlaglöcher nicht mehr, sie waren jetzt kleine glitzernde Teiche inmitten der schwarzen Fahrbahn. Weißer Himmel, trotz getönter Fensterscheiben. Die Straßen wurden enger, es konnte nicht mehr weit sein, es gab nichts mehr zu sehen. Bullen, Schweine, Mörder war an die Wände gesprüht worden. Auf Griechisch klingt das gut.

Vor Aris saßen zwei junge Frauen aus Zypern, das hörte er ihnen mit Leichtigkeit an. Die eine hieß Medea, die andere hörte nicht auf zu reden. Vielleicht waren sie Schwestern oder einfach nur zu gute Freundinnen. Selfie hier, Selfie da und alle fünf Minuten: Wie spät ist es und wie weit müssen wir noch fahren? Die eine überlegte, etwas mit einem Erasmus-Deutschen anzufangen, glaubte aber, dass etwas mit ihm nicht stimme. Die andere bestätigte diesen Eindruck. Er schließe sich manchmal tagelang in seiner Wohnung ein, um zu lesen. Er brauche oft Ruhe und fuhr sogar allein in den Urlaub. Aris beschloss, nicht mehr zuzuhören, aus Höflichkeit und weil ihn das Gespräch anödete. Eine Weile hielt er durch, dann rechtfertigte er seine wiederaufgenommene Indiskretion damit, dass die beiden ja selbst schuld wären, wenn sie Privatgespräche in einem öffentlichen Bus führten. Sie rochen gut, das beruhigte ihn ein wenig. Medeas Onkel würde die beiden am Syntagma abholen, sie waren noch nie in Athen gewesen, morgen sollte es weitergehen nach Nikosia. Langweilig. Hinter ihnen standen Skandinavier in Outdoorkleidung. Sie sprachen nicht, sondern studierten Wanderkarten.

Der Busfahrer unterhielt sich mit den Radiomoderatoren, kommentierte sie, als könnten die ihn hören, als sei er live zugeschaltet. Er war bestimmt Kommunist. Er hatte einen Kommunistenschnauzer wie Tom Selleck, nur etwas weniger penibel gestutzt. Griechische Kommunisten sahen immer ein bisschen geschundener und ein bisschen lebensfroher aus als die übrigen Menschen. Sie machten laut Helmut ein Drittel der männlichen Bevölkerung aus, bei den Wahlen reichte es trotzdem immer nur für fünf Prozent. Wenn Musik die Redebeiträge überbrückte, sang der Fahrer mit.

Ihr Griechen habt alle eine so schöne Stimme, das liegt daran, dass ihr die Afrikaner Europas seid, hatte Gitte Aris früh mit auf den Weg gegeben. Damals hatte Aris sich noch darüber gefreut. Dabei war das nur ihr Wunschdenken. Gitte wollte immer schon nach Afrika, ihre Sehnsucht war grenzenlos, doch sie erfüllte sich ihren Traum nie. Stattdessen bestellte sie alle Holzelefanten, die nicht bei drei auf dem Baum waren, und hatte Helmut davon überzeugt, ihr zu versprechen, die Silberhochzeit in der Serengeti zu feiern. Bis dahin waren es noch ein paar Jahre, in denen Helmut jeden freien Tag in Griechenland verbringen wollte, dort, wo Aris nun auch war. Dort, wo seine Wurzeln lagen oder was von ihnen übrig geblieben war.

Der Busfahrer fuhr, als müsse er um jeden Preis die Achsen seines Busses brechen. Vielleicht wollte er auch nur schnell weg von hier, der Trostlosigkeit entkommen, die einen umgab. Hügel, gerodet seit der Antike, und krüppelhafte Olivenhaine. Baustellen, angefangene Straßen, unterbrochene Straßen, Schienen. Plötzlich, kurz hinter einer Unterführung, wurde es angenehmer. Chalandri hieß die Gegend. Schalandri würde Claudia sagen. Der Verkehr floss zäh.

Aris sah Passanten den Bus überholen. Blaue, vergitterte Polizeiwannen an jeder Ecke, Schmierereien an den Wänden und Bürogebäude, die mit Maklerbannern zum Kauf angeboten wurden.

Vielleicht einfach ein Nickerchen?

Als der Bus endlich am Syntagma ankam, war Aris furchtbar übel. Er stieg als Erster aus, versuchte durchzuatmen, aber da war kein Sauerstoff. Die Luft war voller Staub. Er musste husten. Er wollte rauchen. Die Zypriotinnen bekamen wohl Mitleid mit ihm, er musste wirklich sehr blass aussehen. Medea holte eine Cola vom Kiosk, drückte sie ihm in die Hand und sagte: «Kenn ich, unterzuckert.»

Aris bedankte sich unbeholfen und stolperte bei seinem eiligen Abgang fast über die Skandinavier, die ihren Mietwagen in Empfang nahmen, ausgiebig inspizierten, und hörte, dass sie Niederländer waren. Sonst hatte er ein Auge für solche Dinge. Wirklich.

Vor der Vouli, dem griechischen Parlament, kampierten über hundert Menschen, lagen ganz dicht beieinander, einige mit Paketklebeband über dem Mund. Auf den marmornen Treppenstufen, die zum Platz führten, spielten Kinder Seilhüpfen. Eine Aktivistin mit Dreadlocks, Nasenring und schwarzem Kapuzenpulli drückte ihm ein Flugblatt in die Hand. Die vermeintlichen Camper waren Syrer, junge Männer, Frauen, Familien mit Kindern, die in Hungerstreik getreten waren.

«Ja, ja, ich kenne das», sagte er zu der Aktivistin. «Bei uns hat das angefangen.»

«Wo denn? Was meinst du?»

«In Würzburg», sagte Aris und blickte weiter in ihre fragenden Augen. «Da haben sie sich die Münder zugenäht. Und dann sind sie zu Fuß bis nach Berlin marschiert.»

Er merkte erst jetzt, wie bescheuert das klingen musste. Als wollte er sagen, meine Syrer sind viel krasser drauf als deine Syrer. Nur Paketklebeband? Was für Amateure! Vielleicht waren es auch gar keine Syrer gewesen, sondern Iraner, aber was änderte das schon. Sie hatte ihn schon abgeschrieben.

«O. k.», sagte sie, lächelte höflich und verteilte weiter.

Gegenüber ließen sich Touristen mit ekelhaften Tauben fotografieren, die das Grab des unbekannten Soldaten in eine Kloake verwandelt hatten. Die Hünen von der Präsidentengarde standen wie versteinert vor ihren Schilderhäuschen. Ein alter Herr mit FC-Bayern-München-Schirmmütze legte den Touristen Mais auf die Schulter oder den Kopf, sodass die Tauben sich für ein Foto auf die Futterstelle setzten.

Überall standen Absperrgitter bereit. Die Polizisten hatten sich in Grüppchen über den ganzen Platz verteilt, trugen Kampfmontur, Beinschienen, Patronengürtel. Sie rauchten Selbstgedrehte, tranken Kaffee aus Plastikbechern und spielten mit ihren Mobiltelefonen. Einige ließen ihre überdimensionierten Waffen vor dem Schritt baumeln, als wären sie Rockstars und ihre Waffen E-Gitarren.

Sie waren überall, das machte Aris nervös. Und es kam, wie es kommen musste, Aris stolperte und fiel in einen hinein, fühlte das kalte Metall der Maschinenpistole. Sein Herz blieb stehen. Der Typ war gefühlt drei Köpfe größer als er und hatte wegen Aris seine Kippe fallen lassen. Aris sah es vor sich. Jetzt würde er mit in den Bus genommen, sein Rucksack würde ausgeleert und alles durcheinandergebracht, dann würden sie seine Personalien prüfen und versuchen, ihn einer Straftat zu überführen, die er nicht begangen hatte. Das ganze Programm. Wie zu Schulzeiten.

«Alles in Ordnung, Kumpel?», fragte der Polizist besorgt, tätschelte seinen Bauch, hob die Kippe auf und zündete sie wieder an, um dann ruhigen Schrittes weiterzugehen. Aris sah ihm verdattert nach. Bevor er begriffen hatte, was da gerade passiert war, fing es auch hier an zu regnen. Passanten verschwanden in den Metro-Eingängen. Die Polizisten kauerten sich unter ihre Schilde, wie die Römer bei der Schildkrötenformation. Die Syrer öffneten fast synchron ihre Regenschirme, wer keinen Schirm hatte, schützte sich mit zerschnittenen Lkw-Planen. Sie schienen routiniert darin zu sein. Aris zog sich seine Kapuze ins Gesicht. Das war also Athen. Zum ersten Mal sah er sich hier allein um. Alles war anders, wenn man allein unterwegs war. Ein geschmackloses, pissgelbes Parlamentsgebäude, umrankt von anderen geschmacklosen verglasten Gebäuden. In der Mitte Menschen, auf die es regnete.

Die Griechen hätten das mit dem Städtebau nicht wieder anfangen sollen. Alle paar Kilometer ein nettes kleines Dorf, das wäre eine gute Strategie. Diese Gebäude machten Aris genauso aggressiv wie die Alibi-Bäumchen und -Büschchen, die auf dem Platz zur Schadensbegrenzung integriert worden waren.

Der umherirrende Aris war so sehr damit beschäftigt vorzugeben, dass er im Gegensatz zu den ganzen Touristen wusste, wo es langging, dass ihm fast ein Oberleitungsbus über den Fuß rollte. OMONOIA stand groß auf dessen Anzeigetafel. Aris rannte ihm bis zur nächsten Haltestelle hinterher und quetschte sich dazu. Ein Telefon klingelte. Das Mission Impossible Theme. Es hörte nicht auf, wie sollte man in dem Gedränge auch einen Anruf entgegennehmen? Der Bus fuhr am Schliemann-Palais vorbei, dann an der Athener Trilogie, gegenüber spiegelte sich der Lykabettos im komplett verglasten Bürogebäude aus den Sechzigern. Er kannte das alles aus Helmuts Arbeitszimmer. In echt sah es schon irgendwie gut aus, konnte man nichts gegen sagen. Ein bisschen zu protzig vielleicht. Am Omonoia-Platz spuckte der Bus Aris aus, einige Passagiere fielen direkt in die Pfützen, denen man nur schwer ausweichen konnte. Endstation. Aris fand einen Kaffeeladen und wartete bei einem doppelten Espresso, den er diesmal tatsächlich bekam, den Schauer ab. «Welcome to Greece» prangte auf einem überlebensgroßen Transparent der Tourismusbehörde. Der Omonoia-Platz wirkte wie eine Tiefgarage, über der eine gigantische Betonmischmaschine ausgelaufen war. Und als alle den Platz schon aufgegeben hatten, dachte jemand, jetzt ist eh schon alles egal, lasst uns einen Olivenbaum in die Mitte stellen, das gibt dem Ganzen gleich eine viel tiefere Bedeutung. Der Taubenkot schien in den Boden eingebrannt zu sein. An den wenigen Stellen, die die Tauben ausgespart hatten, suchten Obdachlose Schutz vor dem Regen. Inzwischen nieselte es nur noch. Aris entschied, dass seine Jacke dem gewachsen war, zahlte den Espresso und lief den Platz im Uhrzeigersinn ab. Die ersten beiden Kiosk-Buden fielen weg. In der einen saß eine Frau, in der anderen ein junger Mann. Klar, er hätte jetzt hingehen und nach Stelios fragen können, andererseits fände er ihn ja vielleicht auch so. Kiosk drei und vier waren geschlossen. Nummer vier sicher schon länger und auf Dauer. Ein Halteverbotsschild war durch die Rollläden gerammt worden, und das Kunststoffdach war ausgeblichen und voller ... Taubenkot. Kiosk Nummer fünf sah nach Jackpot aus. Ein alter, sonnengegerbter Vollbärtiger mit Kapitänsmütze, der Posterboy jedes Reiseprospekts, saß darin und war in das Geschehen auf einem tragbaren Fernseher vertieft. Aris beobachtete ihn eine Weile. Das musste Stelios sein. Sein Kiosk war besonders, er verkaufte neben dem Kram, den alle anboten, noch Fußballfanartikel, Heiligenbildchen, Souvenirs für Touristen und kleine Fähnchen zu allen möglichen Anlässen.

«Entschuldigen Sie, kann ich Sie was fragen?»

«Kannst du nicht lieber etwas kaufen?»

«Ich suche einen Herrn Stelios. Der soll hier einen Kiosk haben.»

«Ach, der Stelios? Ja, den gibt es hier nicht mehr. Tut mir leid.»

«Sicher? Er soll hier sehr bekannt sein.»

«Ja, der ist in Rente gegangen vor ein paar Jahren. Der ist dann wieder in sein Dorf gezogen. Ich habe aber keine

Adresse von ihm und nichts. Aber in Igoumenitsa kannst du fragen, da kennt man ihn. Schuldet er dir Geld?»

«Nein.»

«Bist du von der Kirche?»

«Wie kommen Sie darauf?»

«Na ja, dein Bart ist ganz schön lang, und du guckst so böse.»

«Nein, ich muss was bei ihm abholen.»

«Na, und da hat er dir nicht gesagt, wo?»

«Na ja, ich kenne ihn ja nicht.»

«Also offenbar ist da was schiefgelaufen. Tut mir leid. – Ah, warte mal! Saki!»

Ein Mann um die vierzig mit Lennon-Brille und knallroter Steppjacke über schwarzem Rollkragenpullover stieg aus der Fahrertür des Taxis, das neben dem Kiosk geparkt war.

«Saki, du kennst dich hier in der Gegend doch aus. Der junge Mann sucht Stelios.»

«Stelios ist nicht mehr hier. Er war ein guter Freund von mir. Ein guter Mann mit vielen Lastern. Ein gefallener Engel. Kann ich dir helfen?»

«Ich wüsste gern, wo ich ihn finde.»

«Komm mit, vielleicht finden wir wenigstens eine Nummer von ihm.»

«Ich weiß nicht, ich schaue mich hier lieber noch mal um.»

Der Kioskbesitzer sah ihn staunend an.

«Sakis ist in Ordnung. Ich bürge für ihn.»

«Sie kenne ich ja auch erst seit zwei Minuten.»

«Ach was. Mir kommt es vor, als kenne ich dich dein ganzes Leben. Schau mal, du weißt doch, wo du mich findest. Ich kann hier ja schlecht weg.»

«Ich weiß nicht mal, wie Sie heißen.»

«Merkouris. Kostas Merkouris. Und du?»
«Kommenos. Aris Kommenos.»
«Na dann. Steig ein, Junge. Steig ein.»

Aris wusste, dass es womöglich keine kluge Idee war, bei Sakis einzusteigen. Er hatte aber auch keine bessere parat, weswegen er sich auf den Beifahrersitz sinken ließ, seinen Rucksack auf seinen Füßen abstellte und zwei Tabletten einwarf, die aussahen und schmeckten wie Ibuprofen. Er sollte jetzt nicht einschlafen, aber er fühlte, wie er erschöpft und schwer im Sitz versank, und konnte sich kaum dagegen wehren. Zumindest entführt werden könnte er mit dieser Karre nicht. Der Wagen sah viel zu geflickt aus, als dass man hier hätte jemanden einsperren können. Ein Škoda aus den Neunzigern, mechanische Fensterheber. Abgenutzte Armaturen. Ein vergilbter Rauchverbotsaufkleber und eine Taxilizenz, ausgestellt auf eine Frau Panagiota Papadopoulou, die mit Sicherheit gerade nicht neben ihm saß.

«Und wie ist es so in Bayern?»

«Bitte?»

Jetzt bloß keine Taxifahrer-Konversation. Aris wollte schlafen. Sein ganzer Körper war bereit zu kapitulieren, sich der Müdigkeit hinzugeben. Keine Chance.

«Na, du kommst doch aus Bayern. MUC klebt auf deinem Rucksack. Das ist München. Franz Josef Strauß. Ich fahre oft die Flughafentour, ich kenne alle Flughäfen, die Athen anfliegen. Frag mich nach irgendeiner Stadt, und ich sage dir den Code.»

«Ich glaube das schon, aber wo fahren wir jetzt hin?»

«YUL zum Beispiel. Weißt du, wofür das steht?»

«Nein.»

«Montreal. Kanada. Verrückt, oder?»

«Ziemlich. Aber wohin geht es denn jetzt?»

«Ich muss zu meiner Band. Du kannst mit, das ist kein Problem. Wir haben einen Auftritt heute Abend. In der Death Disco. Toller Laden. Ich bin Jazzbassist. Ich bin ziemlich gut. Mein Spitzname ist Mingus.»

«Was bedeutet das?»

«Na, Charles Mingus, der Bass-Gott! Hörst du keinen Jazz?»

«Nein.»

«Ich dachte, in Deutschland sind die Leute viel weiter. Egal, wir haben Soundcheck, dann Auftritt, und danach kümmern wir uns um dein Problemchen.»

«Ich habe leider nicht so viel Zeit. Lass mich hier irgendwo raus. Ich muss schauen, wo ich übernachte.»

«Du kannst bei mir schlafen. Ist doch Ehrensache, sonst kriege ich Ärger mit dem alten Merkouris. Sag doch mal, was führt dich überhaupt hierher?»

«Familie.»

«Und deswegen suchst du Stelios? Bist du mit ihm verwandt?»

«Nein, eine gemeinsame Freundin schickt mich. Er hat angeblich ihre Schlüssel.»

«Verstehe. Wie geheimnisvoll. Mach dir keine Sorgen. Wir finden den schon. Aber jetzt erst mal herzlich willkommen in Athen, und genieße das Kulturprogramm. Hier ist es. Steig aus, damit ich einparken kann.»

Aris tat, wie ihm geheißen, stieg aus und schüttelte seine Beine, die ihm im Taxi eingeschlafen waren und jetzt unangenehm prickelten. Er sah zu, wie Sakis den rechten Seitenspiegel an der Wand entlangschrammen ließ, bis er einklappte. Dann kam das Taxi zum Stehen. Der rechte Vorderreifen stand leicht erhöht auf einem Bordsteinrest. Sakis stieg aus, lief auf Aris zu, legte ihm den Arm um die Schultern und deutete auf ein olivbraun getünchtes Gebäude.

«Das ist es. Da geht es heute ab.»

Am Eingang kündigte ein Plakat eine Marilyn-Manson-&-Rammstein-Party an, bei der jeder zur Begrüßung einen Jägermeister bekam. Das Poster an der Tür versprach **tonight – fuckingbones**. Aha. Fünf Jungs in Ledermänteln mit langen Haaren.

«Hast du nicht gesagt, du machst Jazz?»

«Ja, aber Jazz zahlt dir keine Miete. In Athen sowieso nicht. Mit dem Gruftizeug kommen wir gut an. Die buchen uns sogar im Ausland. Bei den Proben machen wir halbehalbe. Erst spielen wir das darke Zeug und wenn wir warm sind, Jazz.»

«Die anderen sind auch Jazz-Musiker?»

«Na klar! Wir sind das Jackie-Onassis-Quintett. Wir dachten, wenn wir uns so nennen, lässt die Onassis-Stiftung vielleicht was springen, aber die fliegen lieber irgendwelche Ausländer ein und lassen die hier spielen. Komm rein, ich stelle dir die Jungs vor.»

Der Innenraum der Death Disco war in Rot und Schwarz gehalten. Neben der Bar führte eine Wendeltreppe nach oben. Eine Barfrau im Jägermeistertop füllte den Kühlschrank mit Getränken auf, der Techniker ließ am Lichtpult die Lightshow durchlaufen, justierte Scheinwerfer nach und fluchte, während er in den vielen Taschen seines Blaumanns nach irgendetwas suchte. Am Bühnenrand saßen Sakis' Musikerkollegen, rauchten und besprachen die Reihenfolge ihrer Songs. Aris schüttelte einmal reihum die Hände, ließ sich die Zigarette anzünden, die ihm angeboten wurde, schließlich brauchte er ja eine Beschäftigung, und stellte sich an die Bar.

«Sorry, könnte ich einen Aschenbecher haben?»

«Geht nicht. Rauchverbot!», sagte die Barfrau, ohne vom Kühlschrank aufzusehen.

«Aber hier rauchen doch alle.»

«Ja, aber ohne Aschenbecher.»

«Was soll ich mit der Asche machen?»

«Streu sie dir auf den Kopf oder lass sie auf den Boden fallen.»

Aris verließ die Theke ein wenig verstört, was Sakis offenbar bemerkte, denn er stand auf und kam auf ihn zu.

«Gleich am ersten Tag eine Rothaarige? Das kann ja nicht gutgehen. Hast du sie angebaggert? Hat sie dich abblitzen lassen? Fang mit den Blondinen an, die sind pflegeleichter.»

Aris hob die Brauen und hatte eigentlich keine Lust auf dieses Gespräch, fragte dann aber doch, was die hiesige Interpretation des Rauchverbots vorsah. Sakis zuckte mit den Schultern, sprach von EU-Gesetzen und davon, dass man nicht immer alles verstehen müsse. Der Rauch stand derweil bis zur Decke. Die Barfrau hatte ihre Zigarette zwischen die Lippen geklemmt, was ihr falsches Lächeln noch etwas unehrlicher wirken ließ, sie sprach so mit den Kunden, knallte Gläser auf die Theke und zog zwischendurch, bis die Asche abfiel. Als Aris' Blick sich mit ihrem traf, schaute er betreten zur Seite und flüchtete sich in den Plausch mit Sakis.

«Der Laden ist ja noch ganz leer. Wann spielt ihr denn?»

«Wenn er voll ist, mein Freund. Du musst noch Eintritt bezahlen, 5 Euro, Freundschaftspreis, vorne an der Kasse.»

Aris hatte keine Lust, für eine Pseudo-Gruftiband auch noch Eintritt zu zahlen, noch weniger aber wollte er sich auf ein länger andauerndes Wortgefecht mit dem Taxi-Jazz-suckingbone einlassen. Er zahlte an der Abendkasse, holte sich ein Bier und stieg die Wendeltreppe hinauf, um sich in einen der deplatziert wirkenden cremefarbenen Loungesessel sinken zu lassen. Irgendwo in seinem Rucksack steckte «Der Idiot» von Dostojewski. Vielleicht ging es darin um jemanden, der sich ähnlich fühlte wie er. Helmut hatte ihm das Buch in der neunten Klasse geschenkt, aber gelesen hatte Aris es nie. Es hatte ihm als Dekoration in seinem Wohnheim-Regal immerhin gute Dienste erwiesen. Weltliteratur! Sibel war ganz begeistert gewesen, dass Aris so ein tolles Buch besaß, woraufhin er die Russen-Abteilung des Antiquariats in der Neubaustraße leergekauft hatte. Tschechow, Tolstoi. Alles am Start. Tolle Bücher, aber die Namen der Figuren kann sich niemand merken. Keiner kann das menschliche Leid so auf den Punkt bringen wie die Russen. Weil sie diese Sprache haben, die vor Leidenschaft strotzt. Dort leidet man nicht, sondern einem zerspringt das Herz. Ohne den Kommunismus wäre Russland eine international anerkannte Kulturnation. Das war alles, was Aris darüber zu sagen gelernt hatte. Mehr brauchte es aber auch nicht. Er war für jede Stehparty gerüstet. Und Sibel kam dann nicht mehr.

Nachdem Aris das Bier ausgetrunken hatte, füllte der Laden sich. Überhaupt waren zwischenzeitlich alle Vorkehrungen für den Auftritt getroffen worden. Die Band hatte sich geschminkt und umgezogen, alle außer dem Sänger trugen Perücken. Der hatte das nicht nötig, war ohnehin dem Aussehen nach der einzige richtige Grufti unter ihnen. Ein pummeliger Grufti zwar, aber wo stand, dass Gruftis nicht auch mal pummelig sein konnten? In Athen schien man den Begriff Subkultur ohnehin etwas großzügiger auszulegen. Einige junge Frauen sahen eher wie Dominas aus, überhaupt schienen viele ihre Halloween-Kostüme ausgepackt zu haben. Aris hatte jahrelang eine Schulbank mit Basti Schlesinger, dem Überzeugungsgrufti mit dem Totenkopftick, geteilt und war sicher, dass der sich über den laxen Umgang mit seiner schwarzen Welt mehr als aufregen würde. Das Publikum aber schien Spaß zu haben. Anklatschen war gar nicht nötig. In der ersten Reihe tanzten in Korsetts geschnürte Hexen um die vierzig gegen den Takt an. Sie applaudierten artig vor und nach jedem Stück. Die Band war nicht schlecht. Das klang alles ordentlich, aber Aris sehnte sich nach einem Bett. Um wach zu bleiben, zwang er sich auf die Tanzfläche. Er synchronisierte sich mit den Kopfnickern aus der letzten Reihe, die von der Musik besonders ergriffen schienen. So rochen Gruftis nun wirklich nicht! Die waren alle frisch geduscht und parfümiert, sie sahen auch viel zu fröhlich aus. Die Lieder konnten sie mitsingen, Aris schaffte es kaum, den Text zu verstehen. Es ging um den tödlichen Kuss einer Hexe und die Vereinigung der Grufties aller Länder. Oder? Die Band blieb in ihrer Rolle, blickte düster und vergänglich drein, nur Sakis zwinkerte Aris bei seinem Basssolo zu. Zwei Lieder Zugabe, dann war es endlich vorbei. Aris wartete draußen am Auto. Sakis kam mit seinem Basskoffer in der einen und einer der Gruftihexen an der anderen Hand. Sie kicherten und turtelten. Man muss wissen, wann man verloren hat, dachte Aris und seufzte.

«Hier, das ist Aris, mein Neffe aus Deutschland. Mach dir keine Sorgen, er schläft im Wohnzimmer auf dem Sofa.»

Sakis bedeutete Aris, auf den Beifahrersitz zu verzichten, doch seine Begleitung meldete sich zu Wort.

«Ich gehe nach hinten. Die Männer sitzen vorne und navigieren, und ich mache es mir hinten gemütlich, wie es sich gehört.»

Sakis öffnete das Handschuhfach, holte eine Bon-Jovi-Kassette heraus, die er in das Blaupunkt-Kassettendeck einlegte, und eine Ballade eierte los. Prompt setzte von der Rückbank die zweite Stimme ein.

«Du bist mein Glücksbringer», flüsterte Sakis und reichte Aris eine Dose aus dem Handschuhfach, «hier, das sind Ohropax. Ich habe zwei Jahre keinen Sex gehabt, es könnte länger dauern und lauter werden.»

«Und dann gleich eine Rothaarige? War keine Blondine unter den Groupies?», fragte Aris. Sakis grinste anerkennend.

I want to lay you down in a bed of roses.

1944

Stylianos kniff das linke Augenlid so fest zusammen, dass es brannte. Dadurch schaukelte seine Zelle nur noch leicht. Der Schwindel wurde erträglich. Vielleicht könnte er so wieder einschlafen.

Viel sehen konnte er nicht. Morgengrauen. Die Lampe flackerte noch, doch der Ruß auf dem Glaszylinder verdeckte Docht und Flamme weitgehend. Stylianos hörte Bruder Athanasios neben sich schnarchen und wusste, wessen Bart ihm über Nacht mal wieder das Gesicht zerkratzt hatte und dass der Tag, der anbrach, ein Mittwoch war. Sonntags und montags schlief Bruder Athanasios bei Vater Kyriakos. Der wichste seinen Bart, wodurch er etwas ranzig roch, aber zumindest weich war. Bruder Athanasios' Bartlocken erinnerten an einen Dornbusch. Es kribbelte im Gesicht, wenn man ihm zu nah kam.

«Schmusen ist im Sinne Gottes», sagte er immer, und seitdem Stylianos eine Hütte mit ihm teilte, schlief Athanasios selten allein. Vorher hatte er jede Nacht bei Vater Kyriakos verbracht, doch der ertrug sein Schnarchen nicht. Bruder Athanasios war sogar zu den besten Ärzten Thessalonikis geschickt worden, um das Problem in den Griff zu bekommen. Der eine schob es auf Polypen, der andere verordnete den Verzicht auf Alkohol. Aber nichts zu machen. Alleine schlafen konnte er nicht. Freitags und samstags musste er es versuchen. Vater Kyriakos wollte ihm so helfen, selbständig zu werden. Da betrank er sich aber meist nur, oder er betrank sich und betreute die nächtlichen Gottesdienste. Dafür meldete er sich meist freiwillig, um möglichst immer in Gesellschaft zu sein. «Der Teufel holt dich nur, wenn du allein bist», hatte er Stylianos eines Nachts verschwörerisch zugeflüstert. Nicht mal auf Athos fühlte er sich sicher. Dabei lebten sie im Heiligen Garten der Panagia, der Muttergottes.

Auch Tsipouro zu trinken schien im Sinne Gottes zu sein, denn es verging kein Tag, ohne dass ein Fläschchen geleert wurde. Gerne auch ein zweites. Genauer betrachtet, war das nur konsequent, denn nachdem man den ganzen Tag auf dem Weinberg geschuftet und zwischendurch seine Gebete gesprochen hatte, gab es wenig mehr zu tun, als den Körper mit der Ernte zu betäuben und den Geist zu benebeln.

Die Asketen von gegenüber sahen das zwar anders, aber glücklicherweise waren sie der Überzeugung, dass der Kontakt zu den koinobitischen Brüdern spirituell nicht förderlich sei, und so behelligten sie die Nachbarschaft nicht allzu oft mit ihren Ansichten. Nur auf den Versammlungen der Klöster gab es Zoff. Aus denen hielt sich Stylianos aber ohnehin raus, das war etwas für die Alten, die so taten, als gäbe es da draußen keine Welt, die brannte. Vater Kyriakos war da anders. «Ein Mönch bewährt sich nicht im Kloster. Mönch wird man auf der Straße», pflegte er zu sagen. Wie er Mönch geworden war, wusste niemand so genau. Er sprach für koinobitische Verhältnisse nicht viel, und wenn doch, dann verkündete er Wahrheiten, die nicht dafür gedacht waren, dass jemand sie in Frage stellte oder auch nur kommentierte.

Das Problem am Tsipouro war der Morgen danach. Jedes Mal. Wer zu viel Wein trank, spieh ihn aus und war frei, kippte einen Bergtee hinterher und machte sich auf den Weg in die Messe oder zur Arbeit. Zwei Zwieback später war die Welt wieder in Ordnung. Tsipouro war die Hölle. Der Tresterbrand, den Gott vor 600 Jahren den Mönchen von Athos geschenkt hatte, drang bis in die letzte Zelle des Körpers ein, nahm die Seele, wrang sie aus und gab dem Besitzer das Gefühl, einmal von ganz oben auf die Welt blicken zu können, um ihn gerade dann, wenn er meinte, etwas zu erkennen, im freien Fall abstürzen und kopfüber im Sand landen zu lassen.

Es roch nach Petroleum, wie jeden Tag, doch heute drehte es Stylianos den Magen um. Er konzentrierte sich auf das Zwitschern der Vögel und stellte sich vor, wie erfrischend es sein musste, im jetzt noch kühlen Wind zu stehen.

Stylianos erhob sich, so behutsam er konnte, um Bruder Athanasios nicht zu wecken, merkte allerdings schnell, dass das keine gute Idee war: Er konnte nicht stehen. Zurück wollte er aber auch nicht. So sank er auf die Knie und kroch auf allen vieren aus seiner Baracke. Er folgte dem noch spärlichen Tageslicht durch den Flur, gab der dünnen Holztür einen Stoß und war draußen. Er richtete sich auf. Das Meer war so glatt und silbern, dass er nicht sicher war, ob er nicht doch noch träumte. Eine Fliege biss ihn, und er wusste Bescheid. Er schüttelte den Kopf so lange, bis der Schwindel unerträglich wurde. Irgendwann, kurz bevor Stylianos ohnmächtig wurde, musst es einen Punkt geben, an dem der Schwindel vom Schütteln den Schwindel vom Tsipouro neutralisierte. Das nannte sich Konfrontationstherapie. Bruder Athanasios schwor darauf, aber bei Stylianos hatte das bislang noch nie funktioniert. Er müsse nur weiter üben, versicherte ihm Bruder Athanasios bei jeder Gelegenheit und machte ihm mit heftigem Kopfschütteln vor, was zu tun war. Stylianos gab sich Mühe.

Heute half das alles wieder nichts. Er steckte sich den Finger in den Hals und erinnerte sich dank der Meeresfrüchte, deren halbverdaute Reste er im kniehohen Gras verteilte, dass gestern die Deutschen aus der Kommandatur da gewesen waren und er nach der Arbeit im Weinberg auch noch die Weizensäcke unten am Hafen entladen hatte, bevor es Essen für alle gab. Und das war Dienstag, denn dienstags kamen die Deutschen, holten Honig und Wein und brachten Weizen und Konserven. Ja, heute war Mittwoch, also musste er den Orthros-Gottesdienst vorbereiten. Er hatte kaum mehr als drei Stunden geschlafen.

«Ich muss mehr beten», murmelte er vor sich hin und trottete zur Kirche. Wenn er gähnte, schossen ihm Tränen in die Augen. Er könnte sich auch ins Gras legen. Das wäre eine gute Idee. Jetzt war es schön feucht, bedeckt von Tautropfen. Aber dort, in der Kirche, roch es immer gut, zu jeder Tageszeit. Bienenwachs und Myrrhe, schon immer hatte er diesen Geruch gemocht. Wie in Megaspiläon. Das Kloster Megaspiläon gab es nicht mehr. Wenige Stunden nachdem er das Kloster verlassen hatte, waren deutsche Soldaten eingetroffen und hatten es zerstört. Eines der ältesten Klöster überhaupt. Sie hatten Mönche getötet. Was war das für eine Welt, in der nicht einmal Mönche sicher waren?

Stylianos überlebte nur, weil die Muttergottes ihn gewarnt hatte. Sie hatte wohl noch etwas mit ihm vor. Er wusste nicht, was, doch er war bereit, in ihrem Garten auszuharren, bis sie sich ihm offenbarte. In der Zwischenzeit schadete es nicht, sich in den Dienst des Klosters zu stellen. Beten und Arbeiten. Er hatte in den letzten Monaten so viel gelernt. Wie man ein Dach deckte, Wein anbaute, kochte und putzte. Er las doppelt so schnell wie vorher und konnte den Katechismus nunmehr auswendig.

Stylianos betrat die Kirche. Er lauschte kurz. Keiner da. Auch hinter der Ikonostase war es ruhig. Jetzt eine Prise Weihrauch. Das beruhigte den Magen und ermüdete zugleich. Es war eine angenehme Müdigkeit, die ihn an die Abende erinnerte, wenn ihn seine Tante in den Schlaf gestreichelt hatte. Mit ihren Fingernägeln war sie ihm zwischen den Schulterblättern entlanggefahren. Die Härchen auf seinem Rücken stellten sich auf. Es kitzelte, und doch beruhigte es ihn. Er hatte Heimweh. Wenn er müde war, musste er besonders oft daran denken.

Es war schön auf Athos, aber ein jeder Tag glich dem anderen. Es wurde nur dann gefeiert, wenn die Deutschen da waren, aber wenn die Deutschen da waren, war Stylianos oft nicht nach Feiern zumute. Er zog sich dann auf eine Klippe zurück und blickte aufs Meer. Ihm fehlte das saftige Grün seiner Heimat. Die Bäche und Seen und Ziegen. «Das Paradies erkennst du immer erst, wenn du verstoßen wirst» war einer der Sprüche des Bruders Athanasios. Und auch wenn der dabei sicher nicht Stylianos' Dorf vor Augen hatte, schien der Gedanke naheliegend, dass Stylianos genau das widerfahren war. Als kleines Kind schon hatte er unbedingt weggewollt. Jetzt schien ihm kein Ort wertvoller. Aber die Muttergottes hatte eben einen Plan, und eines Tages würde ihre Gnade ihn zurück nach Hause bringen, da war er sicher. Athos war seine Probe. Auch das hatte Bruder Athanasios erkannt.

Eines Abends, als beide nicht schlafen konnten, hatte Stylianos ihm erzählt, dass er Angst hatte, dass die Deutschen ihm einfach überallhin folgten und alles zerstörten, was ihm lieb war. «Keine Sorge», hatte Bruder Athanasios gesagt, «hier sind die Deutschen schon.»

Und tatsächlich, die Deutschen gingen ein und aus, wie sie wollten. Mit Zigaretten und schönen Uniformen.

In einigen Klöstern hingen sogar Bilder von Adolf Hitler, dem deutschen Führer und Beschützer von Athos.

Vater Kyriakos sagte, dass die Deutschen selbst orthodox werden würden. Das sei nur eine Frage der Zeit und bereits vor eintausend Jahren prophezeit. Ein Feldherr aus dem Norden würde aufsteigen und alle Völker unterwerfen, auch die Griechen. Doch nach dem großen Sieg über die Juden und die Bolschewiken würde der Feldherr selbst zum orthodoxen Glauben finden und den Heiligen Berg ehren. Hitler würde bald König der Griechen werden und die Orthodoxie annehmen. Er hatte den Bulgaren ja sogar verboten, Athos zu betreten, und es so vor Plünderungen gerettet.

«Werden sie bis zum großen Sieg etwas von unseren Dörfern übrig gelassen haben, Vater?», hatte Stylianos ihn bei der Beichte gefragt.

«Die Deutschen sind unsere Freunde, mein Sohn, nichts passiert ohne Grund», hatte Vater Kyriakos geantwortet und ihm auf die Schulter geklopft, «vertraue auf Gott.»

η

«Auf geht's! Ein neuer Tag erwacht! Wenn du aus der Tür gehst, kommt nach hundert Metern auf der linken Seite ein Bäcker. Kannst du ein paar Teilchen und Kaffee holen? Ich habe nichts da.»

Aris, der schon eine Weile wach und starr auf dem Sofa lag, als könnte die kleinste Bewegung das ganze Universum ins Wanken bringen, kam langsam zu sich. Er versuchte zu Schlucken. Mund und Lippen waren völlig trocken. Diese blöden Tabletten. Er rieb sich den Schlaf aus den Augen und sah, wie Sakis in einer verblichenen Superman-Unterhose Apfelsinen unter dem Sofa hervorrollte.

«Vitamin C aus meinem Dorf. Viagra ist nichts dagegen.» Er warf ihm eine zu und verschwand mit einigen in der Hand.

Aris stand auf, er war noch immer angezogen. Ihm tat alles weh. Das Wohnzimmer war nicht beheizt, und die Kälte war ihm über Nacht in die Knochen gekrochen. Sakis hatte nicht erwähnt, dass seine Wohnung weder an das Stromnetz angeschlossen noch mit nennenswerter Inneneinrichtung ausgestattet war. Im sogenannten Wohnzimmer diente eine braune Fußmatte als Teppich. Das Sofa, dessen Brandlöcher ihm ein langes Leben oder zumindest eine intensive Nutzung bescheinigten, lud bei Licht betrachtet nicht gerade dazu ein, darauf Platz zu nehmen, geschweige denn darauf zu schlafen. Vielleicht bestand die Hauptaufgabe des Möbelstücks darin, das leere weiße Bücherregal zu stützen, das durch Aris' Schritte zu schwingen begann. Der Flur war vollkommen leer. Zumindest knarrte dort der Mosaikboden nicht wie das Parkett im Wohnzimmer. In der Küche standen ein Gaskocher und ein riesiges Einmachglas voller Zuckerwürfel auf einem klapprigen Plastiktisch, daneben ein voller Aschenbecher, darunter zwei Hocker. Aris traute sich nicht, in die Küchenschränke zu schauen. Die Essensreste im vernarbten Marmor des Spülbeckens ließen nichts Gutes vermuten. Das musste mal eine sehr schöne Wohnung gewesen sein, bis jemand den Entschluss fasste, sie zugrunde zu wohnen. Sakis, der Typ, der ihm helfen sollte, Stelios zu finden und in diesem Chaos wahrscheinlich nicht mal auf Anhieb seine Schlüssel finden würde. Das Bad sah o.k. aus, Aris hatte gehört, wie Sakis darin herumgeräumt hatte. Sicher hatte er alles in den Wäschekorb gestopft, der verdächtig prall war. Auf die Art aufräumen konnte Aris auch. Der Duschvorhang war offenbar ein Altersgenosse des Sofas. Das Badfenster war zugemauert und die Folgen dessen ließen sich an den notdürftig überpinselten Schimmelresten an der Decke begutachten. Hinter der Schlafzimmertür hörte Aris die Hexe glucksen, und es klang, als ob sie sich näherte. Hastig schnappte er sich seine Schuhe und verließ die Wohnung. Der Hausflur war dunkel und leer. Die Farbe blätterte von den Wänden ab, dafür war die Eingangstür neu und mit drei zusätzlichen Riegeln ausgestattet. Draußen blieb er kurz stehen. Die Sonnenstrahlen wärmten ihn durch. Kinder spielten auf der Straße mit einer Drohne. Alle Alten, die vorbeikamen, hatten kleine Hunde dabei, die denselben dürren Baum um die Wette markierten. Die Alten bekreuzigten sich dabei. Es dauerte einen Moment, bis Aris die Kirche auf dem Hügel gegenüber entdeckte, der die Geste galt. In der Straße gab es zwei Schlüsseldienste, zwei Schuhgeschäfte, zwei Klimaanlagenläden und zwei Kaminverkäufer. An der Ecke fand Aris die Bäckerei, die eher einem kleinen Kafeneion glich, mit dem Unterschied, dass in der Vitrine etwas Gebäck auslag.

Der Inhaber sah Aris prüfend an und fragte schließlich: «Schickt er jetzt seine Freunde, der feine Herr? Traut er sich nicht mehr selbst her?»

«Ich verstehe nicht, was Sie meinen.»

«Na, der Sakis. Ich habe euch letzte Nacht gesehen. Er hat keinen Kredit mehr bei mir. Wenn er etwas will, soll er selbst kommen. Bist du mit ihm verwandt?»

«Nein, eher befreundet. Ich kenne ihn noch nicht so lang.»

«Ich gebe dir einen Rat. Halt dich von ihm fern. Wo er ist, da ist unten. Weißt du, wie viel er mir schuldet? 270 Euro.»

«Das ist viel.»

«Und der wohnt noch kein halbes Jahr hier.»

«Er wohnt schon ein halbes Jahr hier?»

«Ja, ich kann mich gut erinnern. Sein Vormieter war ein guter Mann. Amerikaner. Von der NATO. Der hatte hier sein Sexyloft. So heißt das doch, oder? Da sind die Models ein und aus gegangen.»

Mit einer für Aris nicht eindeutig dechiffrierbaren, in jedem Fall offensichtlich obszönen Geste veranschaulichte der Bäcker das Treiben des amerikanischen Vormieters. Zwei Herren, die am einzigen Tisch saßen und vorher Zeitung gelesen hatten, pflichteten ihm bei, indem sie begannen aufzuzählen, mit wem der Amerikaner schon an der Bäckerei vorbeispaziert war.

«Ich wollte nur schnell drei Becher Kaffee und ein paar Teilchen holen. Ich zahle auch gleich.»

«Wie trinkst du den Kaffee? Sakis nimmt drei Zucker und viel Milch. Wie ein Weib.»

«Ich? Schwarz.»

«Du gefällst mir. Die meisten Männer von heute wissen nicht mehr, was ein Mann ist. Du bist kein versauter Athener. Du kommst vom Land. Lass mich raten, du kommst sicher aus Peloponisos.»

«Stimmt genau.»

«Siehst du, ich habe ein Auge für solche Sachen. Pass auf dich auf, dieser Sakis ist keine gute Partie. Sei vorsichtig.»

«Danke.»

Aris zahlte und kehrte zur Wohnung zurück. Sakis öffnete ihm und lief rauchend weiter in Richtung Küche, als er eintrat.

«Wo ist deine … Bekannte?»

«Die musste zu ihren Kindern. Danke noch mal für gestern, du hast mir wirklich Glück gebracht.»

«Der Bäcker ist sauer auf dich, du sollst deine Schulden bezahlen.»

«Der soll sich hinter Schäuble anstellen.»

«Hier ist die Rechnung. Neun Euro und dreißig Cent.»

«Wir machen zehn draus. Du kriegst Trinkgeld für deine Lieferung.»

«Willst du mir das Geld gleich geben?»

«Klar, wir können das verrechnen. Ich habe dich gestern gefahren. Mein Tagessatz sind 100 Euro. Dir mache ich einen absoluten Freundschaftspreis von 30 Euro, aber verrat das keinem. Dann hast du bei mir geschlafen, und zwar zum

Freundschaftspreis von 25 Euro. Die Orange kostet 1 Euro das Stück, die ist bio und alles. Sind insgesamt 56 Euro. Davon ziehen wir das Frühstück ab und den Sexbonus, du schuldest mir also 21 Euro.»

«Ich finde das nicht in Ordnung.»

«Das ist deine Integrationsgebühr. Ihr Griechen aus dem Ausland kommt hierher und denkt, ihr wisst, wie es läuft. Ihr habt keine Ahnung! Ihr seid noch dümmer als die Ausländer, weil, die wissen wenigstens, dass sie keine Ahnung haben.»

«Die meisten sind sicherlich schlau genug, sich Typen wie dir vom Hals zu halten, um nicht auf die Fresse zu fliegen. Ich haue ab. Danke für alles.» Aris Stimme hallte in der fast leeren Wohnung. Er meinte rot zu glühen, vielleicht auch grün wie der Hulk. Er spürte seine Halsschlagader pochen und stellte sich vor, wie er sich mit beiden Händen einen Plastikstuhl schnappte, um ihn auf Sakis Rücken zu zertrümmern. Sein Kopf würde auf dem Aschenbecher aufprallen und die Asche Tausender Zigaretten aufwirbeln. Aber Plastikstühle brachen nicht einfach. Sakis stand im Türrahmen und machte keine Anstalten, Aris Platz zu machen. Er biss in einen Donut und wischte sich den Zuckerguss, der sich dabei um seinen Mund verteilte, mit dem Ärmel ab. Er ließ Aris nicht aus den Augen, während er mit offenem Mund kaute. Aris verbrühte sich die Lippen am Kaffee, ließ sich aber nichts anmerken. Er hielt Sakis' Blick stand. Als der sich eine Zigarette anzündete, nutzte Aris die Lücke, schnappte sich seinen Rucksack und lief Richtung Tür.

«Warte mal! Ich habe versprochen, dir zu helfen, und das mache ich auch. Gib mir fünfzig Euro.»

«Willst du mich verarschen? Wie dumm müsste ich sein, jetzt noch mal auf dich hereinzufallen?»

«Ich habe mein Ehrenwort gegeben. Ich bringe dich zu

Stelios. Ich muss nur vorher tanken, und Maut kostet das auch.»

«Weißt du was? Lass uns losfahren, bevor ich es mir anders überlege.»

Sakis rauchte beim Frühstücken einfach weiter. Er hielt die Zigarette in der einen, das Gebäck in der anderen Hand und biss und zog abwechselnd. Zwischendurch trank er mit Strohhalmen aus den beiden Kaffeebechern, da der Kaffee für die Hexe ja nun übrig war. Aris umklammerte seinen Kaffeebecher und bemerkte, dass seine Hände noch immer zitterten. Erschrocken knallte er den Becher auf den Tisch.

«Jawohl, mein Führer!» Sakis sprang auf und salutierte. «Lass schon mal die Autoheizung anlaufen, ich muss mich noch fertig machen.»

«Draußen sind bestimmt 18, 19 Grad.»

«Eben», sagte Sakis, drückte Aris den Autoschlüssel in die Hand und schob ihn aus der Tür.

Als Aris aus der Haustür trat, sah er, dass das Taxi auf der gegenüberliegenden Straßenseite den Gehweg versperrte. Passanten fluchten, weil sie einen großen Umweg machen mussten, um dem Taxi und den direkt dahinterstehenden Mülltonnen auszuweichen. Einige beließen es nicht beim Schimpfen, sondern traten nach dem Fahrzeug. Eine junge Frau zerkratzte mit ihrem Schlüssel eilig den Autolack. Jetzt wusste Aris, warum das Taxi so abgenutzt war, und beschloss, lieber vor der Tür zu warten, um nicht selbst zur Zielscheibe der aufgebrachten Fußgänger zu werden.

20 Minuten später kam Sakis endlich nach. «Hast du es nicht gesehen? Ist doch direkt gegenüber.»

«Ach so. Stimmt», sagte Aris und eilte zum Taxi. Gerade kam niemand, der Moment war günstig, um einzusteigen.

Sakis verschob die Mülltonnen beim Ausparken mit dem Heck. Sein Fahrstil war euphemistisch formuliert anarchisch. In Würzburg hätte man ihn nach zwei Minuten aus dem Verkehr gezogen.

«Weißt du, mein Bruder, Frauen über vierzig sind Napalm. Die brennen dich bis auf die Ruinen nieder, und dann musst du wie Phönix aus der eigenen Asche steigen. Aber dann bist du wie neugeboren. Die wissen, sie haben vielleicht noch fünf gute Jahre. Mit viel Mühe und ein paar Wartungsarbeiten zehn. Da vergibst du keine Gelegenheit. Jedes Mal könnte ihr letztes sein. Und weißt du, was noch krasser ist als Frauen in den Vierzigern?»

Aris spielte mit dem Gedanken, sich die Ohren zuzuhalten und «Lalala, this is me making some noise so I can't hear you» zu rufen, doch nicht mal das traute er sich. Sakis fuhr fort, ohne auf Aris Antwort zu warten.

«Alleinerziehende Mütter in den Vierzigern, die wieder bei ihren eigenen Eltern wohnen. Wie Marilena gestern.»

«O. k.»

«Merk dir das, für dich ist das gefährlich. Ich meine, ich habe in meinem Leben schon einiges weggebumst. Aber du, du würdest keine fünf Minuten aushalten. Die wringen dich einfach aus. Mann, guck nicht so, das sind Überlebenstipps, die du hier bekommst. Die stelle ich nicht mal in Rechnung. Ich habe auch eine Theorie dazu. Frauen sind klüger als Männer.»

«Weil sie mit dir ins Bett gehen?»

«Du gefällst mir. Du bist ein kritischer Geist! Wir brauchen mehr von deiner Sorte. Ich werde dir das wissenschaftlich erklären. Du musst wissen, ich komme aus dem gleichen Dorf wie Aristoteles.»

«Das wundert mich überhaupt nicht.»

«Jetzt musst du aufpassen, zu viel Ironie macht unsympathisch. Weil Frauen also klüger sind, denken sie. Und was denken sie? Sie denken, was will ich vom Leben? Manche wollen lange Spaziergänge, andere Kochen und wieder andere Vögeln. Kannst du mir so weit folgen?»

Aris nickte. Er war abgelenkt, weil Sakis beim Reden nicht nur gestikulierte und dazu das Lenkrad erschreckend oft losließ, sondern sich auch noch Zigaretten drehte, wobei er die Hupe als Ablage nutze. Aris war deshalb permanent und so unauffällig wie möglich bereit, notfalls ins Lenkrad zu greifen.

«Egal, was sie wollen, sie nehmen sich nicht einfach das Nächstbeste. Sie gehen nicht zu Lidl und sagen, gib mir den Schwanz im Sonderangebot.»

«Sie gehen also in den Feinkostladen. Und da wartest du?»

«Du hast jetzt stark vereinfacht, aber ja. So ist es. Die Kunst ist also, die Frauen zu überzeugen, dass du der Richtige für die wenigen Male bist, die sie noch Sex haben werden.»

«Und wie hast du das gemacht?»

«Frauen wollen nicht einfach einen Rammler. Sie vögeln gegen ihre innere Leere an. Wenn du bumst wie auf Duracell, wirkt das kurz geil, reicht aber nicht. Danach fühlen sie sich immer noch leer, und sie vergessen dich. Du musst ein gutes Herz haben, damit sie es nicht bereuen. Hier kommst du ins Spiel.»

«Und zwar wie?»

«Na, ich habe von dir erzählt und dass ich mich um dich kümmere und dafür meine Tour mit Bon Jovi durch die USA abgesagt habe.»

«Und das hat sie geglaubt?»

«Keine Ahnung, aber dass du Leukämie hast und ich dir Stammzellen spende, kam schon sehr gut an.»

«Wie kommst du auf solche Lügen?»

«Das sind keine Lügen, mein Junge. Das nennt sich Vorspiel. Wäre sie auch so mit mir ins Bett? Klar. Ich bin der Bassist. Ich könnte hässlich sein und würde trotzdem eine abbekommen.»

«Umso schlimmer.»

«Wenn sie mit mir ins Bett geht, soll sich das für sie doch auch lohnen, oder nicht? Sex ist ein Ganzkörpersport. Das musst du noch lernen.»

«Das ist emotionale Ausbeutung.»

«Wir reden hier von Sex. Du und deine Moral. Schau, das Meer. Mach mal Musik an, aber nicht Bon Jovi, sonst kriege ich wieder einen Ständer, und dann musst du ran. Nimm Tom Waits. Das ist die weiße Kassette vorne rechts.»

God's away. God's away. God's away on business.

Die Wellen wippten sachte neben ihnen. Ein paar Delfine wären jetzt schön, dachte Aris, dann fiel ihm ein, dass die auch nur am Bumsen waren und sich im Zweifel mit Sakis verbrüdern würden. Das hatte ihm gerade noch gefehlt.

«Wohin fahren wir denn überhaupt?»

«Es wird dir gefallen.»

«Sag mir einfach, wo wir hinfahren.»

«Ist dir was in meiner Wohnung aufgefallen?»

«Nein, was?»

«Na, sie ist leer. Ich habe keine Möbel. Während meine Möbel in Isthmos herumstehen und vergammeln.»

Aris setzte kurz zu einer Antwort an, doch er hatte keine Lust mehr auf dieses Gespräch. Er schnippte die Kippe aus dem Fenster, im Aschenbecher war kein Platz mehr, und lehnte sich im Sitz zurück, ließ das Kinn auf die linke

Schulter sinken und blickte an Sakis vorbei auf die rostigen Frachter. Im Hintergrund zeichneten sich die hügeligen Inselchen des Saronischen Golfs ab.

Obwohl Sakis Aris das Geld für die Maut abgeknöpft hatte, umfuhr er die Nationalstraße und kurvte staubige Feldwege entlag, vorbei an Olivenhainen und Kleingärten.

«Nicht traurig werden, mein Dicker! Gleich, wenn wir die paar Möbel zu mir gebracht haben, geht es zu Stelios», sagte Sakis aufmunternd. Das könnte ich sein, dachte Aris, verwarf den Gedanken aber sofort wieder. Kein Mensch ist gleich, jeder verkackt es auf seine Weise, sagte Sibel immer.

Mit einem Mal ging es steil abwärts, und kurz vor der Strandzufahrt bremste Sakis so abrupt, dass sich die Taxireifen in den Schotter gruben und der Wagen rutschte.

«Willkommen im Paradies», sagte Sakis. Erst beim Aussteigen bemerkte Aris, dass Sakis die ganze Fahrt über nicht angeschnallt gewesen war. «Bleib in meiner Nähe, es gibt hier ein paar Kampfhunde, die keine Fremden mögen.»

Auch an diesem Ort, den Sakis als Paradies pries, hatten die Griechen ihrem Erfindergeist keine Grenzen gesetzt. Von der Wellblechhütte bis zum Miniaturfachwerkhaus war auf dem Gelände jeder Baustil vertreten. Sie gingen zu einem kleinen Backsteinhaus auf Stelzen, vor dem eine rote Flagge mit Sakis' Konterfei gehisst war. Der Vorgarten stand voller Barhocker. Eine Girlande aus Bikinioberteilen verzierte den Hauseingang, die Sakis mit einem euphorischen «Manche schaffen es angezogen rein, aber keine geht angezogen raus» kommentierte. Aris simulierte Brechreiz. Sakis lachte laut und schloss die Eingangstür auf. In dem Gartenhaus, das aus einem einzigen Raum bestand, waren ein buntes Sofa, Tische, Stühle und ein breites Bücherregal übereinandergestapelt worden. Alles war mit transparenter Plastikfolie abgedeckt. Sakis schien das Haus auch als Tonstudio genutzt zu haben. Überall standen Musikinstrumente herum. Es gab ein Mischpult, Gitarrenverstärker und Mikrophonständer. «Die Instrumente und das runde Bett lassen wir hier, der Rest kommt ins Auto.»

Aris zog die Augenbraue hoch. Nicht mal die Hälfte davon würden sie mitbekommen. Sakis verschwand durch den Hinterausgang und kam mit einem Geflecht aus Gurten über der Schulter zurück.

«Los geht's, pack mit an. Erst das Regal aufs Dach, darauf den Tisch mit den Stühlen, und das Sofa kommt in den Kofferraum und auf die Rückbank. Den Rest nimmst du auf den Schoß.»

Aris grinste höhnisch und breit, aber Sakis war schon auf dem Weg zum Auto und bemerkte es nicht. Im Gehen versuchte er, die Gurte zu entwirren. Aris nahm immerhin zwei Stühle mit nach draußen. Sakis schien die Seile akribisch um das Auto anzuordnen, aber Aris war sich sicher, dass er nur Eindruck schinden oder, noch schlimmer, Aris den Großteil alleine schleppen lassen wollte. Er lehnte sich ans Auto und schaute Sakis zu.

«Hast du keine Freunde, die dir beim Umzug helfen können?»

«Meine Kreditwürdigkeit, was Gefallen angeht, ist etwas überstrapaziert. Wenn wir hier fertig sind, schmeiße ich eine Runde Souvlaki und zwei Runden Bier.»

«Von meinem Geld, nehme ich an. Und lass mich raten, danach bringst du mich zu Stelios, nur dass irgendwas dazwischenkommt, was mich Geld und Nerven kostet, und dann sagst du: Hey, mach dich locker, stell dich nicht so an, das Leben ist schön. Du bist in Griechenland.»

Sakis setzte sich ins Taxi und ließ den Motor aufheulen.

«Steig ein, Arschloch.»

«Gerne.» Aris warf sich auf den Beifahrersitz und knallte die Fahrzeugtür zu.

«Ich lasse hier alles einfach stehen und fahre dich zu Stelios.»

«Gut.»

«Du Penner, ich habe nicht mal das Haus abgeschlossen.»

Aris zuckte mit den Schultern. Er blickte aus dem Fenster und versuchte, seine Gesichtsfarbe unter Kontrolle zu bekommen. Der Schweiß lief ihm den Rücken herunter und er zitterte.

Sakis bretterte los und machte eine Vollbremsung vor der Auffahrt auf die Landstraße nach Athen.

«Letzte Chance, wenn du es gleich bereust, kann ich nicht mehr umdrehen.»

Mit großer Mühe unterdrückte Aris den Wunsch, laut loszulachen. Er blickte Sakis kurz mit ernstem Blick in die Augen und fragte sich, für wie dumm er ihn hielt. Sakis atmete laut aus, fuhr mit angezogener Handbremse los und schaltete den Sportradiosender an.

Sie fuhren eine Viertelstunde, Sakis drehte, rauchte, drehte, rauchte, schaltete das Radio aus, während er die Moderatoren als korrupte Wichser beschimpfte und wandte sich nach einer Weile an Aris.

Er erzählte, dass er verheiratet gewesen war. Seine Frau hatte ihn rausgeschmissen, weil er mit über 50000 Euro in der Kreide stand. Sie lebte jetzt alleine mit den Kindern in ihrem gemeinsamen Haus.

«Du hast Kinder?», platzte es aus Aris heraus.

«Ja, drei Töchter. Drillinge. Hast du die Fotos im Haus nicht gesehen?»

«Ich habe nur Fotos von Frauen gesehen, die hoffentlich nicht deine Töchter sind.» Sakis fand das nicht witzig. Er richtete den Blick starr nach vorne, rauchte nicht und hielt das Lenkrad ausnahmsweise mal mit beiden Händen umschlungen.

«Nein, nicht die. Ich meine die Familienfotos in der Küche.»

«Da war ich nicht. Siehst du deine Töchter oft?»

«Ich darf nur kurz Geschenke vorbeibringen. Zum Geburtstag und an Namenstagen. Wenigstens haben sie unterschiedliche Namen.»

Sakis fuhr jetzt schneller, aber er wirkte ruhig.

Aris ließ den Blick aus dem Fenster schweifen. In einiger Entfernung waren die alten Werften von Elefsina zu erkennen, die Aris aus einem alten griechischen Lied kannte. Die Kinder von Elefsina lachten nie, hieß es darin. Sie warteten auf den Frühling, der nicht kam. Aus den schwarzen Industrieschloten stieg der Rauch ihrer verbrannten Träume. Ihre Tage waren Nächte und ihre Liebe nichts als Leid. Arbeiterkitsch. Sakis fuhr jetzt viel zu schnell. Sie passierten die Billighotels vor der Stadt, wo die Bürofickbeziehungen abstiegen, wie Sakis aus eigener Erfahrung zu berichten schien. Dann folgten Campingplätze, Minifreizeitparks, und bald, nach einer Wüste aus leerstehenden, verspiegelten Bürogebäuden, die Aris ganz schläfrig machte, war die Akropolis am Horizont zu erkennen. Sakis fuhr durch enge Straßen immer weiter ins Zentrum, bis Aris das «Welcome to Greece»-Plakat am Omonoia-Platz erkannte.

Sakis parkte dort, wo Aris ihm das erste Mal begegnet war. Mit einer Kopfbewegung deutete Sakis zum Kiosk des alten Mannes, den Aris am Vortag kennengelernt hatte. Auch heute trug er die Kapitänsmütze auf dem Kopf, während er an den Kühlschränken herumräumte. Aris seufzte und sagte: «Leute wie ihr sind der Grund, warum man als Grieche nirgendwo ernst genommen wird.»

«Das war schon nicht schlecht heute, Arouli.»

So hatte ihn noch keiner genannt. Das war die Koseform von Aris im Vokativ. Im Idealfall würde ihm das eine hübsche Griechin zuhauchen, aber selbst in dieser ironischen Form gefiel es Aris richtig gut.

«Lass dir richtige Eier wachsen, sonst kommst du hier nicht weit. Du bist wie ein Bambi, das sich selbst vor die Autos stellt. Hier, ruf mich an, wenn du was brauchst», sagte Sakis und reichte ihm eine Visitenkarte, auf der der Slogan **Sakis – S for Service** vor einem Porsche Carrera prangte. Aris stieg aus, und bevor ihm etwas Kluges als Entgegnung einfiel, war Sakis auch schon wieder verschwunden. Er ging mit schweren Schritten auf den Kiosk zu und war fest entschlossen, dort ordentlich auf den Tisch zu hauen.

«Herr Stelios, was sollte das Versteckspiel? Alles nur damit Ihr Freund das Taxameter laufen lassen kann, bis ich so abgebrannt bin wie dieses Land?»

«Gottes Wege sind unergründlich. War Sakis nicht gut zu dir? Ich mache ihn fertig! Verzeih mir. Aber das sind gefährliche Zeiten. Man kann sich nicht einfach von jedem finden lassen. Nicht alle, die einen Stelios suchen, wollen Stelios auch etwas Gutes tun. Aber ich habe gehört, du bist in Ordnung. Wir müssen dir nur den Stock aus dem Arsch ziehen.» Er nahm wieder in seiner Kabine Platz und rückte die Feuerzeuge zurecht, die direkt vor ihm ausgebreitet lagen.

«Das hat Sakis gesagt?»

«Sakis hat ein gutes Herz, aber keine goldene Zunge. Aphrodite hat das gesagt. Als sie dich angekündigt hat.»

Theoretisch hätte Aris seiner Wut freien Lauf gelassen, jetzt irgendetwas kaputt geschlagen, so aber konnte er sich nur zu einem halbherzigen Tritt gegen die Kühltruhe durchringen.

Stelios blickte ihn prüfend an und stellte seinen Fernseher ab. Dann erhob er sich von seinem Schreibtischstuhl und deutete auf sein Oberteil.

«Wer ist das auf meinem T-Shirt?»

Aris rollte mit den Augen, aber Herr Stelios blieb stehen und wartete auf eine Antwort.

«Freddie Mercury, warum?»

«Und ich? Merkouris. Stelios Merkouris.»

Aris' Ungeduld, die sich vor einer Weile irgendwo in Höhe seines Zwerchfells bemerkbar gemacht hatte und jetzt von keiner Wut mehr überdeckt wurde, nahm nun Magen und Lungenflügel ein. Er musste diesem Gespräch irgendwie entrinnen.

«Merkst du nichts, Junge?»

Aris blickte ihn fragend an.

«Überleg doch mal. Denkst du, das alles ist ein Zufall? Freddie Mercury hieß eigentlich Fredis Merkouris und ist ein Cousin zweiten Grades von mir. Wir kommen aus dem gleichen Dorf.»

Was für ein Knallkopf, dachte Aris und beschloss, sich nicht mit Herrn Stelios zu streiten. Alten in einfach allem zuzustimmen, darin hatte er schließlich Übung. Stattdessen nickte er anerkennend und lächelte. Sah ihn mit großen Augen an, und Herr Stelios schaute zurück, kostete den Moment des Staunens aus, staunte sogar mit vor lauter Begeisterung.

«Das war ein Intelligenztest. Jetzt können wir uns wie zwei Männer unterhalten. Was macht Aphrodite, die alte Diva? Geht es ihr gut?»

«Sie hat Spaß, soweit ich das beurteilen kann. Gesundheitlich ist sie natürlich in einem schwierigen Alter.»

«Wem sagst du das? Lebe dein Leben, solange deine Prostata dich lässt. Wie kann ich dir also helfen?»

So unverfänglich die Frage auch klang: Aris war sicher, dass von ihm erwartet wurde, seine halbe Lebensgeschichte zu erzählen, Sternzeichen mit Aszendenten und Lieblingsspeisen preiszugeben und die Sammlung wertvoller Benzinfeuerzeuge zu bewundern, die im Kiosk ausgebreitet worden war. Stelios fühlte sich zu allem Überfluss dazu befähigt, eine Rangliste der hässlichsten Orte Deutschlands vorzutragen, obwohl er nicht einen einzigen persönlich besucht hatte. Aber die Leute redeten ja, sagte er, und er hörte zu. Ein «als ob» konnte sich Aris gerade so verkneifen.

Als er den Schlüssel zur alten Ferienwohnung und die Adresse der Enkelin Xenaki nach einem zweistündigen Gespräch endlich in die Hand gedrückt bekam, konnte er einen erleichterten Seufzer gerade so unterdrücken.

Herr Stelios streckte ihm außerdem ein Telefon entgegen, in dem er seine Nummer unter «Mercury» abgespeichert hatte. Ihre neu entstandene Männerfreundschaft war bereits in einem verwackelten Selfie dokumentiert.

«Wenn jemand anruft und Pakistanisch mit dir redet, lege einfach auf. Es sei denn, du kannst Pakistanisch. Ihr lernt ja alles in Deutschland.»

Aris war nicht sicher, was ihn mehr störte, dass Pakistanisch keine Sprache war oder dass er da ein quasi explosives Telefon in den Händen hielt, das sicher nicht vorschriftsmäßig angemeldet war. Er steckte es dennoch ein und bekam von Herrn Stelios einen Sechserpack Schokocroissants in der XXL-Version und eine Halbliterdose Amstel dazu.

«Willkommensgeschenk! Warte, ich rufe schnell Sakis an. Der fährt dich.» Mit einem Satz war Aris auf der Straße, hielt ein gerade vorbeifahrendes Taxi an, stieg ein und winkte dem für seine Verhältnisse fast verdutzen Herrn Stelios beim Wegfahren zu.

Er gönnte sich zum ersten Mal ein Taxi, ja, zum ersten Mal in seinem Leben, wenn er recht überlegte. Er nuschelte den Straßennamen von Frau Xenakis Wohnung, weil er sich bei der Betonung nicht sicher war. Der Fahrer reagierte mit keinem Wort darauf, weil er unaufgefordert und ohne Zusammenhang die weltpolitische Lage kommentieren musste, doch er fuhr los, also hatte er verstanden. Das Gemecker des Fahrers drang schon gar nicht mehr richtig zu Aris durch, der Zigarillorauch benebelte ihn. Er versuchte sich zu konzentrieren. Die Enkelin wohnte also in Kaisariani. Kaisariani. Aris kannte das. 600 Erschießungen zwischen 1942 und 1944 am Schießstand von Kaisariani. Andreas Likourinos war 14 Jahre alt und wurde am 13. Mai 1943 bei einem Botengang für den Widerstand in Kallithea erwischt, ins Gestapo-Gefängnis in der Merlinstraße im Zentrum Athens gebracht, gefoltert und dann in Kaisariani erschossen. An Aris vierzehntem Geburtstag gab ihm Helmut das Dossier, er konnte den gleichaltrigen Jungen vor sich sehen, obwohl es keine Fotos von Andreas gab. Am 5. September 1943 wurde er hingerichtet. «Sei nicht betrübt. Ich sterbe für die Freiheit und das Vaterland», hatte der Junge in einem Abschiedsbrief an seinen Vater geschrieben. Kaisariani. Jetzt musste Aris erst mal schlafen. Überall Einbahnstraßen.

Kein Verkehrsschild oder fünf auf einmal. Berg hoch, Berg runter. Dann war er da, musste nur noch eine steile Straße hinauf, die der Taxifahrer nicht nehmen wollte. Dafür drehte er ihm zum Abschied einen falschen Zwanziger an, was Aris erst merkte, als der Wagen schon verschwunden war.

Die Außenfassade des Gebäudes war in beige gehalten. Die Fenster bis in den zweiten Stock waren vergittert. Einige Wohnungen schienen leer.

Reste von Annoncen klebten übereinander und dokumentierten den schrittweisen Niedergang des Gebäudes. Zu vermieten privat, Festpreis. Verhandlungsbasis. Zu verkaufen privat. Verhandlungsbasis. Schnäppchen!!! Schließlich: Zu vermieten oder zu verkaufen, Maklerbüro «Athens Chances».

Aris betrat den Hauseingang und fand die Wohnung durch das Ausschlussprinzip, Treppe runter links. Das war eine von zwei Wohnungen auf dem Stockwerk, die nicht zum Verkauf standen. Der Schlüssel passte. Mit seinem neuen Telefon leuchtete er sich durch die Räume, viele waren es nicht: ein Zimmer, Küche, Bad. Die vergitterten Fenster ragten nur zur Hälfte aus dem Erdboden. Aris fand zwar den Stromkasten nicht, dafür aber Bettzeug und Teelichte. Die Ikonen der Panagia und des heiligen Georg wachten über dem Bett, von gegenüber schaute ihm eine nackte Schöne tief in die Augen. Sie saß mit zwei Männern beim Picknick. Im Hintergrund erkannte er noch eine Frau, aber sie war bekleidet. *Manet* stand unter dem Druck. Ein paar Bücher standen in alphabetischer Reihenfolge sortiert im Regal. Beauvoir, Bibel, Liebknecht, Lucky Luke, Luxemburg, Marx. In der Vitrine darunter Dekoteller und Glasfiguren. Es war ganz schön kalt. Beim Versuch, sich hinzulegen, stieß er sich zweimal das Schienbein am metallenen Couchtisch, der vor dem Bett stand. Aris murmelte einige der Flüche vor sich hin, die er im Laufe des Tages aufgeschnappt hatte, warf seine Winterjacke über die Wolldecke und schlief ein.

θ

Es war so weit. Das Ende kam früher als gedacht, aber Aris spürte, dass es kein Entrinnen gab. Wenn die Angst groß genug ist, fühlt sie sich fast wie Freiheit an. Der braune Djihad-Ninja musste sich, während er geschlafen hatte, vor ihm aufgebaut haben. Seine Antennen waren auf Aris gerichtet. Er stieß einen Schrei aus, doch der Djihad-Ninja rührte sich nicht von der Stelle. Aris presste die Augenlider so fest zusammen, dass er seine Augäpfel pochen fühlte. Vielleicht wurde seine Hinrichtung sogar gefilmt. Letzte Worte. Berühmte letzte Worte. Es werde Licht. Das war Brecht, nein, Goethe, nein, Gott. Mehr Licht, das war Goethe. Wer's glaubt. Kein Mensch sagt was Schönes, wenn er stirbt. Menschen röcheln, rülpsen, blubbern, und das war es dann. Vielleicht war das alles nur ein Traum. Eine Halluzination. Aris öffnete die Augen. Das war echt. Er sah ihn vor sich, den Djihad-Ninja. Der blieb stumm und blickte ihn jetzt fast gütig an. Als ob er sagen wollte: Du kannst ja nichts dafür, jetzt bringen wir das kurz und schmerzlos zu Ende. Aris hörte sich einen weiteren schrillen Schrei ausstoßen, bis seine Stimme wegbrach. Er schämte sich bei dem Gedanken, dass selbst sein Abgang nachweislich unheldenhaft sein würde. Da war nichts mehr zu retten. Selbst die klügsten letzten Worte verlieren an Tiefe, wenn man sie kreischt.

Langsam erlangte Aris wieder die Kontrolle über seinen Körper zurück. Er rollte sich Richtung Wand und knallte dabei gegen das hölzerne Bettgeländer, war jedoch so voller Adrenalin, dass es nicht einmal weh tat.

Moment. Das konnte doch nicht wirklich echt sein. Das war sicher einer dieser krassen Albträume. Aber nein, das war noch immer kein Traum. Auf dem Couchtisch saß ein Insekt so lang wie sein Mittelfinger, geschützt von einem glänzenden braunen Panzer, aus dem feine Härchen ragten. «Ich kotze gleich», flüsterte Aris. Es war nicht die erste Kakerlake, die er zu sehen bekam, aber die größte. Sie schien sich ihm vollkommen überlegen zu fühlen. Und wo eine Kakerlake war, da lebten Millionen! Er versuchte sich an die ekelhafte Fernsehdoku zu erinnern, die ihm alles beigebracht hatte, was er über Kakerlaken wusste. Sie konnten den nuklearen Winter überstehen, man konnte sie in der Waschmaschine mitwaschen oder mit dem Hammer draufschlagen, sie mit dem Flammenwerfer jagen. Keine Chance. Sie hatten die Evolution nach Darwin im Gottmodus durchgespielt.

Aris schützte seine Hände mit der Winterjacke und versuchte, den Couchtisch vom Bett zu schieben. Er war zu schwach oder der Tisch zu schwer, vielleicht festgeschraubt. Die Kakerlake blieb vom leichten Geruckel unbeeindruckt. Er atmete tief durch. Dreimal. Der heilige Georg. Georg, der Drachentöter. Aris riss die Ikone von der Wand und warf sie, ohne nachzudenken, nach der Kakerlake. Sie trippelte so schnell davon, dass Aris sie aus den Augen verlor. Er konnte nur ihre Schritte (na ja) auf dem Steinboden hören, und das machte ihn noch wahnsinniger. Er schrie panisch, sprang vom Bett auf, rannte aus dem Zimmer und schlüpfte hastig in seine Schuhe. Es klingelte. Jemand schloss die Tür auf.

«Was ist denn hier los? Was sind das für Schreie?»

Aris stürzte aus der Tür und warf dabei den winzigen glatzköpfigen Mann im Morgenrock fast um, der mit der Taschenlampe in die Wohnung leuchtete. Aris stolperte bis vor den Haupteingang und ging in die Hocke. Ihm war schwindelig. Der Mann humpelte hinterher und rief ihm zu: «Nächstes Mal rufe ich die Polizei. Tut mir leid, wenn du kein Haus hast, aber hier kannst du nicht wohnen.»

«Moment», sagte Aris, und seine aufsteigende Wut brachte den Kreislauf in Schwung, «Sie haben doch gerade die Wohnung aufgeschlossen.»

«Ja und?»

«Woher haben Sie den Schlüssel?»

«Von der Besitzerin natürlich.»

«Von Frau Xenaki?»

«Junge, wer bist du eigentlich? Kennst du Frau Xenaki? Ich habe die Schreie gehört und dachte, da ist wieder so ein Drogensüchtiger eingebrochen.»

Aris erhob sich und ging auf den alten Mann zu, der sein Gebiss richtete, als hätte er es gerade erst wieder eingesetzt. So einfach hätte Aris also an den Schlüssel kommen können. Jetzt musste er erst mal den Alten beschwichtigen, irgendwas die Situation Einordnendes sagen, doch ihm fiel einfach nichts ein.

«Passiert das hier oft? Das mit den Einbrüchen?»

«Also hier noch nicht, aber man sieht es doch im Fernsehen. Weißt du was, komm einfach rein. Meine Frau macht uns einen Kaffee, und du kannst mir alles erzählen. Nicht dass wir hier draußen noch erfrieren.» Aris folgte ihm erleichtert, sah sich um. Die Wohnung war mit Teppichen gepflastert und tapeziert. Es roch nach kaltem Rauch und alten Menschen, die den Versuch, sich zu waschen, noch nicht aufgegeben hatten, aber trotzdem nicht mehr an jede Ecke ihres Körpers kamen. Auf der Silvaner-Spital-Skala entsprach das dem zweiten Stock. Überall dort, wo keine Teppiche die Wand verdeckten, hingen Ölschinken mit Tieren, die in Griechenland sicher niemals heimisch gewesen waren. Elche beim Röhren, Grasen, Trinken. Ein Eisbär auf einer Scholle bei Sonnenaufgang. Auf den dunklen Holzkommoden, die das Wohnzimmer einrahmten, standen Familienfotos, die entweder auf einen großzügig interpretierten Verwandtschaftsbegriff oder rege Fortpflanzung hindeuteten.

«Frau, koch uns Kaffee und komm her, ich habe den neuen Nachbarn mitgebracht.»

Der alte Mann blieb vor einem Sessel stehen, der offensichtlich ausgiebig in Gebrauch war. Über der Lehne hing ein Rückenschoner aus Holzperlen, die Sorte, die Taxifahrer auf ihren Autositzen haben.

«Ich bin Herr Kitsos. Und du?», fragte er, während er wild auf der Fernbedienung herumdrückte, bis er unter Zuhilfenahme seiner Lesebrille, die er von der Stirn wieder auf seine Nase schob, die Tasten erkannte und die Stimme der Nachrichtensprecherin auf eine halbwegs erträgliche Lautstärke reduzierte. Er bot Aris das Sofa an, und als der Platz nahm, wirbelte er dabei so viel Staub auf, dass er ein Husten nur knapp unterdrücken konnte.

«Aris.»

«Frau, wo bleibst du denn? Der junge Mann braucht einen Kaffee. So, so, Aris. Schöner Name. Ich bin Polizist, aber heute habe ich frei. Willst du einen Cognac trinken?»

«Nein, danke. Es ist etwas früh.»

«Der Cognac ist gut für den Magen. Er desinfiziert. Ich schaue mal kurz nach meiner Frau. Der Bürgermeister war schon bei uns zu Besuch, weil sie die beste Tomatensoße in ganz Athen macht, wahrscheinlich in ganz Attika.» Herr Kitsos humpelte in die Küche, kurze Zeit später hörte Aris ein Schluchzen und folgte ihm. Zu zweit passten sie gerade so in den von eiche-rustikal-farbenen Oberschränken zusätzlich verdunkelten Schlauch. Der Steinboden hätte eine Behandlung mit Gittes Dampfstrahler gebraucht. Immerhin schluchzte Herr Kitsos kaum noch. Er stand mit hängenden Armen vor dem Gasherd, auf dem Wasser in einem kleinen Topf stand. Aris wusste nicht, was er sagen sollte, da entdeckte er an der Kühlschranktür ein Post-it mit der Aufschrift

«DEINE FRAU IST AM 7.12.2012 GESTORBEN. DEINE KINDER HEISSEN STELLA, GIORGOS UND DINOS. DEINE ENKEL MARIA, MARIA, STELLA UND KYRIAKOS. ESSEN IST IN DER ROTEN DOSE IM KÜHLSCHRANK.» Aha.

Aris ging zurück ins Wohnzimmer und setzte sich auf das Sofa. Im Fernsehen liefen die gleichen Bilder in Schleife. Wahlkampfauftritte von Politikern. Mal ein blaues Fahnenmeer, mal ein grünes und mal ein rotes. Siegesgesten und Rednerpulte.

Herr Kitsos schien sich fast vollständig gefangen zu haben. Auf einem Holztablett trug er zwei Mokkatassen, aus denen Kaffee dampfte.

«Wie geht es Aphrodite, ich habe sie lange nicht gesehen.»

«Ganz gut für ihr Alter.»

«Bist du mit ihr verwandt?»

«Nein, ich arbeite für sie.»

«Oh, hat sie Angestellte? Das muss ja ein Leben sein in Deutschland. Kommt sie bald mal wieder her?»

«Vielleicht.»

Herrn Kitsos Blick blieb auf den Fernseher gerichtet.

«Ich muss dann auch wieder weiter. Vielen Dank für alles», sagte Aris, ohne einen Schluck vom Kaffee genommen zu haben. Der Alte schien sich daran nicht zu stören.

«Pass auf dich auf, mein Junge. Da draußen ist es gefährlich.»

Die Tür fiel hinter Aris zu, und er stand vor Frau Xenakis Wohnung, deren Tür glücklicherweise noch offen stand. Er betrat die Türschwelle und horchte. Kein Trippeln. Auf Zehenspitzen ging er zum Bett, schnappte sich seine Jacke, schüttelte sie aus, griff nach seinem Rucksack und wollte die Wohnung schon verlassen, da entdeckte er auf dem Schuhregal im Flur zwei große blaue Dosen Insektenspray, auf deren Etiketten neben Superlativen so viele Totenköpfe prangten, dass Aris sich ausreichend gewappnet fühlte, um sich dem braunen Djihad-Ninja und zur Not auch dessen Kollegen zu stellen. Er nahm eine Dose in jede Hand, legte die Zeigefinger auf die Sprühköpfe und schüttelte die Flaschen, während er sich durch die Wohnung bewegte. Im Wohnzimmer rückte er das Bett mit dem Knie zur Seite und besprühte die Bodenleisten großzügig. Der Tisch war wirklich festgeschraubt, ließ sich keinen Millimeter bewegen. Gitte würde ausrasten. Sie stellte mindestens alle vier Wochen die Möbel um. Wegen des Lichteinfalls, der sich entlang der Jahreszeiten änderte und weil nichts so lebendig halte wie Veränderung, so ihr Credo. Aris besprühte die Tischbeine und nach kurzem Zögern auch die Tischfläche. Er ging zum Vitrinenschrank, hüllte ihn in Sprühnebel und sparte dabei nur die Bücher aus. Ein bitterer Geschmack lag auf seiner Zunge, und seine Nasenhöhlen fingen an zu brennen. Er zog sich den Kragen seines Pullis bis unter die Augen und sprühte weiter. Seine Augen tränten, die erste Dose war leer. Er ging ins Badezimmer, um sich die Chemikalien von den Händen und aus dem Gesicht zu waschen. Die Fugen zwischen den beigen Kacheln waren braun angelaufen, und das ganze Bad roch wie das Lehrer-Pissoir im dritten Stock seines alten Gymnasiums, was immer noch besser war als alle Jungs-Toiletten im ganzen Haus. Im Vergleich zu den Toiletten auf Station war das alles nicht der Rede wert. In den ersten Tagen seiner Ausbildung hatte er immer wieder reflexartig seine Schuhsohlen gecheckt, weil er glaubte, in einen Hundehaufen getreten zu sein.

Die Lunge brannte, der Wasserhahn klemmte, und als er nach dem geblümten Gästehandtuch greifen wollte, saß der Djihad-Ninja auf dem Haken und grinste ihn an. Aris erstarrte. Die Sprühdosen hatte er im Wohnzimmer stehen lassen. Wenn er ganz vorsichtig und langsam den Raum verlassen würde, könnte er die Kakerlake mit der zweiten Dose erwischen, die noch etwa halbvoll war. Aris neigte seinen Körper Richtung Tür. Sofort richtete die Kakerlake ihre Antennen nach ihm aus. Nein, sie war zu schnell. Er musste sie erschlagen. Er winkelte, so langsam und ruhig er konnte, sein rechtes Bein an, um seinen Schuh auszuziehen.

«Denk nicht mal dran. Das macht mich nur wütend. Du willst mich nicht wütend erleben. Und dein Spray ist auch Müll. Ich bin immun dagegen. Wir alle. In ganz Athen wirst du keine Kakerlake finden, die das stört. Manche schnupfen das wie Koks. Ich nicht, aber nur weil ich nichts von Drogen halte. Mit dem Zeug kannst du höchstens die Expats aus Amerika beeindrucken, aber um die ist es nicht schade. Die kommen hierher und nehmen uns die Arbeitsplätze weg. Du müsstest die große grüne Flasche kaufen mit dem silbernen Etikett. Deproxol oder so. Aber die wurde verboten. Zu giftig. Deswegen verkaufen viele Supermärkte die nicht mehr. Aber frag mal bei Sklavenitis.»

«Na toll, jetzt rede ich schon mit einer Kakerlake», murmelte Aris und ließ sich auf den Rand der Badewanne sinken.

«Nein, du führst Selbstgespräche, was im Übrigen ziemlich unhöflich ist. Aber was soll man von einem Menschen auch schon erwarten. Wir sind hier sehr lange sehr gut ohne dich ausgekommen. Es wäre nett, wenn du gehen könntest.»

Aris Kopf plagten stechende Schmerzen. Er bohrte die Mittelfinger in seine Schläfen. So wie früher, wenn er Migräne hatte. Es half nichts. Wie immer.

«Weißt du, es gab eine Zeit, da waren wir euch heilig. Da habt ihr uns von goldenen Tellern fressen lassen. Und jetzt? Personae non gratae. Diese Wankelmütigkeit wird euer Untergang sein, wenn du mich fragst.» Mit einem Satz saß die Kakerlake auf Aris rechter Schulter. Er spürte ihre haarigen Beine durch den Stoff seiner Kleidung. Zitterte.

«Wenn du mich weiter fragst, ist das hier nicht deine Schlacht. Dreh um, solange du noch kannst. Ich werde keinem sagen, wie peinlich das für dich gelaufen ist. Ehrensache.» Aris wendete den Blick ab und starrte die Fliesen an der Wand gegenüber an. Er begann, sie laut zu zählen. Die Kakerlake kicherte. Er versuchte sie zu übertönen, seine Stimme hallte. Als er bei dreiundzwanzig angekommen war, griff seine linke Hand nach der Kakerlake und schmetterte sie zu Boden. Er sprang auf und trat zu. Mit seinem ganzen Gewicht zertrat er sie. Trat immer wieder zu. Bis von ihr nur noch ein brauner Brei übrig war, umgeben von eitrig gelber Flüssigkeit.

«Fick dich. Fick dich und deine Mutter», sagte Aris, trat aus dem Badezimmer und verließ, ohne sich umzudrehen, die Wohnung.

1

«Kalimera, Habibi! Heute ist dein Glückstag! Und weißt du auch, warum? Ich habe heute frei. Na und? Was hat das mit dir zu tun, fragst du dich jetzt? Das wirst du gleich merken. Aber vorher lehn dich zurück, Hose auf, Augen zu, du kriegst jetzt die längste Sprachnachricht deines Lebens. Zumindest die beste. Erst mal, was ist da los mit dir? Warum meldest du dich nicht mehr? ‹Aris hat eine neue Nummer› und dann einfach gar nichts mehr? Wir haben auch Gefühle. Ich habe mir schon Sorgen gemacht. Lady X sagt – ach ja, das ist übrigens mein neuer Name für Frau Xenaki –, Lady X sagt also, du gehst nicht so leicht kaputt. Aber ich kenne dich bisschen besser, mein Sensibelchen. Stimmt, ich soll dich grüßen. Also: Schöne Grüße von Frau Xenaki!

Auf jeden Fall habe ich heute den Wickelrock an, den du mir vor zwei Jahren aus Kreta mitgebracht hast, und da habe ich an dich gedacht und eben bei Maingold einen passenden Seidenschal gekauft. Im gleichen Rot, auch wenn die Verkäuferin das Lila nennt, weil sie ein bisschen dumm ist oder farbenblind. War voll das Schnäppchen. Na gut, stimmt nicht, war arschteuer. Egal. Du fehlst mir. Ja, voll kitschig, ich weiß. Aber nicht so disneyopferstyle. Du fehlst mir wie geiles Essen. Genau, du bist mein soulfood, Baby. Du fehlst mir wie Ritter Sport Olympia bei Kerzenlicht an einem Novembernachmittag auf dem Sofa, während ich Tourettes Bauch kraule und mir vorstelle, sein Fell wäre dein Brusthaar.

Du fehlst mir wie Hummus, egal wann. Hummus geht immer. So wie du. Ich weiß, ich weiß, ich bin voll die Poetin. Du bist jetzt ganz rot. Sorry für das Knistern, ich esse gerade Chips. Davor hatte ich Gummibärchen. Die mit dem sauren Pulver drauf, von denen mir immer die Zähne weh tun, du weißt schon. Und dann Schokolade. Falls ich gleich abbreche, ist es, weil ich losbreche. Bäm, ich bin am Abliefern wie eine Rapgöttin. Erst am Spitten, dann am Speien. Oh. Ich glaub, ich muss echt gleich kotzen. Warte.

Doch nicht, ist wieder in den Magen zurück. Ich hab aus Versehen so lowfat-Scheiße gekauft, die flutscht nicht mal ordentlich. Wo war ich? Ach ja, also Ari Mata Hari, es geht zwar auch ohne dich hier, ist aber ganz schön scheiße. Keiner ist da zum Aufregen, keiner zum Quatschmachen, keiner zum Knuddeln. Und ich habe endlich das James-Baldwin-Buch bekommen, das ich mit dir lesen wollte.

Du bist mein bester Kollege, Mann. Keiner hat Humor auf Arbeit. Niemand. Ich schwöre, wie unlustig kann man sein? Stell dir vor, ich habe Yvonne gesagt, wenn ich ihr den Stock aus dem Arsch ziehe, kann ich damit Stabhochsprung machen. Sie hat nicht mal ein bisschen gelacht, und jetzt habe ich wieder einen Eintrag mehr in meiner Personalakte, hat sie gesagt. Aber die kann mir eh nichts, ich weiß, bei wem sie ihre Drogen kauft.

Ich brauche Urlaub. Ich komme dich einfach besuchen, ja? Ich wollte mich eh mal wieder krankschreiben lassen. Du zeigst mir die Akropolis, und dann fahren wir auf eine

Insel. Ich habe gegoogelt, es gibt voll viele! Hier ist eh nichts los. Mir ist so langweilig. Ich habe Netflix durchgespielt. Ich gucke schneller, als die hochladen. Gleich treffe ich mich mit meiner Schwester. So langweilig ist mir. Die ist schon wieder zu spät, und gleich erzählt sie mir nonstop, welche Servietten sie für die Hochzeit ausgesucht hat, wer wo sitzen soll, wer wen nicht mitbringen darf. Egal. Ich habe auch neuen Nagellack, aber der passt nicht zum Rock. Wobei. Grenzfall. Also, er ist so glitzygold und bisschen grün, nein, bläulich, so Meerjungfrauenstyle, aber wenn die Sonne draufscheint, könnte das gut aussehen mit dem rot. Aber Sonne gibt es hier nicht. Und da sind wir wieder beim Thema. Wenn die Sonne nicht zu Sibel kommt, dann muss Sibel eben zur Sonne. Also sag, was ich buchen soll, dann fahre ich los. Let's go to Santorini, all I bring is my Burkini. Da kommt meine Schwester. Ich grüße sie von dir. Pass auf dich auf ya dabdoubi. Und melde dich! Küsseeeee!»

Mit dem kleinen Finger ließ Aris die Sprachnachricht zum vierten Mal hintereinander auf seinem Telefon abspielen, das neben ihm am Boden lag. Er musste zwar nicht mehr so grinsen wie beim ersten Mal, aber es tat gut, Sibels Stimme zu hören, wenn auch nur durch einen Kopfhörer und in miserabler Qualität, weil sie offenbar in einer Menschenmenge stand und grundsätzlich nicht ins Mikrophon sprach. Er sah sie vor sich stehen, im lila Rock mit goldener Borte in der Altstadt vor dem Falkenhaus, weil sie dort kostenlos ins WLAN der Bücherei konnte, wenn ihre mobilen Daten am vierten Tag eines jeden Monats aufgebraucht waren. Katzenvideos auf YouTube. Die verspiegelte Sonnenbrille, die sie vor allem im Winter trug, weil ihre Augen von der Heizungsluft immer anschwollen, saß etwas zu tief auf ihrer

Nase. Ihre Lippen wirkten aufgespritzt oder überschminkt, waren aber wirklich so. Überall um Sibel herum hetzten sich Menschen mit Einkaufstüten, Kindern oder Fahrrädern ab. Sibel stolzierte über das Kopfsteinpflaster. Mit ihren Schuhen wäre alles andere zu gefährlich. Sie trug das Kinn ein wenig zu hoch, um nicht offensichtlich arrogant zu wirken, und ihr strassbeklebtes Headset hing lässig um ihren Hals. Während Aris Sibel zuhörte und sich ihren walk of fame vorstellte, kauerte er in der Hocke im Garten der Taverne Karavitis unter dem großen, an die Wand montierten Eichenfass, genau wie in der roten Mappe beschrieben, dem zweiten von links. Ganz hinten. Seine Oberschenkel zitterten, seine graue Jogginghose war bereits eingestaubt, die Schuhe sowieso. Kalkkrümel hatten sich auf seiner Kleidung verteilt und schienen im Dunkeln zu leuchten. Er schwitzte, vielleicht weinte er auch, das war nicht mehr zu unterscheiden. Stechende Schmerzen im Nacken, die Arme schwer. Mit Gummihammer und Meißel versuchte er nun schon ewig, den Putz von der gekalkten Mauer zu entfernen. Wider Erwarten erwies sich der Gummihammer doch nicht als geniale, lärmdämmende Idee. Als er ihn vor zwei Stunden aus Frau Xenakis Werkzeugkasten genommen und in die Innentasche seiner Winterjacke gepackt hatte, war er sich sehr smart vorgekommen. In der Zwischenzeit hatte er erkannt, dass er mit ihm zwar weitgehend geräuschlos auf den Meißel schlagen konnte, der Kontakt des Meißels mit der Mauer aber trotzdem auch zwei Gassen weiter gut hörbar war. Handwerkliches Geschick ließ sich auch mit übersteigertem Selbstbewusstsein nicht erzwingen. Wieder was gelernt. Durch die gedämpften Schläge kam er kaum voran, obwohl das Mauerwerk morsch schien. Seit über einer halben Stunde kratzte er den Putz von der Mauer, in der Hoffnung, bald auf Frau Xenakis' Schatz zu stoßen. Er hatte dank der Pflanzen auf der Terrassenmauer einen ganz guten Sichtschutz. Von den umliegenden Balkonen aus war er nicht zu sehen. Gut, durch das grüne Eingangstor konnte man ihn zwar ganz einfach finden, wenn man sich anstrengte, aber um die Zeit waren kaum Fußgänger unterwegs. Der Verkehrslärm auf der Vassileos Konstantinou schützte ihn zusätzlich. Es konnte nicht viel schiefgehen. Er war kurz davor, das wirklich zu glauben. Der Standard-Aris hätte sich gut vorbereitet, alles ganz genau abgemessen und den Serotoninspiegel mit Escitalopram auf ein gutes Level gebracht. Doch heute war Impro-Aris am Start. Und der hatte nicht lang gefackelt, Pi mal Daumen Augenmaß genommen und dann mit dem Gummihammer das Gemäuer abgeklopft, bis er die Stelle fand, an der es hohl klang, was auch immer das hieß. Hohl. Hier begannen die Probleme. Das war eine Mauer aus Stein. Es klang an den unterschiedlichsten Stellen so wie in den Filmen, wenn jemand gegen eine hohle Wand klopfte. Aber das waren ja Soundeffekte. Bei Inglourious Basterds oder Schindlers Liste, die Szene mit den versteckten Juden, und es klopfte jemand die Wand ab, und dann war da Anne Frank oder Roberto Benigni und das Mädchen mit dem roten Mantel. Nein, hier klang es definitiv anders als an anderen Stellen der Mauer. Hohl würde Aris das nicht nennen, aber die Position stimmte, es sollte schon passen.

«O mein Gott, was mache ich hier?», keuchte er. Noch mal Sibels Nachricht. Mit dem Jackenärmel wischte er sich über das Gesicht, es half nichts. Schweiß überall. Zeit aufzugeben. Sibel musste noch mal ran. Zum sechsten oder siebten Mal.

Wenigstens war das keine Gabionen-Mauer. Mit Helmut

hatte er mal einen Sommer lang Drahtkörbe mit Steinen gefüllt und so den quasi elterlichen Garten eingemauert. Vier Tonnen waren das gewesen. Mindestens. Ein riesiger Sattelschlepper hatte für den Traum vom römischen Limes Moränen aus den Alpen anliefern müssen, die Narbe im Bordstein zeugte noch immer davon. Aris hatte den größten Teil davon alleine verbaut, es war sein Geburtstagsgeschenk für Helmut gewesen. Wer Mauern bauen konnte, der müsste doch erst recht welche einreißen können. Zumal wenn sie gekalkt und schlecht verputzt und innen hohl waren. Moment. Da ging was. Aris stocherte im Gemäuer herum. Das war Gips. Eine einfache Gipsplatte. So klang Gips. Aris grinste, stach heftig mit dem Meißel zu. Der Gips gab zwar nach, doch brach nicht. Seine Hände waren nun aufgerissen und brannten. Handschuhe hatte er in Frau Xenakis Werkzeugkasten vergeblich gesucht. Er ließ den Meißel fallen, holte aus und schlug mit der Faust auf die Gipsplatte ein, bis sie doch nachgab und er seine Hand durch das so entstandene Loch zwängen konnte. Seine Finger waren fast taub, doch er spürte kaltes, hartes Leder, einen Griff, einen Koffer.

«Aris, was tust du da?»

Aris knallte mit dem Kopf gegen das Eichenfass über ihm und biss sich auf die Zunge. Er hielt inne. Dieser Charlie-Chaplin-Moment und die damit verbundenen Schmerzen irritierten ihn nicht so sehr wie Gittes Stimme, die ihn auf diesem Weg schon fast zwei Jahre lang nicht mehr heimgesucht hatte. Stimmen im Kopf waren die schlimmste Folter, die Aris sich vorstellen konnte. Wie schlimm kann es sein, seine Fingernägel herausgerissen zu bekommen, im Vergleich zu diesen Stimmen im Kopf, die man nicht loswird, die immer dann auftauchen, wenn man sie am wenigsten ertragen kann. Er ließ die Augen geschlossen, versuchte den

Schreck wegzuatmen, so wie er es sich beigebracht hatte. Doch da war sie wieder. Diese Stimme. Er konnte zwar ignorieren, was sie sagte, doch nicht, dass sie sprach. Das klang zu echt, um nur eine Halluzination zu sein. Er lauschte, ohne sich zu regen.

«Hast du dir weh getan?»

Ein zögerlicher Schulterblick brachte Gewissheit. Hinter dem Tor stand Gitte, hinter Gitte Helmut.

«Was macht ihr denn hier?», entfuhr es Aris. Er nahm seine letzte Kraft zusammen, stemmte sich mit den Beinen gegen die Mauer und zog an dem Griff. Das Gemäuer brach weiter auf, Aris schleuderte sich einen braunen Lederkoffer ins Gesicht und landete auf dem Rücken. Sein ganzer Körper war nun in Staub gehüllt, seine Zunge brannte. Aris hustete nicht. Contenance, dachte er, stand auf, klopfte den Staub von seiner Kleidung und steckte ohne Hast das Werkzeug in seine Jackentaschen, wischte mit dem Jackenärmel seine Schuhsohlenabdrücke von der Mauer, nahm den Koffer, atmete tief durch und wandte sich dem Tor zu. Erst jetzt konnte er Gitte wieder hören. Nur sie vermochte es, gleichzeitig zu flüstern und zu keifen. Wenigstens wirkte sie bemüht, keine Aufmerksamkeit zu erregen. Helmut nahm den Koffer entgegen, den Aris über das grüne Tor reichte, bevor er rüberkletterte, diesmal ganz ohne darauf zu achten, wie elegant das aussah. Der Aufprall war unsanft. Der stechende Schmerz in seinen Sprunggelenken holte ihn zurück in die Welt und beruhigte ihn. Er war da, und es tat weh. Gitte stand mit offenem Mund und weit aufgerissenen Augen neben ihm und starrte abwechselnd ihn und Helmut an. Helmut hatte den Lederkoffer abgestaubt und unter den Arm geklemmt, unbeholfen stopfte er seine Pfeife und vermied jeglichen Blickkontakt.

«Weg hier», sagte Aris mit ruhiger, fester Stimme, bog in die nächste Seitenstraße ein, ließ sich weder von herumliegenden Katzen noch von den großzügigen Schlaglöchern auf dem Bürgersteig zu Fall bringen. Er hielt erst an, um sich auf den Baststuhl einer kretischen Taverne an der Platia Proskopon sinken zu lassen. Er hatte sich kein einziges Mal umgedreht. Das fühlte sich gut an. Was sich hinter ihm abgespielt hatte, konnte er sich denken. Gitte hatte den Mund nicht zubekommen und Helmut durch Anstarren mit ihrem Entsetzen konfrontiert. Helmut hatte irgendwann mit den Schultern gezuckt, Gitte bei der Hand genommen und war Aris gefolgt. Auf dem Weg hatte Gitte unverständlich vor sich hin gebrabbelt. Das machte sie immer, egal ob sie durch ein Museum lief oder durch den Supermarkt. Helmut hatte sie souverän ignoriert und geführt. Dann hatten sie ihn eingeholt und sich zu ihm gesetzt.

Gitte starrte wieder, diesmal fixierte sie allerdings Aris mit ihrem Blick, den er ausdruckslos hielt. Helmut studierte die Speisekarte und tat unbeteiligt.

«Was wollt ihr hier?»

«Junger Mann, die Fragen stelle ich. Was war das eben?»

«Wie habt ihr mich gefunden?»

Das alte Spiel. Wer zuerst blinzelt, verliert. Diesmal würde Aris gewinnen, da war er ganz sicher. Er hatte Heimvorteil, und Gitte war sauer. Ihre Stirn schien auf die doppelte Größe angeschwollen, vielleicht lag das auch an ihrer neuen Kurzhaarfrisur. Nein, sie war wohl tatsächlich kurz vor Amok, und es gab nur einen, der sie davon abhalten konnte, doch der studierte die warmen Vorspeisen, als handelte es sich um Weltliteratur. Sämtliche kosmische Energie konzentrierte sich auf das Kraftfeld zwischen Gitte und Aris. Das Licht flackerte, die Uhren standen still. Aris' Haare waren elektrisiert, um ihn herum knisterte es, und er war bereit, sich der Explosion hinzugeben. Da hielt Helmut es doch nicht mehr aus.

«Jetzt lasst uns doch erst mal was essen.»

«Helmut!»

«Was denn? Ich hab Hunger.»

Spielabbruch. Aber Punktsieg für Aris. Er ließ sich in die Lehne fallen, soweit es der quietschende Stuhl erlaubte, holte eine Zigarette aus dem Päckchen in seiner Jackentasche und schaffte es, das unangenehme Kratzen im Hals beim Anzünden und den ersten Zügen zu überspielen und nicht zu husten. Seine Augen tränten, doch das bekam Gitte nicht mit. Sie hatte sich in der Zwischenzeit auch eine Speisekarte gegriffen, blätterte zu schnell, um glaubhaft vorgeben zu können, dass sie las, und zupfte zwischendurch betont beiläufig an ihrem Seidenschal, um auch empört noch Luft zu bekommen. Aris schwitzte und konnte sich nicht entscheiden, ob es eher an der Zigarette lag oder an der Anspannung. Seine Finger hinterließen feuchte Abdrücke auf den laminierten Seiten der Speisekarte. Auch seine Kehle schnürte sich zu, und er ertappte sich bei dem Gedanken, dass er das von Gitte geerbt haben musste. Er lachte kurz auf, was irritierte Blicke seiner Stiefeltern nach sich zog. Er hätte mittlerweile längste, zurück in Frau Xenakis Wohnung sein können. Mit dem Koffer. Er hätte der Enkelin über Herrn Stelios eine Nachricht schicken oder sie vielleicht sogar anrufen können, um sich und den Koffer für morgen anzukündigen. Das Ende seiner Mission war greifbar. Er fühlte sich wie ein Marathonläufer, der siegessicher auf der Zielgeraden entschleunigte und anfing, den Leuten zuzujubeln, Ausschau nach den Fans mit passender Flagge zu halten und zu überlegen, mit welcher Pose er sich auf dem Siegerfoto zeigen sollte. Hinter ihm war niemand zu sehen, doch er konnte noch stolpern. Alles andere war noch immer ganz unwichtig. Alle Großen scheitern an sich selbst, hatte Helmut mal gesagt. Aris war kein Großer. Er saß mit Helmut und Gitte um einen Tisch mit Papiertischdecke, umzingelt von Heizpilzen, die einen verbrennen ließen, während man erfror. Der Koffer lehnte am Tischbein neben Helmuts Stuhl und schien zu leuchten und zu rufen. Nimm mich, reiß mich auf, nimm mich jetzt.

«Guten Abend, ich habe fast nichts von alledem da, was auf der Karte steht. Soll ich euch einfach bringen, was ich habe? Dann kommen wir alle schneller nach Hause.» Der alte Mann, es schien der Wirt persönlich zu sein, lud Brot, Besteck, eine Wasserkaraffe und Gläser ab und sprach Helmut an, als säße er allein am Tisch.

«O. k., dann das. Und Wein. Rot. Einen Liter», antwortete Helmut beinahe hastig, bevor Gitte, die Unsichtbare, sich zur nächsten Welle der Empörung aufschwang.

So saßen sie da, wie eine Familie. Eine ikterische Familie mit Therapiehintergrund; die Straßenbeleuchtung, die einzige Lichtquelle auf dem Platz, tauchte ihre Gesichter in ein fahles grünliches Gelb. Der Abstand zwischen den dreien schien exakt bemessen. Von oben betrachtet, bildeten sie sicher ein gleichschenkliges Dreieck. Die heilige Dreifaltigkeit.

Was soll das sein, «ikterisch»? Du sollst doch nicht immer Fremdwörter um dich schmeißen, hörte Aris Gitte sagen, doch sie sprach nicht. Mann, ey, Gelbsucht halt, Allgemeinwissen, lag ihm auf der Zunge. Sein Herz klopfte, er wollte sie anbrüllen, doch so gewann man nicht. Er war wütend, sie wirkte jetzt unbeteiligt, das machte es noch schwerer. Gitte verteilte Servietten und Besteck. Die Männer bekamen Weißbrot, sie würde davon nicht mal kosten, das einzige Brot, das ihr in den Magen kam, war selbstgemacht und Vollkorn und glutenfrei. Aus Sicherheitsgründen. Aris riss den weichen hellen Teig von der Kruste und rollte ihn zwischen seinen Fingern zu kleinen Klumpen, die er sich in den Mund schob und wie einen Kaugummi kaute, bevor er sie runterschluckte. Der Wein kam, er konnte nachspülen.

«Hast du dir die Hände gewaschen?»

«Glaubst du, der Koch hat sich die Hände gewaschen?»

Aris grinste Gitte an und spürte, dass es endlich an der Zeit war, «Schachmatt» zu rufen. Kurz hatte es schlecht für ihn ausgesehen, doch er war wieder aus dem Straucheln gekommen. Er würde diesmal nicht hinfallen. Sein Ton war scharf gewesen, gebrüllt hatte er nicht. Er hatte keine Schwäche gezeigt, und wenn doch, dann nicht zu sehr. Helmut, der mit seinen diplomatischen Bemühungen schon so manchen sicher geglaubten Sieg im letzten Moment vereitelt hatte, war außer Gefecht. In der Zwischenzeit hatte es sich ein Straßenkätzchen auf seinem Schoß bequem gemacht, das sich schnurrend den Kopf kraulen ließ, während Helmut mit griechischen Kosewörtern auf das jämmerliche Geschöpf einredete. Agapi mou. Koukla mou. Das weiße Ohr war angeknabbert und stand ab, das schwarze angelegt, das Fell zerzaust. Eine Farbe war nicht auszumachen, nicht mal für eine Augenfarbe hatte sich die Natur bei diesem Tier entscheiden können; eines war gelb, das andere blau. Auf dieser Katze war der ganze Regenbogen vertreten. Allerdings überlappten sich die Farben so stark, dass der dominante Farbton an altes Wischwasser erinnerte oder an den Main im Frühjahr, wenn das Schmelzwasser ihn über die Ufer treten lässt. Auch anatomisch war bei dem Tier alles schiefgelaufen. Die Vorderbeine waren zu kurz, die Ohren zu groß und zu spitz. Sie war so unförmig, dass man meinen könnte, Dr. Frankenstein hätte sie aus Katzenresten zusammengeflickt. Ja, das war sie. Frankensteins Katze. Frankie The Cat. Früher hatte Aris die obligatorischen Insel-Sommerurlaube damit verbracht, gemeinsam mit Helmut Namen für die zahllosen Inselkatzen zu suchen, die ihnen begegnet waren. Kurz musste er sich jetzt zurückhalten, um Helmut den Namen nicht mitzuteilen. Dann dachte er, es lohnte sich nicht. Frankie The Cat würde den Winter nicht überstehen. Es brauchte ein ausgeprägtes Helfersyndrom und hygienische Ignoranz, um den natürlichen Impuls zu unterdrücken, diese Katze auf Abstand zu halten. Man kann nicht alle retten. Außer Helmut würde es niemand versuchen. Aris hasste gescheckte Katzen inzwischen. Er konnte nicht sagen, warum, aber sie widerten ihn an. Vor weißen fürchtete er sich nur, die gescheckten stießen ihn ab. Gitte mochte überhaupt keine Katzen, schon gar nicht von der Straße, hielt sich jetzt aber mit einem Kommentar zurück. Sie rollte nicht mal mit den Augen. Das erste Glas Wein hatte sie auf ex getrunken, das zweite zur Hälfte hinterhergekippt. In wenigen Minuten würde sie anfangen zu lallen. Hit and Run war angesagt. Ein Gnadenschuss, und dann aufstehen und breitbeinig davonschreiten. Jetzt war ein guter Zeitpunkt.

Den Brotklumpen zum Trotz blieb die Übelkeit durch Hunger. Nur schwache Menschen ließen zu, dass der Stoffwechsel ihren Tagesablauf diktierte. Normalerweise hatte Aris seinen Hypothalamus unter Kontrolle. Aber was war schon normal an diesem Abend. Er war spazieren gegangen, Richtung Stadion, um Sibels Nachricht nicht in der kalten, dunklen Wohnung anhören zu müssen. Als er an der Taverne Karavitis vorbei gekommen war, hatte er an der Tür gelesen, dass heute Ruhetag war. Also war er schnell in Frau Xenakis Wohnung zurückgeeilt, hatte sich das Werkzeug geschnappt und an die Arbeit gemacht. Es hatte geklappt. Einfach so. Er hatte alles anders gemacht als sonst. Hatte nicht nachgedacht. Gereicht hatte es trotzdem nicht. Das Leben hatte ihn eingeholt.

Jetzt saß er mit Helmut und Gitte in einer Taverne, in der ihnen gleich geschmorte Lammkeulen serviert werden würden. Nicht weil sie die bestellt hatten, sondern weil Lammkeulen das teuerste Gericht auf der Speisekarte waren. Und der alte Sack von Wirt hatte sich gedacht, die Deutschen merken das nicht, ich sage einfach, ich habe nichts anderes da. Die schulden uns doch sowieso was. Die Hoffnung blieb, dass das Fleisch zumindest nicht auf direktem Wege aus der Tiefkühltruhe kam, sondern ein wenig aufgewärmt würde. Die Kompetenz, eine Mikrowelle sachkundig zu bedienen, war allerdings nichts, was man von einem routinierten Athener Gastronom jenseits der fünfzig erwarten konnte. Noch ein Schluck Wein.

Gitte schluchzte. Sie hatte die Phase der aggressiven Wortfindungsstörung übersprungen. Normalerweise stammelte sie wütend und füllte die Pausen notdürftig mit «Das kannst du mir aber glauben», «Lass dir das gesagt sein» oder «So nicht, mein lieber Freund».

Aris war nicht sicher, ob das jetzt ein Fortschritt war, Zufall oder einfach Nachlässigkeit. Das Essen kam. Hähnchenlebern, gefülltes Gemüse und ein Feta-Granatapfel-Salat. Lammkeule wäre besser gewesen. Auf der anderen Seite war das die perfekte Gelegenheit, sofort (und ohne einen weiteren Schusswechsel) zu gehen, ohne dabei kulinarisch etwas verpasst zu haben. Jetzt aßen sie, jetzt waren sie verwundbar.

«Wie habt ihr mich gefunden?»

«Eine Mutter weiß immer, wo sie ihr Kind finden kann.»

Die dicken roten Äderchen auf Gittes glasigen Augen hätten ihren Worten Nachdruck verleihen können, hätte da nicht dieser mitleidheischende Unterton mitgeschwungen, den sie sich bei deutschen Fernsehfilmen abgehört haben musste.

«Ihr müsst mal die Leber mit den Granatapfelkernen probieren, das schmeckt vorzüglich», schmatzte Helmut. Das Kätzchen saß immer noch auf seinem Schoß und leckte an einer Hähnchenleber, die es sich zwischen die Pfoten geklemmt hatte.

«Mir reicht das jetzt. Warum bist du hier? Was ist in dem Koffer? Hast du wieder mit Drogen zu tun?»

Aris verdrehte die Augen. Er hätte nicht reden sollen, er hätte wortlos als Sieger vom Platz gehen können. Es war ihm doch egal, wie sie ihn aufgespürt hatten. Sicher, er war beeindruckt. Aber es gab keinen Grund, seinen Vorsprung aus Neugier zu gefährden. Jetzt wurde das wieder zu einem Frage-Gegenfrage-Spiel. Info gegen Info. Wie früher. Alles war wie immer.

«Ihr habt mich wieder geortet, stimmt's? Ihr habt versprochen, ihr macht das nicht mehr.»

«Was redest du, Aris?»

«Ich bin kein Haustier. Ihr habt kein Recht, mir hinterherzuspionieren. Wie oft muss ich das noch sagen?»

«Aris, wenn du denkst, du bist Derjenige, der hier laut werden darf, dann irrst du dich aber.» Fuck. Jetzt hatte er doch gebrüllt. Es gab nur noch den Notausgang.

«Helmut? Sagst du auch mal was?»

Helmut kaute und schwitzte. Aris hatte sich schon so oft vorgestellt, was er jetzt sagen wollte. Er hatte sich sogar Notizen dazu gemacht und sie verworfen. Zigmal. Doch er spürte wieder diesen Kloß im Hals und wollte vor Helmut und Gitte nicht weinen. Diesmal nicht. Er wollte in einem ruhigen und selbstsicheren Ton sagen, dass es alleine Gittes Entscheidung gewesen war, für ihn zu Hause zu bleiben, statt Ärztin ohne Grenzen zu sein. Dass sie, kaum war sie aus der Schule, ihren ehemaligen Lehrer geheiratet hatte. «Das waren alles deine Entscheidungen, Gitte, nicht meine», würde er ganz sachlich sagen. Und dass sie die Welt sehen wollte und Helmut nur Griechenland, war immer schon absehbar. Aris konnte nichts dafür. Und dass sie keine Ruhe fand, wenn sie nicht genau über Aris' und Helmuts Aufenthaltsort informiert war: ihr Problem, nicht seins. Dann würde sie sich rechtfertigen, und er würde sagen, dass sie sich dafür nicht zu schämen brauchte. Er war bereit, sie in den Arm zu nehmen, bis sie sich beruhigen würde. Dann würde er ihr sagen, dass er keine Lust hatte, Medizin zu studieren, nur weil das ihr Traum gewesen war, und dass sie damit aufhören musste, ihm in sein Leben zu pfuschen. Er würde nicht den Abschluss machen, den sie nicht fertiggebracht hatte. Er würde nicht ihr Leben führen. «Ich bin nicht dein Projekt», würde er sagen. Mit einem freundlichen Lächeln, und dann «Du bist zu jung, um so verbittert zu sein» hinzufügen. Dann bekäme sie einen Kuss auf die Stirn.

«Hör doch mal, was deine Mutter sagt, Ari.» Helmut hatte zu Ende gekaut und brachte mit dem, was er wohl als Deeskalationsversuch verstand, die Bombe zum Platzen. Aris sprang auf und stieß dabei seinen Stuhl um, das Kätzchen ergriff die Flucht.

«Ich will euren Scheiß nicht mehr hören. Und euren Kram brauche ich auch nicht. Lasst mich einfach in Ruhe. Ein verdammtes Mal.»

Er riss sich seine Jacke vom Leib, warf sie auf den Tisch, das Geschirr klirrte, die Karaffe mit dem Rotwein kippte um und ergoss sich über die weiße Papiertischdecke. Aris schnappte sich den Koffer und verschwand in der Dunkelheit, Gittes Schluchzen im Ohr. Kalt war ihm nicht mehr.

1948

Stylianos konnte schon Schnee sehen. Hier oben war es um einiges kälter als vor seiner Hütte, obwohl die Mittagssonne am Himmel stand. Er war froh, dass ihm mittlerweile endlich ein richtiger Bart gewachsen war, der zumindest den Wind davon abhielt, ihm direkt ins Gesicht zu peitschen. Bis zum Gipfelkreuz war es nicht mehr weit. So hatte er sich den heiligen Berg vorgestellt. Nur höher und heiliger. Athanasios, der ihn auf die Idee gebracht und angeboten hatte, ihn zu begleiten, erklomm den Gipfel regelmäßig. Immer wenn Gott ihn vor eine Frage stellte, die größer war als er selbst, ging er los.

Stylianos hatte keine Frage von Gott, sondern ein Telegramm von seiner Tante Tasia zugestellt bekommen, und jetzt musste er damit umgehen. Allein. Sein Vater war tot. Das klang tragischer, als es sich anfühlte. Er hatte ihn ja kaum gekannt. Sein Vater, das waren alte Geschichten. Wie er als Kind ein Puppenspiel aus Hühnerköpfen gebastelt hatte, über das das ganze Dorf gelacht hatte. Oder wie er mit der Steinschleuder einen Wolf erlegt hatte. Oder wie er sich eine Höhle am Fluss gebaut hatte, um den Frauen des Dorfes beim Baden zuzusehen. Und wie er sich als Junge freiwillig für den Krieg gegen die Türken meldete, zurückkam, heiratete, um wieder in den Krieg zu ziehen. Dein Vater ist mit dem Krieg verheiratet, hatte seine Mutter immer gesagt, wenn Stylianos fragte, wann er zurückkäme. Sie selbst war ebenso selten zu Hause gewesen, arbeitete meist auf den Feldern. Und wenn sie zu Hause war, weinte sie viel. Es war nicht gut, seine Mutter weinen zu sehen. Umgekehrt musste es sein. Das Kind musste weinen, die Mutter trösten. Auch die Mutter durfte natürlich weinen, aber nur wenn das Kind nicht da war. So wie die Panagia, die Muttergottes. Die Muttergottes hatte Stylianos nie weinen sehen.

Stylianos erreichte einen Felsvorsprung und machte kurz Rast. Als er sich umdrehte, überkam ihn ein leichter Schwindel. Der steile Pfad, den er zurückgelegt hatte, verschwand im tiefen Nichts. Er war mittlerweile so weit oben, dass er nicht mehr sehen konnte, wo das Meer aufhörte und der Himmel anfing. Er war umhüllt von tiefem Blau und Steinen und konnte kaum die Augen offen halten. Der Schnee und die kargen hellen Felsen blendeten ihn. Vom Himmel aus war er sicher nur ein kleiner schwarzer Punkt auf diesem mächtigen Berg. Ein Stecknadelkopf.

Er hatte noch nicht um seinen Vater geweint, denn wie weinte man um einen Mann, den man nur aus den Erinnerungen anderer Leute gekannt hat? Er wusste, dass er diesen Vater nun für immer verloren hatte, dass der Tag, an dem sie an einem Tisch säßen und er gefragt werden würde: Wie geht es dir, mein Sohn?, nicht mehr kommen würde. Und auch er selbst konnte nun keine Fragen mehr stellen. Stylianos spürte den Schmerz, aber er hatte das Gesicht seines Vaters nicht mehr vor Augen. Er konnte sich nur wundern, dass er so ganz anders war als sein Vater. Er hatte noch nie eine Waffe angerührt, obwohl zu Hause an der Wand zwei

Flinten hingen, er hatte sich nicht mal mit den anderen Jungs im Dorf angelegt. Stylianos ist ein zarter Junge, er wird einmal Professor oder Pfarrer, hatten sie im Dorf stets gesagt. Er sah seinem Vater nicht mal ähnlich. Der hatte in den Erzählungen seiner Mutter pechschwarzes Haar und einen Rauschebart und mächtige Augenbrauen und riesige Hände gehabt. Wenn er lachte, bebte die Erde, sagten sie im Dorf. Stylianos war so leise, dass seine Mutter ihn als Kind manchmal nicht bemerkte, obwohl er im selben Raum gewesen war. Er war im Sommer blond, und sein Bart hatte bei der Ankunft in Athos gerade so gereicht, um eingelassen zu werden und nicht unter das Avaton zu fallen.

Erst in Athos hatte Stylianos angefangen, ordentlich zu essen und ein wenig größer und runder zu werden. Jetzt könnte ihm sein Vater stolz auf die Schulter klopfen, wenn er da wäre, wenn er jemals da gewesen wäre. Stylianos würde seinen Vater nie wiedersehen. Doch, nach dem Tod, hatte Bruder Athanasios ihn getröstet, aber das stimmte nicht. Das hatte Stylianos verstanden. Es gab kein Leben nach dem Tod. Es gab auch keinen Gott, nur seine Mutter.

Die Menschen waren verloren, wenn sie starben. Deshalb hatte ihn die Muttergottes auch nicht zu sich geholt. Wo sie war, konnte kein Mensch sein, aber sie besuchte die Menschen und half ihnen barmherzig. Und er sollte ihr dabei helfen, solange sie ihn brauchte. Auf dem heiligen Berg herrschte Frieden, aber drum herum brannte es. Die Deutschen waren weg, doch die nächsten Brandstifter standen bereit, und der Krieg ging weiter. In den Städten Griechenlands gingen die Menschen aufeinander los. Nachbarn und Geschwister schossen aufeinander, für die Engländer und für die Russen, für den König und den Kommunismus. Bruder Athanasios, der viel herumkam und einiges verstand, glaubte, dass es nicht mehr lange dauern würde, bis Frieden herrschte. Stylianos widersprach nicht, glaubte aber nicht daran. Die Menschheit, das hatte er verstanden, war verrückt, und er wollte einfach seine Ruhe haben. Diese Ruhe hatte er fast gefunden, als die Nachricht vom Tod seines Vaters ihn in die Welt zurückgeholt hatte und es damit aus gewesen war. Jetzt, wo er so grübelte und Ausschau nach dem Gipfel hielt, wuchs die Zuversicht, dass er sie dort oben wiederfinden würde.

Trauriger als das Schicksal, ein Held zu sein, ist es, das Kind eines Helden zu sein, hatte Bruder Athanasios gesagt, doch Stylianos hatte ihn nicht verstanden.

Endlich erkannte Stylianos das Kreuz vor sich. Er hielt kurz inne, sah sich um. Stein und Gestrüpp, mehr gab es hier nicht. Er blieb stehen. Plötzlich überkam ihn die Angst, dass er, wenn er in wenigen Schritten angekommen war, trotzdem nichts fühlen würde.

Er überlegte kurz, drehte dann ab und beschloss, erst in die Kapelle zu gehen, dort eine Kerze anzuzünden und eine Fürbitte zu sprechen, denn das konnte nicht schaden, auch wenn sein Vater kein Mann der Kirche gewesen war.

Er betrat die Kapelle und bekreuzigte sich. Hier schien lange niemand gewesen zu sein, Staub lag auf den Ikonostasen. Als er vorsichtig über die Ikone der Panagia strich, wurde ihm ganz warm. Er fing an, mit einem Besen die Spinnweben von den Wänden zu holen, die Farbe blätterte ab. Unter der Anrichte sah er einen Farbeimer. Er holte Wasser aus der Zisterne und rührte die Farbe so lange, bis sie nicht mehr klumpte.

Er tunkte ein Tuch in den Eimer und begann, die Farbe an den Wänden zu verteilen. Das brauchte viel Gefühl, nahm er zu wenig, deckte die Farbe nicht, nahm er zu viel, war sie zu schwer und kleckste auf den Boden. Er biss sich auf die Zunge und hörte erst auf, als sich die Sonne wieder dem Meer näherte und er zufrieden mit seiner Arbeit war. Er küsste die Muttergottes und war endlich bereit, zum Gipfelkreuz zu gehen. Dort angekommen, erschöpft und leer, weinte er.

K

Faschos und Anarchisten schienen in diesen Straßen immer wieder Katz und Maus miteinander zu spielen. Anarchisten-Alphas und Nazi-Mäander zigmal übermalt und durchgestrichen, dazwischen Tags und Schmierereien. Wir sind alle Migranten. Migranten raus. Arme an die Waffen. Ausländer raus. Raus aus der EU. ACAB. Fick die Polizei. Auch Fußball-Ultras waren nicht zu knapp vertreten. Panathinaikos Athen gegen Olympiakos Piräus, zwischendurch ein verirrter PAOK-Fan, PAOK, warum PAOK, PAOK war doch aus Thessaloniki. Aris hatte einige Schwierigkeiten, Hundehaufen auszuweichen und dabei so sicher aufzutreten, dass ihn wackelige Bodenplatten oder Schlaglöcher auf den Gehwegen nicht ins Stolpern brachten. Er hatte kaum geschlafen, sich im Bett hin und her gewälzt und zwischendurch in sich hineingebrüllt. Er hatte den Nachbarn nicht stören wollen.

Der Koffer war unhandlich, knallte immer wieder seitlich ans Knie. Das Auf und Ab der Straßenführung erschwerte das Gehen zusätzlich. Eine alte, gekrümmte Frau, die ihren aus Draht und einem Puppenwagen gebastelten Do-it-yourself-Einkaufswagen hinter sich herzog, überholte Aris ohne sichtliche Anstrengung. Kurz hielt er an und fasste sich ans Herz. In der Brusttasche seines Strick-Kapuzenpullis, der jetzt, wo er sich der Jacke entledigt hatte, sein wärmstes Kleidungsstück war, steckte der nächste Brief von Frau Xenaki. Gleich würde er ihn öffnen. Ihn beschäftigte gar nicht so sehr, was drinstand, er freute sich auf das Geräusch, wenn der Umschlag aufriss. Sibels Handschrift, das Gefühl, es geschafft zu haben. Und er wollte den Moment gern mit der hoffentlich glücklichen Erbin teilen. Weiter. Einige Hausnummern waren abgefallen oder gar nicht erst montiert worden. Das war kein guter Ort für Briefträger. Die Treppen mit ihren brüchigen Steinplatten ragten in den Gehweg hinein, alles schien schief und kaputt, zusammengehalten nur von den überirdischen Stromkabeln, die den Blick gen Himmel störten. Es war, als hätte jemand versucht, einen Straßenzug ohne rechte Winkel zu bauen. Oder war es doch Aris, der nicht mehr klar sah? Bevor er die Frage zu Ende denken konnte, stolperte er über einen Metallstift, der aus dem Boden ragte, und wusste, er war da. Er hatte sich gefangen, den Sturz abgewendet, aber es sah ohnehin niemand zu. «A. XENAKI» stand auf dem Klingelschild, der Eingang war von insgesamt sechs Metallstiften gesäumt, drei auf jeder Seite. Aris überlegte kurz, was er in die Gegensprechanlage sagen würde, um eingelassen zu werden, und klingelte sanft. Er wurde erwartet, zumindest hatte Herr Stelios behauptet, dass er Aris vollmundig angekündigt hatte. Auf dem Weg hatte er alle Varianten durchgespielt und war dabei zum Schluss gekommen, dass es kurz und knackig, seriös und etwas offiziell klingen sollte, was immer das bedeutete, wie immer der Wortlaut dafür war. Vor allem durfte ihm die Stimme nicht wegbrechen. Er klingelte noch einmal mit etwas mehr Nachdruck, das erste Mal war wohl doch zu zaghaft gewesen, als wäre es dem Klingelnden gar nicht so wichtig, auch eingelassen zu werden.

Er atmete lang aus, hielt den Mund dicht an das Loch, in dem er das Mikrophon vermutete, man musste ihn ja deutlich hören können. Er umklammerte den Griff des Lederkoffers mit seiner schwitzenden Hand. Das Schloss surrte, Aris öffnete die Eingangstür und dachte, wie unvorsichtig, ihn einfach so einzulassen, er könnte ja sonst wer sein.

Kaum dass er in den engen, mit Fototapete in Kirschholzoptik verkleideten Aufzug eingestiegen war, merkte er, dass er nicht wusste, in welches Stockwerk er musste.

Jemand anderes nahm ihm die Entscheidung ab und rief den Fahrstuhl in den Vierten. Er stieg aus, es roch nach Chlor und Zitrone. Eine Wohnungstür stand offen, und er wagte sich auf die Türschwelle vor.

«Ja, komm rein, Aris, oder?», rief es von irgendwoher.

«Ja, hallo, Aphrodite? Ich habe den Koffer mitgebracht.»

Kleine Flickenteppiche, die sich an ihren Enden überlappten, wiesen den Weg durch den Flur.

Aris fand Aphrodite hinter der ersten Tür rechts, in der Küche, sie stapelte mit der einen Hand benutztes Geschirr im Spülbecken, mit der anderen gestikulierte sie, während sie aufgeregt ins Telefon sprach, das sie zwischen Wange und Schulter geklemmt hatte.

«Hast du drei Stunden Zeit?»

Aris brauchte einen Moment, bis er verstand, dass er gemeint war. Er nickte etwas unsicher. Aphrodite legte auf.

«Großartig, du bist mein Retter! Also ich bin in spätestens drei Stunden wieder da. Ich beeil mich. Ich muss was erledigen. Im Wohnzimmer sitzt Lakis, mein Sohn.»

«Ähm, das ist ein Missverständnis.»

«Essen ist im Kühlschrank. Fernseher läuft. Wenn was ist, mach was draus.»

«Bitte, was?»

«Du bist wirklich ein Schatz! Ich beeile mich!»

Ein Kuss auf die Wange, und sie war im Flur.

«Lakis, das ist Onkel Aris. Er ist aus Deutschland gekommen. Ihr könnt was Schönes spielen, bis ich zurück bin. Benimm dich, mein Junge! Ach ja, er hat Läuse. Kamm und Shampoo sind im Bad.»

Die Tür fiel ins Schloss. Aris stand immer noch in der Küche. Aphrodite hatte sogar den Herd angelassen. Sie sah nicht im Geringsten wie ihre Oma aus, hager, aber muskulös, die Wangenknochen einer Boxerin, blondiert und eine deutliche Zahnlücke. Nein, die Zähne von Frau Xenaki kannte Aris nur zu gut. Dennoch bestand kein Zweifel daran, dass die beiden Frauen verwandt waren. Nur eine Xenaki war zu so einer Aktion fähig. Wie alt konnte ihr Sohn sein? Aphrodite war doch höchstens Mitte zwanzig. Aris näherte sich vorsichtig dem Wohnzimmer. Dort saß ein Junge im Kindergartenalter und sah tonlos fern.

«Hallo, ich bin Aris.»

«Ja, hallo, du kannst dich dahin setzen», deutete er auf einen roten Ohrensessel.

«Warum hast du den Fernseher stumm geschaltet?»

«Der ist kaputt, meine Mama lässt das reparieren, wenn das Geld da ist.»

«Aha. Du heißt also Lakis?»

«Ja.»

«Wovon ist das die Abkürzung? Vangelis? Vassilis?»

«Sophokles.»

«Ach, echt? Bist du nach dem Dichter benannt?»

«Nein, nach dem Basketballer.»

Lakis ließ den Fernsehbildschirm auch während ihrer Unterhaltung nicht aus den Augen. Darauf transformierten sich, unterbrochen von Werbeeinblendungen, die selbst aus dem stummen Fernseher zu schreien schienen, Zeichentrickfiguren von Androiden in Fahrzeuge und wieder zurück. Aris ließ sich wie geheißen in den roten Sessel sinken. Seine Finger strichen über das rissige Leder des Koffers, den er sich überflüssigerweise auf den Schoß gelegt hatte. Bequem sitzen konnte er so nicht. Das war ein IKEA-Wohnzimmer. So etwas kannte er sonst nur aus dem Katalog. Er saß auf einem Strandmon und Lakis auf Karlstad. Der Junge kratzte sich beiläufig am Kopf, und Aris überkam ein plötzlicher Juckreiz. Erst am Kopf, dann auf der ganzen Haut. Wie im Winter, wenn er zu heiß duschte und die Haut erst verbrühte und dann austrocknete, um sich zu schälen. Er musste an Rapunzel denken und an die Epidemie im März 2014. Rapunzels bürgerlicher Name war Nadine, Nadja oder Natalie. Nein, Mareen. Mareen war als Praktikantin ins Spital gekommen. Auf der Station rief man sie Rapunzel, wegen ihres langen blonden Haars. Das war zwar nicht sonderlich kreativ, aber besser als ein schlichtes «Praktikantin» und dabei so naheliegend und einprägsam, dass sich sogar einige Dementos daran erinnern konnten. Ihr größter Mehrwert für das Spital bestand deshalb darin, dass während ihres Praktikums auf den Gängen manchmal «Rapunzel, Rapunzel» gewimmert wurde und nicht «Schwester» oder «Herr Doktor».

Rapunzel war auf den ersten Blick kein Mensch, der Spuren hinterließ. Sie redete immer von ihrem Freund, der ein Motorrad hatte, an dem er gern schraubte und mit dem sie an sonnigen Wochenenden über die Autobahn zu seinen Eltern nach Kempten fuhren, um Käsesahnetorte zu essen, und von ihrer Katze, die Garfield hieß, obwohl sie nicht wie Garfield aussah. Aris hasste sein Gedächtnis dafür, dass er noch wusste, dass der Name von Rapunzels Freund Matze lautete und sein Hobby Fotografie war. Mit Rapunzel selbst hatte Aris nicht viel zu tun gehabt, sie interessierte ihn nicht, das war ja das Problem, denn er konnte sich alles, was ihn nicht interessierte, besonders gut einprägen. Wenn man ihm aber einen vierstelligen Zahlencode geben würde, mit dem sich alle Türen auf der Welt öffnen ließen: Er hätte ihn im nächsten Augenblick vergessen. Dafür vergaß er nicht, dass Claudias Hochzeit an einem verregneten Mittwoch stattgefunden und der letzte Anlass gewesen war, zu dem sie Größe 38 getragen hatte. Außerdem hatte Claudias Onkel Bertram zu viele Kurze weggekippt und ihr an die Brüste gefasst, angeblich getrieben vom Interesse daran, ob sie echt waren.

All das wusste Aris, er sah es vor sich, als wäre er dabei gewesen. Onkel Bertram hatte einen rötlichen Schnauzer und die Finger eines Kettenrauchers. Sein Gesicht war eine Lichtquelle, wenn er trank, und die Frage nach seiner Augenfarbe konnte man nach einem Blick in seine blutunterlaufenen Augen am besten beantworten mit: nicht mehr blau.

Aris hasste Ungeziefer und Panikattacken. Gerade musste er mit beidem umgehen. Rapunzel. Er war misstrauisch geworden, als er ihr während der Mittagspause gegenübersaß. Er kannte ihre Gewohnheiten nicht, weil sie keine hatte. Deshalb war ein Aufeinandertreffen unvermeidbar. Dabei war eine Pause doch da, um etwas Ruhe vor bekloppten Kollegen zu haben. «Pause ist auch ein griechisches Wort», hörte er Helmut sagen, «man hört das nicht, weil es im Neugriechischen paffsi ausgesprochen wird, hat aber nichts mit paffen zu tun. Wobei, wer weiß, vielleicht doch. Griechisch und Deutsch sind ja beides indogermanische Sprachen. Deshalb sind Griechen und Deutsche durch eine Schicksalsgemeinschaft miteinander verbunden.» So ein Quatsch. Rapunzel. Während sie also in einem Frauenmagazin geblättert hatte, fiel ihr ein kleines Insekt vom Kopf auf den ovalen weißen Plastiktisch im Pausenraum. Sie zerdrückte es sehr routiniert mit einer Papierserviette und aß ihr Schmalzbrot weiter, als sei nichts passiert. Aris drehte es den Magen um. Keiner der Kollegen teilte sein Entsetzen. Sibel hatte mit den Schultern gezuckt und gesagt: «Mit Kopftuch wäre das nicht passiert.» Claudia hatte verkündet, dass Hygiene im Sozialismus eine Selbstverständlichkeit gewesen sei und es dort auch so effiziente wie inzwischen verbotene Pestizide gegeben hätte. Aris wusch sich nur noch mit Weidenrindenshampoo und sprühte sich jeden Morgen Apfelessig ins Haar.

Wenige Wochen später brach die Epidemie aus. Es blieb offiziell ungeklärt, woher die Läuse gekommen waren. Hinter vorgehaltener Hand wurde Frau Teller verdächtigt. Sie hatte eines Morgens ihr Haus in Heidingsfeld verlassen und war mehrere Tage auf der Straße herumgeirrt, bevor sie gefunden und ins Spital gebracht worden war, aber Aris war sicher, dass er den wahren Läuseherd kannte. Den wollte nur keiner wahrhaben. Die Hälfte der Bewohner und ein Viertel der Belegschaft waren betroffen.

Aris war verschont geblieben, doch nachts träumte er von weißen Köpfen, die er paarweise mit Stahlkämmen entlauste. Linke Hand, rechte Hand, linke Hand, rechte Hand. Neben ihm Claudia, die immer nur einen Kopf auf einmal kämmen konnte. Auch sie hatte ihre Haare schließlich reumütig in Apfelessig getränkt, um das Ungeziefer abzuhalten.

Aris hatte Mareen nicht verpfiffen, doch Claudia wollte nicht stillhalten. Aris nahm ihr das nicht übel. Sie warnte Rapunzel immerhin vor und gab ihr die Gelegenheit, sich zu stellen. Das Angebot nahm Mareen an, wandte sich an die Stationsleitung und kündigte an, unter diesen Bedingungen nicht weiterarbeiten zu können. Sie drohte, sich mit einem Erfahrungsbericht über die Vorkommnisse im Spital an die Presse zu wenden. Das war ihr letzter Arbeitstag. Sie bekam ein großartiges Arbeitszeugnis, und Aris hatte davon erst ein halbes Jahr später erfahren, als die Stationsleitung sich beim Sommerfest verplapperte.

Diese Locken, das war richtig krauses Haar, wahrscheinlich seit Wochen ungekämmt. Das war die Hölle. Selbst bei lichtem Kopfhaar dauerte es ewig, jede Strähne so lange durchzugehen, bis Nissen und Larven vollständig entfernt waren. Bei dem Kleinen würde er sicher eine Stunde allein für das Kämmen brauchen. Ja, er könnte jetzt gehen. Aber was half es.

Aris stellte den Koffer neben den Sessel, stand auf und holte das Läusemittel aus dem Bad. Wenigstens war das eine ordentliche Chemiekeule, in Deutschland sicher nicht zugelassen. Eine Anwendung würde reichen. Er holte das Flakon aus der Verpackung und brachte die Sprühvorrichtung an.

«Ich beiße dich, wenn du an meinen Haaren ziehst.»

«Das hat wohl Tradition bei euch», antwortete Aris.

Mit der linken Hand schützte er Lakis Augen, die den Fernsehbildschirm weiter fixierten, und mit der rechten sprühte er großzügig den Kopf des Jungen ein. Es roch nach ätherischen Ölen und nach Formaldehyd. Aris atmete tief ein. Sein Kiefer hörte auf zu mahlen. Erst jetzt merkte er, wie angespannt er war.

«So, das muss jetzt eine Stunde einwirken.»

«Warum verbrennen wir die Läuse nicht einfach?»

«An sich eine gute Idee, aber dann brennt dir der Kopf ab.»

«Mein Kopf ist doch nass. Der kann gar nicht brennen.»

«Gehst du in den Kindergarten?»

«Nein, aber ich komme bald in die Schule.»

«Dann frag mal nach, wenn du dort bist, die erklären dir das.»

Es klingelte. Lakis holte ein Telefon aus seiner Tasche, ging ran und reichte es wenige Augenblicke später kommentarlos weiter an Aris.

«Hey, ich brauche doch länger als gedacht, aber bring mir Lakis einfach vorbei, dann kann er hier auf mich warten. Er kennt den Weg.»

Aris überkam eine Gänsehaut der Erleichterung. Es gab Grund zur Freude. Das passierte nicht oft. Er würde um das Auskämmen herumkommen. Dabei hatte er sich mental fast schon mit Bisswunden und verätzten Händen abgefunden.

«Wo ist deine Jacke?»

«Ich will mein Astronautenkostüm anziehen.»

«Es ist kalt draußen.»

«Ich will mein Astronautenkostüm anziehen.»

«Ist es weit bis zu deiner Mama?»

«Ich will mein Astronautenkostüm anziehen.»

«Ich zähle jetzt bis zehn, und wenn ich bei zehn angekommen bin und du in deinem Kostüm an der Tür stehst, kannst du es draußen tragen. Eins. Zwei.»

Lakis sprang auf und rannte aus dem Raum. Das war

einer der wenigen Erziehungstricks von Gitte, die funktionierten. Ein bisschen Druck, ein bisschen Wettbewerb, und das Hirn setzte aus. Das Einzige, wozu Gitte Aris damit nicht gebracht hatte, war, sein Zimmer aufzuräumen.

Aris nahm den Koffer, der immer schwerer wurde, packte den Läusekamm ein und eine gelbe Daunenjacke, die er an der Garderobe fand. Er lieh sich einen breiten roten Schal, der so sehr in der gusseisernen Kleiderstange verheddert war, dass die Läuse ihn noch nicht befallen haben konnten.

Bei acht stand Lakis in einem silbernen Polyesterkostüm und mit Gummistiefeln an der Tür.

«Ich habe es geschafft.»

«Los geht's.»

Ohne Widerstand zu leisten, ließ Lakis sich die gelbe Daunenjacke überziehen. Eine Welle von Stolz durchfuhr Aris. Er war ein Dompteur. So musste es sich anfühlen, wenn man einem Krokodil den Kopf ins Maul hielt und überlebte. Es gab nur eines, das sich ähnlich beglückend anfühlte: Herrn Wagner aus Sibels Stock eine komplette Mahlzeit zu reichen, ohne von ihm damit angespuckt zu werden. Aber das war Aris nur ein einziges Mal gelungen; danach hatte er es nie wieder versucht.

Lakis griff von sich aus seine Hand, wenn sie eine befahrene Straße überquerten, und ließ sie genauso selbstverständlich auf der anderen Seite wieder los. Aris lief einfach mit und war beeindruckt davon, wie lange man hier bergab gehen konnte und wie viele hässliche Katzen auf der Straße herumlagen und dösten, als warteten sie nur darauf, überfahren zu werden. Diesen Wunsch konnte man sich mühelos erfüllen, denn völlig unangekündigt schossen Omnibusse aus Seitengassen, die so dicht beparkt wurden, dass sie als solche nicht mal erkennbar waren. Man konnte die Straßen nicht breiter machen, also wurden die Busse schmaler und hatten etwas lächerlich Kindliches in ihrem Weiß-Blau-Gelb. Als sie am Kallimarmaro vorbeikamen, dem marmornen olympischen Stadion, wurde Aris langsam misstrauisch. Der Weg kam ihm sehr weit vor, andererseits fühlte sich ja jeder Weg so an, den man zum ersten Mal ging. Ein geschickt postierter Sesamringverkäufer lenkte ihn ab und schaffte es dabei sogar noch, ihm fünf Sesamringe zu verkaufen, die Lakis unbedingt mit den Münzen bezahlen wollte, die er in den Taschen seines Kostüms gefunden hatte. Aris ließ ihn gewähren und bekam auch einen in die Hand gedrückt, dabei mochte er Sesam gar nicht. Für Mohnringe könnte er sich begeistern, auch für Kürbiskernringe, wenn es sein müsste, aber Sesam mochte er nur als Sesamriegel mit ganz viel Honig zwischen den Körnern.

Dass erwachsene Menschen überhaupt an so einem Sesamring knabberten, fand Aris ähnlich elegant wie die alten trockenen Alkis vom Heuchelhof, die Sonnenblumenkerne inhalierten, um nicht an Schnaps denken zu müssen. Mit den schwarz-weißen Schalen formten sie unter Würzburger Parkbänken ein Mahnmal ihres Kampfes. Wogegen aber knabberten die Athener wohl an?

Sie überquerten die Straße Richtung Nationalgarten und liefen kauend weiter Richtung Zappeion. Eine Tram kam, und Lakis zog ihn erst über die Straße und dann gerade noch so hinein. Aris blieb vor Lakis stehen und hatte, obwohl er den Koffer zwischen seine Beine klemmte und zwei Haltegriffe zu Hilfe nahm, Mühe, sich aufrecht zu halten. Es ruckelte unentwegt, und der Fahrer musste immer wieder zu Vollbremsungen greifen, um nicht mit den Mofas, Rollern und Autos zusammenzustoßen, die in waghalsigen

Manövern die Schienen überquerten. Die Tram hatte noch keinen Kilometer zurückgelegt, da durchfuhr es Aris.

«Wir haben keine Tickets.»

«Ich bin ein Kind. Ich darf umsonst fahren.»

«Heute kontrolliert hier keiner, mein Junge», mischte sich ein alter Herr mit rosa Baseballcap ein. «Gestern Abend haben sie zwei Kontrolleure ins Krankenhaus geprügelt. Das kam im Fernsehen. Die übrigen streiken heute vor dem Parlament.»

Aris nickte dem alten Mann mit einem Gesichtsausdruck zu, der Dankbarkeit, aber auch Desinteresse an jeder weiteren Interaktion zum Ausdruck bringen sollte. Der alte Mann schien ohnehin nicht allzu ambitioniert, was das anging. Seine Wortmeldung war wohl tatsächlich nur als freundliche Service-Meldung gemeint gewesen und kein Prolog zu einem ausufernden Gespräch über Zionisten, Freimaurer oder die Weltverschwörung gegen Griechenland.

«Wo müssen wir aussteigen?»

«EDEM»

«Ist das weit?»

«Nein. Ich sag dir, wenn wir da sind. Hast du Spiele auf deinem Telefon?»

«Hast du keine?»

«Ich darf keine. Ich habe mal was zu Teures runtergeladen.»

«Ich habe auch keine.»

«Weißt du, was ich am meisten hasse?»

«Nein. Was?»

«Wettessen.»

«Aha.»

Die Frage, wie das Kind jetzt darauf kam, verkniff sich Aris. Seine Gehirnzellen brauchten eine Pause. Mehr noch ein Dampfbad. Einmal alle Poren weit auf, den ganzen Dreck rauslassen und dann wieder von vorne. Er tat das, was alle in dieser Tram taten, sofern sie nicht auf ihren Telefonen herumwischten. Er schaute aus dem Fenster. Kein Haus glich dem anderen. Die Gebäude schienen aus Restposten gebaut worden zu sein, denn nicht einmal die Balkongeländer waren aus einem Guss, wobei eine Gemeinsamkeit immerhin in ihrer ausgemachten Hässlichkeit bestand. An den meisten Haltestellen war er regelrecht froh, nicht aussteigen zu müssen. Dann fuhren sie durch einen Wochenmarkt. Links und rechts der Bahn standen Plastikpavillons, die Obst, Gemüse, aber auch Billigklamotten und Haushaltsartikel im Angebot hatten. Aris staunte. Wo kamen all die Schwangeren auf einmal her, die sich mit ihren Bäuchen aneinander und an den anderen Menschen vorbei manövrierten und dabei oft sogar zusätzlich ein fertiges Baby im Wagen vor sich herschoben? Was für ein Wahnsinn, Kinder zu bekommen, mitten in der Krise, in diesem bekloppten Land. Was für ein Wahnsinn war das überhaupt, Kinder in diese Welt zu setzen? Lakis war sicher auch nicht geplant, aber danach konnte Aris ihn ja schlecht fragen.

Die Leute drängelten. Die Tram kam nur noch im Schritttempo voran, und der Fahrer schaffte es nicht, die Leute von den Schienen zu bimmeln. Darunter fanden sich nicht nur watschelnde Schwangere, sondern auch tattrige Alte mit Ziehwagen und schlurfende Teenies im Vorteilspack waren unterwegs. Entschleunigung schien angesagt. Die Fahrgäste motzten, der Fahrer gab sich aber auch nicht wirklich Mühe, voranzukommen. Als sie auch die letzten Ausläufer des Marktes, junge Schwarze mit blinkendem Spielzeug und Sonnenbrillen, hinter sich gelassen hatten, folgte das vertraute Bild moderner Ruinen. Leuchtreklametafeln aus den

Neunzigern erinnerten daran, was die verfallenden Ladengeschäfte mal zu verkaufen hatten. Versicherungen, Handyverträge, Motorradteile. Es war nicht ganz klar, welche Läden noch in Betrieb waren und welche nicht. Wer konnte hier schon unterscheiden, was neu oder alt, was Unfall oder Absicht war?

Es waren doppelt so viele Tierärzte wie Humanmediziner ausgeschildert und mehr Tankstellen als Supermärkte.

Eine weitere Viertelstunde später – sie hatten drei Kirchen passiert, die Aris nicht wahrnahm, sehr wohl hingegen bemerkte er die sich eifrig bekreuzigenden Fahrgäste –, wurde die Haltestelle «EDEM» angekündigt. In einer letzten großen Kurve verließ die Tram die Wohngebiete und bog parallel zur Strandpromenade ein. Palmen. Sie waren nutzlos, aber sie vermittelten selbst im Dezember den Eindruck, dass hier die Welt ein bisschen mehr aufseiten des Betrachters war. Das Meer glitzerte im Hintergrund. Lakis war eingenickt. Er sah fast friedlich aus. Aris sprach ihn an, erst zaghaft, dann laut und deutlich, tippte ihm auf die Schulter, nichts. Also klemmte er sich den Koffer unter die Achsel, warf sich das Kind über die Schulter, bedacht, den Kopf nach Möglichkeit auf Abstand zu halten, und zwängte sich an stehenden Fahrgästen vorbei aus der Tür. Der Gedanke, dass all die Leute, die keinen Platz machten, während die Tür warnend fiepte, um zu schließen, von panisch flüchtenden Läusen befallen wurden, die sich mit dem sicheren Tod auf Lakis' Kopf nicht abfinden wollten, erfüllte ihn mit Genugtuung. Die Tram fuhr weiter. Aris setzte Lakis vor sich ab. Der wirkte benommen, als wäre er aus dem Tiefschlaf gerissen worden. Vielleicht hatte ihn auch das Läusemittel benebelt. So standen sie da, zwischen Strand und Straße. Als Lakis begriff, wo sie angekommen waren, rannte er los, über die Schienen und die Strandpromenade, direkt auf die Brandung zu. Aris war zufrieden. So benahmen sich Kinder doch, wenn sie ihre Mutter sahen. Sie breiteten die Arme aus und rannten auf sie zu. In ihre Arme. Dann lachten die Mütter, sagten mein Engel oder mein Schatz oder Mausi und drehten sich mit ihnen um die eigene Achse. Und lachten und lachten.

Aber Aphrodite war nicht zu sehen. Es lagen nur ein paar Touristen im Sand, Russen, um genau zu sein. Ein flüchtiger Blick genügte, um das zu erkennen. Die Bäuche, die Ketten, die Frisuren, die Badehosen. Bei den Temperaturen legten sich nur Menschen an den Strand, die den Rest des Jahres keine Gelegenheit dazu hatten.

Aris trottete Lakis hinterher und wurde das Gefühl nicht los, dass hier etwas nicht mit rechten Dingen zugehen konnte. Aber jetzt war nicht die Zeit, um nachzufragen. Sie liefen so lange, bis der Deep-House-Remix von Christina Aguileras Millenniums-Hit «Dirrty», der die wintersonnenbadenden Russen beim Dösen beschallte, weniger penetrant dröhnte. Aris richtete eine halbverrottete Liege auf, setzte sich und versuche dabei, sein Gewicht so zu verteilen, dass das rissige blaue Polyesternetz ihn tragen konnte. Er wickelte sich in den roten Schal ein, während Lakis mit seinen Gummistiefeln wie wild im Sand herumstapfte.

Aris sah ihm zu und rieb sich müde das Gesicht. Irgendwo in der Nähe grillte jemand mit Holzkohle. In Kombination mit der Meerluft war das eine willkommene Abwechslung zu all den Abgasen, die er in den letzten Tagen inhaliert hatte.

Lakis brüllte jetzt die Wellen an, seine Locken flatterten im Wind, und er schleuderte Steine, die er nur mühsam mit beiden Händen anheben konnte, mit aller Kraft in die

Gischt. Der Wellengang wurde heftiger, als wolle Poseidon dem kleinen Lakis seine Überlegenheit demonstrieren. Lakis spornte das nur weiter an. Aris döste fast ein. Schlafen. Das wäre die perfekte Gelegenheit, aus dieser Situation herauszukommen. Er würde sich gleich mit einem Kindergartenkind streiten müssen und danach mit dessen Mutter. Tatsächlich drehte sich Lakis jetzt um.

«Die Wellen hören nicht auf.»

«Das ist das Meer.»

«Aber ich habe ganz viele Steine reingeworfen.»

«Wo ist deine Mama?»

«Kann ich mich zu dir setzen?»

«Gib mir dein Telefon.»

Es tutete fünfzehnmal, Aris zählte mit und passte seinen Atem dem Ton an, um ruhig zu bleiben, Tut bedeutete Einatmen, Pause hieß Ausatmen, bis Aphrodite ans Telefon ging und mit einem «Was ist los? Wo seid ihr?» Aris' Befürchtung bestätigte. Sie war natürlich nicht am Meer, sondern drei Blocks von ihrer Wohnung entfernt.

«Wir kommen zurück», sagte Aris, ließ sich die Adresse geben und setzte eine pädagogisch wertvolle Miene auf, als er bemerkte, dass Lakis mit prüfendem Blick versuchte, seinen Gemütszustand zu lesen.

«Ehrlichkeit ist der Kleber, der Menschen zusammenhält», das schien jetzt ein guter Spruch zu sein und war nur eine leichte Abwandlung von Sibels Spruch: Sex ist der Kleber, der Menschen zusammenhält.

«Ich habe nicht gelogen», sagte Lakis und blickte Aris mit einem Ausdruck an, den er sich wohl im Laufe seiner Kindheit antrainiert hatte, um aus Situationen wie dieser herauszukommen, in die er sich offenbar regelmäßig brachte. Aris blieb vollkommen ungerührt, er hielt nichts von Welpenschutz, sonst hätte er jetzt eine andere Ansprache gewählt. Mit manipulativen Kunden kannte er sich aus. Kennst du einen, kennst du alle. Egal ob dir eine Oma erzählte, sie sei eigentlich Freiin von Stetten und aufgrund eines tragischen Missverständnisses oder eines widerwärtigen Komplotts auf der geschlossenen Station, um dann mit deinem Telefon die Polizei zu rufen und zu sagen, du hättest sie begrapscht, oder ob dir ein kleiner Junge weismachen wollte, dass er deine Gutgläubigkeit nicht ausgenutzt hätte, um einen Trip ans Meer zu machen. Am Ende logen sie alle auf Aris Kosten. Und ja, Lakis konnte nichts dafür, er machte einfach sein Ding. Nur dass Aris nie seins machte. Jeder trug ein Päckchen und die ganze Scheiße, aber Aris hatte einen verdammten Koffer durch die halbe Stadt geschleppt und jetzt einen Lausbub an der Backe. Im wortwörtlichen Sinne. Und das klang schon wieder wie so ein Helmut-Witz, und das machte ihn noch wütender. Überhaupt war es ihm peinlich, dass ein Kind ihn so reingelegt hatte. Sakis, o.k., das kann passieren, der Typ war ein professioneller Hochstapler. Aber dieser kleine Pisser. Lakis schmiegte sich seitlich an Aris, der von der Liege aufsprang. Sie kippte um, und Lakis landete rücklings auf dem Kieselstrand. Er jauchzte.

«Noch mal!» Aris sah ihn ungläubig an. Das musste doch weh getan haben. Dann überkam auch ihn ein Lachen, und als Tränen flossen, war er nicht mehr sicher, ob das noch Lachen war. Er stellte die Liege wieder auf, nahm seinen alten Platz ein und kramte den Kamm hervor.

«Komm, setz dich vor mich hin.»

«Kann ich die toten Läuse behalten?»

«Die geben wir lieber den Fischen, die freuen sich.»

Lakis war tapfer. Das Kämmen war sicher schmerzhaft.

Ein unterdrücktes Au hier, ein leichtes Zucken da, aber alles im Rahmen. Das Mittel hatte ganze Arbeit geleistet, die komplette Population hatte es dahingerafft. Aris ekelte sich weniger als gedacht, zwischendurch schaute er zur Beruhigung aufs Meer.

Zurück nahmen sie ein Taxi. Beim ersten Versuch mussten sie direkt wieder aussteigen, weil Lakis mit den Worten «Ich habe fast keine Läuse mehr» Platz nahm. Beim zweiten Versuch erklärte er sich gegen eine Gebühr von zwei Euro bereit, die Fahrt über nicht zu sprechen. Als sie an der angegebenen Adresse ankamen, stand Aphrodite mit ihrem Telefon vor der Tür einer Art Bar und rauchte. Als sie die beiden sah, sprang sie auf sie zu, und es knallte zweimal.

Die erste Ohrfeige bekam Aris ab. Sein Ohr dröhnte vom Aufprall der flachen Hand, Aphrodite musste große Hände haben, seine komplette linke Gesichtshälfte brannte. Es dauerte einen Moment, bis er wieder zu sich kam. Die zweite, flüchtigere Ohrfeige ging an Lakis, der sofort danach in den Arm genommen wurde, was Aris nicht beschieden war. Häh?, dachte er.

«Ich habe tausendmal angerufen. Wo bleibt ihr so lange?»

«Hier. Ich bin raus.»

Aris drückte Aphrodite den Koffer in die Hand, warf ihr den roten Schal vor die Füße und lief los. Das war jetzt etwas patziger, als ihm lieb gewesen wäre, kein klassischer mic drop. Souverän ging anders. Auch schon egal. Sein Gesicht war jetzt taub. Der Job war erledigt, er war durch mit diesem Xenaki-Clan. Sollten sie ihren Scheiß doch behalten. Er kam ohne Belohnung aus und ohne Dankbarkeit auch. Aber eine geknallt bekommen? Echt jetzt? Dafür, dass er den Koffer gebracht, das Kind entlaust und spazieren gefahren hatte?

«Fickt euch doch alle! Fick dich, Athen!», brüllte er.

«Ja, Mann, fick dich, Athen!»

Auf irgendeinem Balkon fühlte sich jemand eingeladen, seine Meinung zu äußern.

«Fickt euch selber, ihr Wichser!» Noch einer. Diesmal von gegenüber.

«Kann irgendjemand von euch ein verdammtes Mal nicht das letzte Wort haben?» Stille. Aris atmete durch. Er schwitzte.

«Halt die Fresse, Aris», schallte es ihm aus einem Taxi entgegen, die Beifahrertür wurde aufgestoßen, «steig ein.»

Sakis hielt mitten auf der Straße, der hatte ihm jetzt noch gefehlt. Hinter ihm staute sich der Verkehr. Vereinzeltes Hupen, die ganze Straße fluchte jetzt, Sakis grinste.

«Komm, du erfrierst noch ohne Jacke. Es sind nur zwanzig Grad.»

«Fahr mich in die Faidrou-Straße und dann zum Flughafen. Ich bin fertig hier.»

«Steig einfach ein, Drama-Queen. Hier ist nie irgendjemand mit irgendwas fertig.»

Die Hupen hatten sich mittlerweile zu einem Orchester formiert, und auch völlig unbeteiligte Passanten schienen sich am Wettbewerb um die vulgärste Beleidigung beteiligen zu wollen.

Als Aris im Auto saß, wirkte alles sehr vertraut. Im Nu hatte er eine brennende Zigarette zwischen den Lippen, und Tom Waits krächzte aus den Lautsprechern.

«Du brauchst erst mal eine Jacke. Und dann schauen wir bei Herrn Stelios vorbei.»

1973

Bruder Stylianos und Bruder Athanasios teilten nun seit fast zwanzig Jahren eine Hütte am Hang unweit des Klosters Xenofontos. Jeden Sommer feierten sie mit einem Fest das Jubiläum. Mit den anderen Mönchen hatten sie nicht viel zu tun. Die meiste Zeit verbrachten sie zu zweit. Schach und Tavli waren ihnen auf Dauer langweilig geworden. Nach all der Zeit hatten sie eine ganze Reihe eigener Spiele vorzuweisen.

Dabei banden sie ihre natürliche Umgebung so gut wie möglich ein, und vor allem Wetten erfreuten sich großer Beliebtheit.

Auf der Birke, die ein paar russische Mönche aus dem Panteleimon-Kloster vor zwanzig Jahren aus lauter Freude über Stalins Ableben gepflanzt hatten und die mittlerweile den Blick aufs Meer versperrte, lebten ein Eichhörnchen und ein Specht, die gern zankten. Stylianos und Athanasios wetteten darauf, wer sich bei den täglichen Duellen durchsetzen würde. Die Kämpfe waren stets ausgeglichen, und so blieben die Wetten spannend. Es gab auch eine Gesamtwertung, die Bruder Athanasios in einem kleinen Heftchen festhielt. Stylianos dachte manchmal, dass die Tiere sich des Wettbewerbs bewusst waren und sie zum Narren hielten.

Dann gab es das Schmuggelspiel, bei dem es darum ging, einen Gegenstand, auf den sich die beiden vorher geeinigt hatten, unbemerkt von einem Ort an den anderen zu schaffen. Was mit Streichholzschachteln und Zigarettenpäckchen begann, entwickelte sich über Öllampen und Ikonen immer weiter und artete irgendwann so aus, dass Bruder Athanasios die Lesebrille des Bürgermeisters von Thessaloniki mitgehen ließ und sie triumphierend auf dem Fenstersims der Mönchshütte ablegte. Das war der Moment, in dem das Spiel in beidseitigem Einverständnis auf unbestimmte Zeit unterbrochen wurde.

Seitdem die Obristendiktatur um General Papadopoulos versuchte, mehr Touristen nach Athos zu locken, wo er ihnen einen Einblick in das urtümliche Leben vor tausend Jahren versprach, hatten Bruder Stylianos und Bruder Athanasios ein neues Spiel für sich entdeckt. Schnell war ihnen aufgefallen, dass die neuen Gäste, die erst vereinzelt, dann in größeren Gruppen auf dem heiligen Berg umherirrten und nach spirituellen Erfahrungen suchten, aus der ganzen Welt anreisten und ihre Herkunft oft durch Mimik, Gestik oder Kleidungsstil verrieten. Deshalb versuchten sie anhand von Beobachtungen zu erraten, wo die Besucher herkamen. Anfangs rieten sie wild drauflos, der eine sagte Frankreich, der andere Italien, und dann lauschten oder fragten sie, um zu erfahren, wer von beiden der Wahrheit näher war. Mit der Zeit wurden ihre Mutmaßungen immer präziser. So hatte Bruder Athanasios einen Mailänder Arzt an seiner Kleidung und der Physiognomie, die jeder Demut entbehrte, erkannt. Auch Bruder Stylianos konnte wiederholt Achtungserfolge erzielen, ihm hing nur nach, dass er einen Finnen mit spärlichem Bartwuchs für eine Frau gehalten hatte, die das Abaton brach. Frauen waren in der Mönchsrepublik Athos verboten, und auch wenn Stylianos keinen besonders ausgeprägten Hang zur Gesetzestreue hatte, stand und fiel Athos mit dem Abaton, das hatte Vater Kyriakos im beigebracht, als er noch Novize gewesen war. Mit den Frauen kam das Übel. Er hatte den vermeintlich weiblichen Eindringling zu Abt Eugenios gebracht, der nach Vater Kyriakos' Tod an dessen Stelle gerückt war. Der Abt hatte den Sachverhalt umgehend mit einer kurzen unbürokratischen Leibesvisitation aufgeklärt und sich beim Verdächtigten entschuldigt, der sich als angesehener, in Helsinki zur Orthodoxie konvertierter Theologieprofessor entpuppte.

Seitdem spielte Stylianos das Spiel nicht mehr ganz so offensiv, aber trotzdem immer wieder mit Begeisterung mit.

Als jedoch wieder ein Boot ankam, für dessen Bewirtung – optimale Bedingungen für das Ratespiel – Stylianos und Athanasios eingeteilt waren, ließ er sich erneut mitziehen. Sie standen im Innenhof des Klosters und warteten vor gedeckten Tischen. Die meisten verrieten ihre Herkunft beim Essen. Die Amerikaner, die Franzosen und alle vom Balkan aßen mit den Händen und kümmerten sich nicht darum, wenn etwas danebenfiel. Die Skandinavier, die Italiener und die Deutschen versuchten die Nahrungsaufnahme eleganter zu gestalten, auch wenn das meist misslang. Am Ende schlangen sie alle. Das Essen war gut, alles hier angebaut und selbst gemacht, und die Besucher waren die Schnäpse nicht gewohnt. Deren übermäßiger Genuss wirkte sich auch auf ihre motorischen Fähigkeiten aus.

Der Trick war, erst einen ordentlichen Schluck Olivenöl zu nehmen und dann Schnaps zu trinken. Aber was wussten sie schon, diese Besucher. Sie kamen aus aller Welt nach Athos und suchten etwas, das kein irdischer Ort zu bieten hatte. Seelenfrieden. Den aber musste der Mensch in sich tragen, sich erarbeiten. Da half keine Liturgie, kein Blick aufs Meer, keine Pilgerreise – und kein Schnaps.

Bruder Athanasios hatte die beiden Jugoslawen, die aussahen, als wären sie für Geschäfte angereist, an ihren massiven Ketten erkannt und dadurch zwei Punkte auf einmal gemacht. Die waren fast geschenkt. An- und Verkauf. Import. Export. Einige Ikonen aus dem Xenofontos-Kloster waren schon verschwunden. Auf den Synoden gab es deswegen immer wieder Streit. Brüder mussten gehen, weil sie sich eine goldene Nase mit Reliquien verdient oder Grundstücke rund um den heiligen Berg verkauft hatten, die im Besitz der Klöster gewesen waren.

Die Jugoslawen gingen weiter. Jetzt stand Bruder Stylianos unter Zugzwang. Mit drei Punkten Vorsprung lag man uneinholbar vorn. Er musste nachziehen, sonst würde er schon wieder den Kehrdienst von Bruder Athanasios übernehmen.

Aber wen hatten wir denn da? Weiße Socken in Sandalen. Es gab nur zwei Möglichkeiten. Deutschland oder England. Das war kein Engländer. Engländer liefen durch die Welt, als gehöre sie ihnen, und trugen komische Hüte. Dieser Besucher hatte dunkelgrüne Brillengläser mit goldenem Rahmen. Das wiederum sprach gegen Deutschland. Das war eine Sonnenbrille, wie sie Griechen trugen. Für einen Griechen war der Besucher allerdings zu hellhäutig und auch etwas zu schlaksig. Er unterhielt sich akzentfrei mit Bruder Archilaos. Auch Bruder Athanasios war auf den Besucher aufmerksam geworden und schaute Stylianos erwartungsvoll an.

«Deutschland.»

«Hätte ich auch gesagt.»

Bruder Stylianos ging auf den Besucher zu und legte ihm die Hand auf die Schulter.

«Du kommst aus Deutschland, oder?»

Der Besucher erschrak und schüttelte den Kopf.

«Nein. Ich komme aus Athen», sagte er.

«Niemand kommt aus Athen», mischte sich Bruder Athanasios ein, «und du hast den Kopf geschüttelt und nein gesagt. Das machen Griechen nicht.»

Der Besucher stammelte.

«Verzeihung. Ich meine, es ist nicht so einfach.»

«Wir haben Zeit. Wie heißt du? Wo kommst du her? Was suchst du?»

Bruder Athanasios drückte dem überforderten Besucher einen Schnaps in die Hand, stieß mit ihm an und kippte seinen runter. Der Besucher tat es ihm nach.

«Mein Name ist Helmut Stein, ich komme aus Würzburg.»

Die beiden blickten ihn erstaunt an, mit ihren Lippen versuchten sie die Laute nachzuformen, die sie gerade gehört hatten.

«Chelmu Tschai aus Wirtsbur», sprach Bruder Athanasios grübelnd nach, «in welchem Land liegt das?»

«Das ist in Franken. In Deutschland.»

«Ha, eins zu zwei», atmete Bruder Stylianos auf, der zwischenzeitlich befürchtet hatte, dass ein Exot aus einem Zwergenstaat ihm eine vorzeitige Niederlage bescheren könnte.

Helmut zuckte zusammen, er wirkte etwas verloren neben den beiden Mönchen, die mit bohrenden, vorfreudigen Blicken auf seine Geschichte warteten. Meist sprachen die Besucher nur so viel Griechisch, dass man sich mit Händen und Füßen verständigen musste. Endlich mal einer, den man verstand.

«Mein Vater hat großes Leid über dieses Land gebracht.

Ich bin gekommen, um herauszufinden, wie ich es wiedergutmachen kann.»

Die beiden Mönche tauschten nachdenkliche Blicke aus. Bruder Athanasios legte seine Hand auf Helmuts Schulter und sprach: «Bruder Stylianos wird sich deiner annehmen und dir zeigen, wie du über Jesus Christus deinen Weg zum allmächtigen Herrgott suchen kannst.»

Er zwinkerte Bruder Stylianos zu und entfernte sich, während er sich zufrieden mit den Händen durch seinen weißen Zottelbart fuhr.

Bruder Stylianos atmete tief durch, genehmigte sich auch einen Schnaps und setzte zu dem Vortrag an, den er schon vielen Besuchern gehalten hatte.

«Wir können nichts für die Sünden unserer Väter. Sie allein haben sich vor Gott zu verantworten. Ja, wir tragen die Last ihrer Schuld, aber die Gnade Gottes wird uns an unseren Sünden messen, nicht an ihren. Herr Jesus Christus, Sohn Gottes, erbarme sich.» Er geriet ins Leiern und unterbrach sich. Helmuts Gesichtsausdruck legte nahe, dass ihm das Gesagte so gar nicht weiterhalf. Das hatte er befürchtet. Wenn die Leute nicht bereit waren, Weisheit zu empfangen, konnte man ihnen nicht helfen. Egal, wie viel Mühe man sich gab.

Sie setzten sich auf eine steinerne Bank, und Bruder Stylianos tat das, was er in den bald dreißig Jahren im Kloster am besten gelernt hatte. Er hörte zu.

Helmut war der klassische Kandidat für die Metanie, doch wollte er nicht sein Leben ändern, sondern das seines Vaters ungeschehen machen. Sein Weg würde lang und schmerzhaft sein. Der letzte Deutsche, den er hier empfangen hatte, war ein Veteran, der sich während der Besatzung mit einigen Mönchen angefreundet hatte und Jahrzehnte später zurückgekommen war, um noch mal mit ihnen ins Geschäft zu kommen. Fast wie damals. Dann doch lieber der junge Deutsche mit dem schlechten Gewissen. Stylianos hörte zu, doch vor allem musterte er den Mann, der da neben ihm saß. Sein schweres Herz strahlte bis in die Mundwinkel aus. Helmut war als kleiner Junge auf der Suche nach Silvesterknallern gewesen, als er auf eine Erinnerungskiste stieß. Neben Papierkram fand er einen Feldstecher und einen Flachmann mit Hakenkreuzen. Und eine sehr schöne Filzmütze, bestickt mit einem Edelweiß. Erst traute er sich nicht, seine Mutter nach der Kiste zu fragen, und als er es doch tat, bekam er keine Antwort. Die Kiste war am nächsten Morgen verschwunden. Über die Jahre brachte Helmut in Erfahrung, dass sein Vater in Griechenland stationiert gewesen war, dass er sich dabei nachweislich an Massakern beteiligt hatte, bei denen auch Frauen und Kinder ermordet worden waren. Bruder Stylianos merkte, dass Helmut die Geschichte nicht zum ersten Mal erzählte. Trotzdem rannen Tränen über sein Gesicht und bahnten sich ihren Weg durch Helmuts strubbeligen Bart.

Sie saßen dort bis spät in den Abend und tranken auch noch, als die Tafel längst abgebaut war. Bruder Athanasios übernahm gern das Abräumen, wenn er sich im Gegenzug das Gespräch mit dem deutschen Gefühlstouristen ersparte. Am Ende, es war schon weit nach Mitternacht, gab Bruder Stylianos den Ratschlag, den er sich selbst über die Jahre immer wieder erteilt hatte. «Abwarten. Wenn Gott dich braucht, wird er dich rufen. Du wirst nicht mehr zweifeln, du wirst wissen. Glaube und bleibe bereit.»

«Bist du denn glücklich hier, Bruder Stylianos? Zweifelst du nicht? Sollte ich vielleicht auch Mönch werden?»

Stylianos winkte ab.

«Hier kannst du Kraft tanken, aber deine Antworten liegen da draußen.»

Er sagte nicht, dass er in letzter Zeit manchmal davon träumte, das Leben im Kloster hinter sich zu lassen, um den Menschen nah zu sein und ihnen wirklich zu helfen, indem er ihnen Mut im Alltag zusprach und nicht nur in dieser Oase, dem Garten der Panagia. Stylianos sah sich Helmut genauer an. Vielleicht war es der Alkohol, aber Helmut hatte jetzt ein Glänzen in den Augen, das Bruder Stylianos mehr berührte, als es dessen viele Worte vermocht hatten. Er legte den Arm um Helmut und brachte ihn in den Schlafsaal für Besucher. Sie verabredeten sich für den nächsten Morgen zum Gebet und zur Gartenarbeit im Anschluss.

λ

Sakis zerrte Aris vor den Spiegel, den er eilig mit dem Ärmel abgewischt hatte.

«Guck doch mal. Du hast keine Ahnung, Junge. Diese Jacke ist von Moncler. Paar hundert Euro wert. Ich hab mal einen Italiener zum Flughafen gefahren, der hat mich damit bezahlt.»

«Der hat dich verarscht. Die Jacke ist nicht echt. Diese Farbe, knallrot, das machen die nicht. Und sie riecht, als wäre sie giftig.» Aris konnte sich ein Grinsen nicht verkneifen. «Karma nennt sich das. Trifft offenbar sogar dich manchmal.»

Sakis schien ihn vor lauter Begeisterung über seinen Fundus gar nicht zu hören. Er besaß ein weißes Hochzeitskleid, gleich mehrere Neoprenanzüge und ein Krokodilkostüm. Wo kam der ganze Kram auf einmal her?

Er wandte sich wieder Aris zu, zupfte an den Daunen herum und nickte zufrieden.

«Die passt perfekt, du Glückspilz. Ab jetzt kannst du sagen: Regen, Wind, egal. Du merkst nichts, wenn du die anhast. Mir ist die leider zu eng.» Aris betrachtete sich im Spiegel. Dieses Rot brannte sogar in den Augen. Er lief auf und ab und flatterte im Takt der griechischen Nationalhymne mit den Armen. Quietsch Quietschquietsch, quietschquietschquietschquietschquietsch, …… quietschquietschquietsch quietschquietschquietschquietsch.

Sakis hatte sich also endlich eingerichtet. Möbel waren zwar noch immer keine da, aber die Wände waren mit Bandplakaten beklebt und mit Dekoartikeln aus irgendeinem Ramschladen vollgehängt worden. Tönerne Seesterne, The Doors, Fischerbötchen aus Treibholz, das Jackie-Onassis-Quintett, Miles Davis. Es war gut, wieder hier zu sein, auch wenn das Atmen schwerfiel. Aris durchwühlte die Jacken und Mäntel, die Sakis in einer aus alten Türen gezimmerten Truhe übereinandergestapelt hatte. Seinen Blick schien Sakis langsam persönlich zu nehmen.

«Das ist ’ne prima Jacke. Sie passt dir. Was willst du mehr?»

«Was ist mit der braunen Lederjacke hier?»

«Die ist außerhalb deiner Liga.»

«Was soll das heißen?»

«Ich kann nicht verantworten, dass du sie trägst.»

«Bullshit.»

«Wenn du diese Lederjacke anhast, dann hat das Konsequenzen. Dann versprichst du etwas, das du nicht halten kannst. Eine Prügelei auf der Straßenkreuzung, einen Quickie im Hauseingang, eine Spritztour auf der Harley.»

«Aber du kannst sie tragen?»

«Klar.»

Aris sah ihn mit hochgezogenen Augenbrauen an und schwieg, erwartungsvoll und sehr lange. Sakis kam mit der Stille nicht klar, zündete sich eine Zigarette an, obwohl einmal tief einatmen hier den gleichen Effekt gehabt hätte, und lehnte sich an die Wand.

«Kleider machen Leute, mein Freund, das weißt du doch. Das ist Psychologie. Ich habe zum Beispiel einen Freund, Lambros, gut, Freund ist vielleicht übertrieben, sagen wir Bekannter, der pinkelt gern auf Frauen.»

«Oh Mann, igitt. Was hat das schon wieder damit zu tun?»

«Hör doch mal zu. Er pinkelt also auf Frauen. Er fragt sie vorher, die wollen das ja. Da ist nichts dabei. Sei nicht so verklemmt. Und woher wissen die Ladys, dass vor ihnen ein Pinkelprinz steht?»

«Gibt es nicht extra Dating-Apps dafür?»

«Dating-Apps. Pfff. Sie halten Ausschau nach Männern, die so aussehen, als ob sie gern … Und wie sehen solche Männer aus?» Sakis hatte sich einen Drahtbügel zum Zeigestock gebogen. Alles, was fehlte, war eine Powerpointpräsentation. Er schien darauf zu warten, dass sich Aris reger am Unterricht beteiligte, aber der verdrehte nur seufzend die Augen.

«Sie tragen, wie mein Freund Lambros, gelbe Polohemden mit hochgestelltem Kragen. So weiß jede, woran sie ist. Das ist das internationale Erkennungszeichen.»

«Wann genau habe ich dich um diese Information gebeten?»

«Ich wollte dir das erzählen, weil es eine tolle Geschichte ist, die du nie wieder aus dem Kopf kriegst. Und eine Moral gibt es auch: Diese Lederjacke funktioniert genauso. Wenn du sie trägst, weiß die ganze weibliche Welt, dass du ein Streuner bist. Auf dich kann man nicht bauen. Du bist weg, bevor sie kommt. Keine Gefühle. Keine Zukunft.»

Er war immer lauter geworden, hielt plötzlich inne und kostete offensichtlich den Nachhall seiner Stimme aus. Dann beugte er sich zu Aris rüber und fuhr ihm mit dem Zeigestock über die Wange. «So einer bist du nicht.»

«Sondern? Eine rote Fake-Markenjacke?»

«Original Moncler, bitte schön! Und jetzt fragst du dich, was diese Jacke ausstrahlt.»

«Nein, ehrlich gesagt nicht.» Man roch es ja auch.

«Ich sage es dir. Du bist ein guter Junge, der gern Geld ausgibt. Du hörst zu. Du bist dankbar. Du widersprichst nicht.» Und da explodierte Aris ohne jede Vorwarnung.

«Der gute Junge lässt deine frauenverachtende Scheiße nicht so stehen, hörst du? Wie kaputt muss man sein, um so einen Müll zu labern? Wenn ich noch einmal so eine Geschichte von dir höre, schneide ich dir die Eier ab.»

Jetzt war Ruhe. Der letzte Satz klang nach, aber Aris fühlte sich nicht ganz wohl in dieser aufgeheizten Stimmung. Klar musste jemand Sakis die Meinung sagen, aber das war nicht seine Baustelle. Widerworte brauchten mehr Elan. Deswegen hatte er sich peinlich angehört. Bei anderen wirkte das sicher echter, aber er hatte die Drohung laut ausgesprochen, daran bestand kein Zweifel, und jetzt musste er die Folgen tragen. Starr fixierte er Sakis Blick, den er nicht zu lesen vermochte. Zum ersten Mal fielen ihm seine Augenringe auf. Wahrscheinlich würde Sakis gleich in schallendes Gelächter ausbrechen oder ihm vorsorglich mit einer Ohrfeige seine körperliche Überlegenheit demonstrieren. Sakis aber klatschte. Der langsame Applaus durchschnitt die drückende Stille und hallte ihm Flur nach, Sakis nahm Aris' Gesicht in die Hände, kam so nah, dass Aris seinen Atem spürte, und sprach mit einer Begeisterung zu ihm, die nicht gespielt war.

«Ich bin sehr stolz auf dich. Das ist Leidenschaft! Das sind Emotionen! Du hast mir gerade deine Eier gezeigt.»

«Jetzt tu nicht so, als ob du mir die ganze Zeit eine Lektion erteilt hast. Du bist ein verdammter Troll, der mir was vom Leben und vom Ficken erzählt und selber Taxi fährt», hörte sich Aris sagen.

Sakis ließ sich nicht aus der Ruhe bringen, sein Griff wurde sogar etwas fester.

«Absolut», sagte er und grinste, «das ist meine Tragödie. Aber am Ende des Tages würdest du sofort mit mir tauschen. Und das ist deine Tragödie. Die größere, wenn du mich fragst.» Er tätschelte Aris die Wangen, bevor er ihm die rote Jacke auszog und ihm in die Lederjacke half, die an den Schultern etwas zu breit und an den Ärmeln etwas lang war. Aris suchte und suchte nach einer smarten Antwort, einem Satz, der saß und weh tat, sein gegenüber in die Schranken wies, doch in ihm war nichts außer Ärger darüber, dass Sakis so viel Übung darin hatte, sich nach jeder Niederlage doch zum Sieger der Herzen zu erklären. Erlöst wurde er vom Vibrationsalarm in seiner Hosentasche. Vor lauter Erleichterung über dieses Time-out sah er nicht einmal nach, wer dran war. In dem Moment, als er Aphrodites Stimme erkannte, griff er sich an den Hals und spürte die Kette mit dem Kofferschlüssel. Er registrierte kaum, was sie sagte, hörte nur, dass sie aufgeregt war.

«Fuck. Ich komme», erwiderte er. Sakis wirkte neugierig, für seine Verhältnisse sogar beunruhigt, und fragte, was los sei. Aris war im Kopf schon längst woanders und antwortete nicht. Es war seine Schuld. Hoffentlich hatte sich niemand verletzt. Er hätte ihr vom Kofferschlüssel erzählen müssen. Er ging Richtung Wohnungstür und drehte sich zu Sakis um, der noch immer neben der Truhe stand und ihn fragend ansah.

«Fährst du mich, oder was?»

Aphrodites Tür stand offen. Er keuchte noch, als er eintrat. Der Fahrstuhl war defekt gewesen. Aris durchmaß die Wohnung so behutsam wie einen Quarantäneraum, nahm zwei Plastiktüten von der Garderobe, streifte sie über seine Schuhe und ging direkt ins Wohnzimmer, aus dem er Lakis Maschinengewehrsalven intonieren hörte. Rattattattattatt. Bam. Bam. Bam.

Der ehemals rote Ohrensessel war nun lila besprenkelt. Auf der Sitzfläche lag der zerfetzte offene Koffer und davor, auf dem Boden, das, was einst sein Inhalt gewesen sein musste, nun aber aussah wie in Farbe getränkter Papiermüll. Teils in Klumpen, teils kaum beschädigt, waren auf einer Plastikfolie Scheine, Briefe und Fotografien ausgebreitet.

Ebenfalls auf dem Boden, vor dem Fernseher, saß Lakis, dessen Hände, Unterarme und Hals der gleiche Farbton zierte. Er spielte ein Ballerspiel auf der Playstation. Aus der Küche hörte er Aphrodite fluchen. Gerade als sich die Spuren der Geschehnisse vor seinem geistigen Auge zu einem Tathergang zusammensetzten, nahm Lakis seine Erkenntnisse, ohne aufzusehen, vorweg.

«Ich hab den Koffer aufgeschlitzt, und es hat bum gemacht.»

Kaum hatte Aris sich hingekniet, um sich anzusehen, was vom Inhalt des Koffers übrig geblieben war, rief ihn Aphrodite in die Küche. Sie trug pinke Gummihandschuhe und rubbelte mit einem Schwamm auf Fünfzigeuroscheinen, die im Spülbecken lagen, herum. Es roch nach Chlor, Essigreiniger und Nagellackentferner.

«Das war eine Farbbombe. Das geht nicht raus. Hallo, übrigens», Aris blieb im Türrahmen stehen. Aphrodite wirkte aufgeregt, schrubbte um ihr Leben und fluchte, eine Kippe im Mund. Der Impuls, erst mal Abstand zu halten, schien nicht abwegig. Der Gedanke, dass sie ihn wieder zum Sündenbock machen könnte, ihm ohne Vorwarnung ätzendes Putzmittel ins Gesicht schüttete oder gleich ein Fleischermesser aus dem Messerblock zog, um es nach ihm zu werfen, lag nahe.

Aphrodite hielt kurz inne. Das Sonnenlicht ließ sie glänzen. Wie Flammen loderten ihre hochgesteckten Strähnen, und alles Haar, das den Spangen entwischt war, klebte lockig an ihrem Hals. Sie trug einen hellblauen Jogginganzug, auf den scharenweise pinke Flamingos gedruckt waren, und obwohl es ein bisschen so wirkte, als sei sie für eine Nachmittagssendung im Privatfernsehen kostümiert worden, strahlte sie vor allem unbekümmerte Eleganz aus. Aris konnte seinen Blick nicht von ihr lösen. Sie sah schön aus, wie sie da schrubbte. Sibel würde ihm für den Gedanken eine klatschen. Sexistische Kackscheiße würde sie rufen und ihm eine Nackenschelle verpassen. Zu spät merkte er, dass Aphrodite sich ihm irgendwann zugewandt hatte, vielleicht war aber auch gar nicht so viel Zeit vergangen.

«Ach wirklich?», Aphrodite wirkte nicht wütend, eher belustigt. Aris riss sich die Kette mit dem Kofferschlüssel vom Hals und streckte sie ihr entgegen. Dass er sich dabei den Hals aufschrammte, versuchte er zu kaschieren, indem er nur innerlich aufschrie. Aphrodite winkte ab, holte zwei Bierdosen aus dem Kühlschrank, warf eine davon Aris zu, der glücklicherweise geistesgegenwärtig genug war, seine Dose relativ souverän zu fangen. Vor lauter Begeisterung darüber öffnete er die Dose sofort und verspritzte das Bier großzügig auf dem Küchenboden. Er setzte zu einer überschwänglichen Entschuldigung an, doch Aphrodite schob ihn vor sich her und aus der Küche raus.

«Egal. Ich wische das später auf. Komm, ich will dir was zeigen. Und ich will dir einen Vorschlag machen.»

Lakis war inzwischen mit dem Rumballern fertig und ließ auf der Spielkonsole im Wohnzimmer Olympique Marseille gegen Real Madrid antreten. Wenn der Ball im Aus landete, nutzte er die kurze Unterbrechung, um sich Obst und Nüsse in den Mund zu stopfen. Wohl zur Stärkung. Er war kein Real-Madrid-Fan, was spätestens deutlich wurde, als er Mitroglou und Payet gleichzeitig auf Cristiano Ronaldo losließ, die ihn mit einer Blutgrätsche von den Beinen holten. Aphrodite suchte derweil in dem Chaos aus feuchtem, fleckigem Papier nach etwas. Aris war überrascht. Das waren ziemlich viele Scheine. Mehr als gedacht. Einige schienen noch brauchbar, bei den Zwanzigern fielen die Farbflecken gar nicht so auf. Das mussten mal, grob überschlagen, zigtausend Euro gewesen sein. Jetzt war es Altpapier. Aris nahm einen großen Schluck vom Bier, das den Namen nicht verdient hatte.

«Ja, hier ist es. Aris, guck dir das mal an.»

«Was?»

«Da steht dein Name. Aris Kommenos. Und hier wieder», sie reichte ihm einen Packen feuchter Briefumschläge, deren Absender tatsächlich er war. Jedenfalls: Sein Name stand da. Eine Adresse gab es nicht.

«Häh?»

Aris sah sich den Stapel an. Das waren sehr alte Umschläge. Ein Namensvetter also. Das konnte ein Zufall ein. Andererseits. Er hieß ja nicht Müller, Mayer oder Papadopoulos. Er hatte seinen Namen zu oft erfolglos in Suchmaschinen eingegeben, um jetzt ruhig zu bleiben. Sein Herz pochte so stark, dass sein Kropf vibrierte und das Schlucken schmerzte. Aphrodite sprach weiter, doch ihre Worte nahm er kaum wahr. Das musste wieder so ein Trick sein, ein fauler Zauber der Lady X. Die ganze Xenaki-Familie hatte sich verschworen, um ihn vor der alten Frau ins Grab zu bringen. Oder zumindest auf die Palme.

«Willst du nicht reinschauen?»

«Später. Ich muss ins Bad.»

Aris ließ den Stapel fallen, hastete Richtung Flur und schloss sich im Klo ein. Fast hätte er den Wohnzimmerboden vollgekotzt. Gut, immerhin lag da Folie aus. Könnte schlimmer sein. Der Koffer war also offen, das Geld aber futsch. Immerhin ging es Lakis gut. Aris fuhr sich mit beiden Händen durch den Bart und knetete dann seine Ohrläppchen mit Zeigefingern und Daumen. Kurz einatmen, lang ausatmen. Wiederholen.

Irgendwie hatte sein Name es in den Koffer geschafft. Okay. Frau Xenaki hatte ihn nicht vorgewarnt. Er musste herausfinden, was da los war. «Ist doch ein schönes Abenteuer», würde Gitte sagen. Wie damals, wenn er zu den Pfadfindern musste oder auf Ministrantenfreizeit. Und Schnitzeljagd spielen oder Flaschendrehen. Dabei wollte er einfach zu Hause bleiben und lesen. Abenteuer waren etwas für Menschen ohne richtige Probleme.

Hitzewellen durchströmten seinen Körper, er tastete seine Taschen nach Tabletten ab, doch er trug Sakis' Lederjacke und außer Tabakkrümeln, angefangenen Bonussammelkarten von so ziemlich allen Cafés der Stadt und Kassenzetteln nichts bei sich.

Im Badschrank, den er mit zitternden, feuchten Händen durchsuchte, fand er zwei Panadol und einige 800er Ibuprofen. Was gegen Regelschmerzen half, musste doch auch in dieser Situation ganz nützlich sein. Er warf die Tabletten ein. Es kratzte kurz im Hals, tat aber sofort seine Wirkung.

Viel besser. Er schaufelte sich eiskaltes Wasser ins Gesicht, kühlte die Handgelenke und versuchte, seinen Puls unter Kontrolle zu bekommen. Strukturiert denken. Zen-Modus. Das funktionierte nicht. Die Badewanne. Er zog sich hastig aus und hockte sich auf das eisige Emaille. In den Filmen machten sie es doch auch so. Jetzt eine Runde wimmern und Wasser drüberlaufen lassen, dann würde es sicher wieder bessergehen. Und atmen nicht vergessen. Das Wasser aus der Brause war so kalt, dass Aris schrill aufschrie. Er fühlte sich von Nadelspitzen malträtiert, dabei hatte er den roten Hahn voll aufgedreht. Ach ja, der Thermostat. In diesem gottverdammten Land musste man warmes Wasser vorbestellen. Er bibberte, richtete sich auf und griff nach seinem Telefon. Last resort.

«Ich weiß nicht weiter»

«Habibi!!! Hier ist Hölle.
Gib mir 5. Ja?»

«thx»

Natürlich wurden daraus über zehn Minuten. Sibel-Zeit war normale Zeit mal zwei plus x. Aris war darauf eingestellt und verkürzte sich das Warten, indem er nach Worten für seine Situation suchte, sie eintippte, um sie wieder zu löschen. Er fing an, Fragen zu formulieren, um sie ebenfalls wieder zu löschen, und musste am Ende darauf vertrauen, dass es ihm spontan gelingen würde, präzise zu kommunizieren. Er entschied sich, in der Wanne zu bleiben, das war der Situation angemessen, und das Frieren lenkte ihn ab.

«So. Was los?»

«Ich komme nicht klar. Mein Name ist im Koffer.»

«Hm»

«Hm?»

«Wie viele Briefe hast du gelesen?»

«1»

«Lies 2»

«Warum?»

«Alter, mach einfach. Und come back!
Hab hier grad Klo-Action mit Frau Fitz. <3 xoxo»

Aufbauend war das nicht gerade. Aris blickte über den Wannenrand auf den Briefumschlag, der aus seinem Pulli auf dem Badezimmerboden ragte. Er wollte ihn immer noch nicht öffnen. Das konnte es doch nicht gewesen sein. Mit dem Brief endete seine Mission. Er wollte ihn in einem Café mit Blick auf die Akropolis lesen, dabei Zigarre rauchen und einen doppelten Espresso trinken, das Rückflugticket in der Tasche. So weit war er noch nicht. So fühlte sich doch kein Triumph an. Aris saß in der Wanne von Frau Xenakis Enkelin. Er hatte Gänsehaut an Stellen, von denen er nicht mal wusste, dass ihm dort Haare wuchsen. Er hatte Sibel um Hilfe bitten müssen, obwohl er sich danach wie immer zwar dankbar, aber auch schwächlich fühlte. Jedes Mal, wenn sie ihm etwas erklärte oder ihm aus der Patsche half, schrumpfte er kurzzeitig ein paar Zentimeter, während sie obendrein wuchs. Dabei war er eigentlich sicher, dass sie ungefähr gleich groß waren.

Aris streckte seinen Arm nach dem Pulli aus und versuchte dabei den Teil der Wanne nicht zu berühren, den er mit seinem Körper noch nicht angewärmt hatte. Einatmen. Ausatmen. Er riss den Brief auf.

μ

Kleiner Mann, das ist mein letzter Brief. Wenn du, wider Erwarten, alles richtig gemacht hast, dann staunst du gerade nicht schlecht, stimmt's?

Glaubst du an das Schicksal? Ich nicht. Ich glaube, dass die Leute Dummheiten machen und damit andere Leute in Schwierigkeiten bringen. Ich musste sehr alt werden, um das zu verstehen. Je früher du das lernst, desto besser für dich. Ich habe mal gedacht, mein Schicksal wäre es, dass ich jung sterbe.

Weißt du, wie das ist, wenn dir ein Soldat mit dem Gewehrkolben ins Gesicht schlägt? Gut, woher sollst du das wissen. Ich sage es dir.

Wenn der erste Schreck sich gelegt hat, spürst du keinen Schmerz. Dich stört nicht, dass du blutest, dass deine Nase gebrochen ist. Mit jeder Faser deines Herzens willst du Rache. Du willst den, der dir das angetan hat, abstechen. Aber du hast keine Chance. Du liegst da und bist machtlos. Du kannst nur aufstehen und dir den Gnadenstoß holen. Ich bin liegen geblieben. Mein Leben ging weiter. Aber ich wusste, beim nächsten Mal habe ich selbst ein Gewehr dabei. Und dann bleibe ich stehen.

Und ich bin stehen geblieben, kleiner Mann. Ich habe

gelernt zu schießen, mit Dynamit umzugehen, mich zu tarnen. Nachts kämpfte ich, tagsüber schlief ich in Höhlen. Am Ende stand ich immer noch, und die Deutschen mussten gehen. Und neben mir, kleiner Mann, stand Aris Kommenos. Ja. Mit fünfzehn Jahren bin ich seine Leibwächterin geworden. Aris Kommenos zu schützen war mein Leben. Ist es nicht doch Schicksal, dass er mir jetzt wieder begegnet, wo ich nicht mehr stehen kann? Sein Name zumindest. Ich will dir was über diesen Mann sagen, den die Geschichte vergessen hat, weil er ein freier Mann war und kein Kriecher. Ich liebte ihn, wie nur ein junges Mädchen lieben kann und wie kein Mann es verdient. Er war älter als ich, aber ein Kindskopf. Er kämpfte 1920 gegen die Türken, 1940 gegen die Italiener, 1941 gegen die Deutschen, 1946 gegen die Engländer und immer gegen die Faschisten. Wo es geknallt hat, war er zu Hause. Sein Körper bestand fast nur aus Narben, allein sein Gesicht strahlte immer. So lernte ich ihn kennen. Als im Bürgerkrieg die Engländer kamen und ihn zwingen wollten, seine Waffen abzugeben, hat er auch gegen sie gekämpft. Sie haben ihn geköpft, wir gaben auf. Klar, wir hätten bis zum letzten Mann den Kopf hinhalten können. Aber wir hatten unsere besten Leute verloren. Wir hatten unsere Heimat verloren. Und ich hatte meinen Aris verloren. Tja. Das war 1948. Und das Leben ging weiter, und ich kann nicht klagen, jetzt bin ich hier, und bald ist das siebzig Jahre her. Ein Leben.

Ich will uns nicht langweilen. Zum Koffer:

Die Fotos und Briefe kannst du dir mit Aphrodite teilen. Macht damit, was ihr wollt. Das war's fast, kleiner Mann. Jetzt schau noch mal bei Stelios vorbei, das wird dein Leben verändern. Er hat immer gehofft, dass du eines Tages kommst. Du bist ein guter Junge. Lebe. Und rasier *dich mal. Und bleib in Athen. Das kann ich dir nach all den Jahren sagen. Lieber in Athen verhungern, als woanders leben.*

(Boah, ich weine gleich voll krass. Die ist auch noch Lady Che Guevara. Cherie Guevara. Nice, 'ne?! Natürlich kommst du wieder! Sonst komme ich und hole dich! Bring mir was Schönes mit. Aber ohne Knoblauch. Und behalte den Bart, sonst siehst du aus wie 12. Ehrlich. Love, Sibel)

Aris drehte den Brief um, das war's. Da stand nichts mehr. Er faltete ihn wieder zusammen, stand vorsichtig auf und stieg aus der Wanne. Er überprüfte sein Gesicht im verschmierten Badezimmerspiegel, während er seine Klamotten überstreifte. Dieser gewohnte Anblick beruhigte ihn ein bisschen. Keine Pickel, keine Beulen. Gut, das Gesicht war etwas rötlicher, als es sein sollte, die Falte zwischen seinen Augenbrauen hatte sich dauerhaft eingerichtet, aber damit war schon nach den ersten Tagen in Athen zu rechnen gewesen. Er wollte sich nicht rasieren. Dabei ging es ihm keineswegs darum, älter zu wirken oder Sibel zufriedenzustellen. Er fürchtete einfach, dass sein Gesicht sich irgendwann, wenn auch die letzten Nerven endlich blanklagen und er komplett zusammenklappte, zu einer furchterregenden Fratze verformen würde. Für immer. Der Bart hielte den Schaden in Grenzen.

Sibel schrieb wieder. Erkundigte sich. Aris hatte keine Antworten. Sein ganzer Körper schien plötzlich unfassbar schwer. Die Badezimmertür fühlte sich für ihn unüberwindbar an. Er nahm beide Hände zu Hilfe, und setzte dann, endlich frei, einen Fuß vor den anderen, ohne den Boden zu spüren.

Im Wohnzimmer hatte Lakis angefangen, den Torwart

von Real Madrid zu Eigentoren zu zwingen und sich feixend über den Torjubel der Spieler von Olympique zu freuen. Aphrodite saß im Schneidersitz auf dem Boden und las. Aris atmete noch einmal durch, hockte sich dazu und griff nach den Aris-Kommenos-Briefen.

«Geht's dir nicht gut?», fragte Aphrodite scheinbar arglos. Sie war in eines der Hefte mit Kochrezepten vertieft.

«Kannst du mir sagen, was in den Briefen steht?»

«Lies doch selbst.»

Aris seufzte und nahm die Briefe. Er wollte ja. Aber der Verfasser hatte es der Nachwelt nicht einfach gemacht. Nur selten nutzte er ordentliches Briefpapier. Er schrieb auf die Rückseite von Landkarten, überschrieb Seiten der Bibel. Ein Brief bestand aus auseinandergefalteten Streichholzschachteln, die er durchnummeriert hatte. Der letzte datierte auf den 20. Oktober 1947. Es waren etwa ein Dutzend Briefe, die meisten hatten dank der Umschläge kaum Schaden genommen, waren jedoch über die Jahre vergilbt. Sie rochen süßlich. Aris konnte immer nur Satzfetzen entziffern. Es war frustrierend, das ohne Hilfe zu durchforsten. Was er entziffern konnte, war Geplänkel über die Natur, Revolutionsgelaber und Ficki Ficki. Aphrodite erbarmte sich, nachdem sie sich sein Seufzen und Stammeln eine Weile angehört hatte. Das war nicht der Augenblick, um stolz zu sein, er nahm ihre Hilfe dankbar an. Er hätte jetzt alles dafür gegeben, an die Leine gelegt oder zumindest an die Hand genommen zu werden. Einmal nicht denken. Einmal eine Antwort bekommen, ohne dass man fragen musste. Auf eine Frage, die einen interessierte.

Sie legte ihr Heft beiseite und überflog die Briefe rasch. Sie schmunzelte, staunte mit ihren Blicken, doch sie sagte nichts. Sie kostete ihren Wissensvorsprung sichtlich aus.

Aris hatte nichts gegen eine kleine Verschnaufpause, doch nach einer Weile wurde es ihm zu dumm.

«Was steht denn da noch?»

Er hörte sich so weinerlich an, trug dazu das peinliche Flamingo-Shirt, das er sich in einem Anflug von Extrovertiertheit und um die Schwesternschülerin mit dem Augenbrauen-Piercing zu beeindrucken, auf einem feministischen Festival in Würzburg gekauft hatte, um es fortan doch nur noch als Unterhemd zu tragen, zum Wegwerfen war es zu schade. Jetzt hockte er da, wie der letzte Depp, in durchgeschwitzten Klamotten und pink. Aphrodite schien amüsiert und bellte mit ihren Flamingos Aris' Flamingo an, dabei war Aris ziemlich sicher, dass Flamingos nicht bellten, nur nicht sicher genug, um sie darauf hinzuweisen, denn am Ende war das wieder so eine Situation, wie mit dem blauen Hundertmarkschein, bei dem Aris sicher gewesen war, dass dort Annette von Droste-Hülshoff abgebildet war, weswegen er Claudia noch zwanzig Euro schuldete, wie ihm jetzt auffiel. Bevor ihm einfiel, wie die Frau auf dem Hundertmarkschein wirklich hieß, riss Aphrodite ihn aus seiner Gedankengrütze.

«Bist du deswegen hier? Wegen der Briefe? Bist du mit dem verwandt? Der hatte was mit meiner Oma. Hey, sind wir dann so was wie Enkelgeschwister? Das ist Old School Sexting, hör mal.»

Aphrodite warf Lakis beiläufig einen Blick zu. Der schien sofort zu verstehen und einige Übung darin zu haben, den Controller der Spielkonsole zu bedienen, während er sich mit den Oberarmen die Ohren zuhielt. Aphrodite fing an vorzulesen und beobachtete Lakis im Augenwinkel, um sicherzugehen, dass er nicht heimlich lauschte. Als sie leiser wurde, fast flüsterte und so breit grinste, dass ihr Gesicht fast nur noch aus Zahnlücke bestand, ahnte Aris, dass es richtig anzüglich werden würde, doch der Brief übertraf seine Befürchtungen.

In aller Ausführlichkeit beschrieb Aris Kommenos, wie seine Hände sich unter Aphroditoulas – mit diesem Kosenamen sprach er Frau Xenaki an – Kleider und in ihr Fleisch bohrten. Mit detailverliebter Präzision sprach er davon, wie er sie gegen den Kirschbaum neben der Dorfkirche drücken würde und die Schweißperlen aus ihrem Nacken tränke. In einer sternenklaren Nacht. Er behauptete, so hart zu sein, dass er mit seinem Schwanz Bäume fällen könnte.

Er schien eine blühende Phantasie oder lebhafte Erinnerungen, auf jeden Fall aber zu viel Zeit gehabt zu haben, schrieb aus den epirotischen Bergen, aus Arta und Ioannina, aus Parga und Preveza. In einem Umschlag war ein Foto von Frau Xenakis, als sie noch Aphroditoula war, und ihm. Darauf saßen sie auf einer karierten Decke unter einem knorrigen Olivenbaum, an dem ihre Gewehre lehnten. Beide in Uniform. Sie die Haare hochgesteckt mit Patronengürtel über der Schulter, er mit Pfeife in der Hand. Frau Xenaki war ein junges Mädchen, keine zwanzig Jahre alt. Dem Foto nach hätte Aris Kommenos leicht ihr Vater sein können. Sie lächelten. Während Aris seinen Blick nicht vom Foto nehmen konnte, las Aphrodite weiter die ihrer Meinung nach besten Stellen vor: Der alte Aris träumte davon, Frau Xenaki am Strand zu lieben, wenn nur die Delfine zusahen und der Krieg endlich vorbei war. Aphrodite war begeistert, steigerte sich in ihre Rolle als Rezitatorin hinein, und ihre Stimme klang nach Telefonsexwerbung.

«Ich bin ein bisschen feucht», sagte sie grinsend, und Aris konnte es nicht fassen. Er wurde jetzt wirklich patzig.

«Steht da auch was für mich Relevantes drin?»

«Die Briefe sind aus den Vierzigern. Was soll da schon für dich drinstehen?» Aphrodite hatte keine Schwierigkeiten, sofort umzuschalten und sein Aggressionslevel mitzugehen, gar zu steigern, also setzte Aris noch einen drauf, was ein Bluff war, denn er war längst am Limit angekommen, und die Schmerztabletten machten ihn schläfrig und weich.

«Woher soll ich das wissen? Überspring mal die Pornos und sag mir, was da noch kommt.»

«Porno, Porno, Porno», rief Lakis, der den Controller fallen gelassen hatte, weil offenbar die Blase drückte. Er tänzelte x-beinig aus dem Wohnzimmer.

«Auch Hände waschen, mein Schatz! Mit Seife!», rief Aphrodite ihm hinterher, griff nach dem Rezepteheft aus dem Koffer und erklärte ihr Gespräch mit Aris einseitig für beendet.

Aris schmollte und setzte sich an die Spielkonsole, bereute das sofort, als er den Controller in die Hand nahm, der völlig verklebt und warm war. Es schüttelte ihn. Er sollte gehen. Das war ihm zu dumm.

«Glaubst du, die Leute haben früher nicht gefickt? Was hast du erwartet, dass in den Briefen steht, was der Sinn des Lebens ist?»

Aris traute seinen Ohren nicht. Er schluckte, sammelte sich kurz, jetzt war die Zeit, etwas sehr Philosophisches zu entgegnen. Es vibrierte in seiner Hose. Herr Stelios rief an und würde gleich als unbeantworteter Anruf Nummer 17 auf der Liste landen. Ausdauer hatte der, das musste man ihm lassen. Aris musste sich sammeln und dann zurückrufen, er könnte sich noch ein paar Notizen machen, mit seinen Zielen, sonst würde er sich doch nur überrumpeln lassen. Oder noch besser: Er sollte zu ihm gehen. Er beneidete Herrn Stelios, saß der doch den ganzen Tag in seinem Kiosk, während die Welt an ihm vorüberzog. Niemand über ihm, niemand unter ihm. Nein, Aris wollte jetzt wirklich nicht telefonieren. Aris wollte begreifen. Oder noch lieber: vergessen. Alles auslöschen, was er wusste und nicht erfahren würde. Sein Gedächtnis formatieren wie eine Festplatte und in den Werkszustand versetzen. Das war der Traum. Zurück ins Nichts. Schicksal war ein großes Wort. Was aber, wenn es doch einen Grund dafür gab, dass Aris Frau Xenaki begegnet war und sie ihm ein Märchen erzählt hatte, um ihn nach Athen zu locken? Vielleicht war er gerade doch auf einen Verwandten gestoßen, den er nicht gesucht hatte. Aris Kommenos könnte sein Opa sein. So war das doch. Ein Kind bekam bei der Geburt den Namen des Großvaters.

Was ihm erzählt worden war: Seine ganze Familie war tot. Autounfall. Keine Angehörigen. Er war in ein Waisenhaus in der Nähe seines Dorfes gekommen, und dort hatten ihn Helmut und Gitte in ihren Flitterwochen angetroffen und «uns sofort in den Kleinen verliebt», wie Gitte immer sagte. Nur klang das für Aris zu einstudiert, wenn sie die Geschichte neuen Freundinnen erzählte. Gitte hatte nur neue Freundinnen.

In vielen griechischen Sommern hatte Helmut die Verwandtschaftsverhältnisse akribisch recherchiert. Das Waisenhaus gab es nicht mehr, Aufzeichnungen dazu auch nicht, und Helmut hatte keinen Kontakt mehr herstellen können. Er war Historiker und übermotiviert. Ihm wäre doch nichts entgangen. Er hatte jeden Menschen, dem er begegnete, ausgefragt, um Aris' Geschichte zu rekonstruieren. Dabei war er zum Schluss gekommen, dass Aris' leibliche Eltern keine Spuren in der Menschheitsgeschichte hinterlassen hatten. Das Dorf, aus dem Aris stammte, verdiente allerdings die Formel «traurige Berühmtheit», Zitat Gitte. Aris stammte aus dem Dorf Kommeno, das 1943 von der zwölften Kompanie des Gebirgsjägerregiments 98 der ersten Gebirgsjägerdivision der Wehrmacht ausgelöscht worden war. 317 Tote in Kommeno. Davon 172 Frauen. 97 Kinder. Daher stammte Aris, daher der Name Kommenos. Die Zahlen konnte er runterbeten. Von den Menschen fehlte ihm jede Vorstellung. Er hatte sie nie treffen wollen. Wozu auch? Um im Chor zu weinen? Um sich den Magen bei Versöhnungstafeln zu verderben? Oder etwa damit Helmut und Gitte ihn dort stolz herumzeigten? Da ist er. Der kleine Griechenjunge. Bei uns darf er studieren. Er hat eine goldene Zukunft. Ja, unsere Vorfahren haben seine Vorfahren massakriert, aber dank uns hatte er ein Jugendzimmer mit einem eigenen Fernseher. Das war es doch, worum es ging. Das war er doch, Aris, ein Kniefall zum Anfassen. Ein Denkmal auf zwei Beinen.

All das wusste er nicht erst seit heute, es war der bittere Beigeschmack dessen, was ihm, seit er denken konnte, auf der Zunge lag. Trotzdem. Da stimmte doch was nicht. Die Fakten lagen offen vor ihm. Der Job war erledigt. Und jetzt war er hier. Und hatte es geschafft. Das war doch irgendwie geil. Das war doch sein Land. Aber es fühlte sich trotzdem nach einer Niederlage an.

Hier fiel Aris nicht auf, auch sein Griechisch-Unterricht hatte sich ausgezahlt. Ritsos, Elytis und Kazantzakis hatte er im Original gelesen. Wer außer ihm hatte sich das angetan? Doch das half überhaupt nicht weiter. Er hatte mit Helmut und Gitte jeden Felsen der Ägäis angesehen und umgedreht, war in Kalavryta gewesen, in Distomo. Kreta rauf- und runtergefahren. Sogar in Zypern waren sie mal.

Warum hatte er Helmut und Gitte nie nach Kommeno

begleitet? Warum drehte sich ihm bei dem Gedanken an sein Heimatdorf der Magen um? Er musste weg. Er musste nachdenken. Er musste sich sortieren. Als er im Türrahmen stand und im Begriff war zu gehen, griff Aphrodite seinen Arm.

«Wo willst du hin?», fragte sie. «Du kannst jetzt nicht einfach abhauen. Wer räumt die Scheiße auf?»

«Wovon redest du?», fragte Aris verdutzt.

«Wegen dir ist der Koffer explodiert, ich habe den Schaden. Ist das fair?»

Wenn es möglich war, in seinen Zwanzigern einen Schlaganfall zu erleiden, dann war Aris kurz davor. Er brüllte ein «Was soll die Scheiße?» und stampfte aus der Wohnung. «Scheiße, Scheiße, Scheiße», echote es mit Lakis' Stimme nach.

Noch auf der Treppe rief er Herrn Stelios an. Jetzt war er in Fahrt, jetzt konnte er den Schwung auch gleich mitnehmen. «Endlich, mein Junge, du bist ja schwerer zu erreichen als Merkel.»

«Warum soll ich mich bei dir melden? Was weißt du? »

«Sakis bringt dich her. Wir machen einen Ausflug, und ich erkläre dir alles», und zack: aufgelegt. Einfach so. Gut, ein Sieg fühlte sich anders an, aber eine Niederlage auch. Ein knappes Unentschieden mit spielentscheidenden Möglichkeiten auf beiden Seiten, doch am Schluss fehlte das Quäntchen Glück oder der absolute Wille, das Ding endgültig zu entscheiden.

Aris zählte die Treppenstufen, um sich zu beruhigen, und sortierte zusätzlich im Kopf die Spieler von Real Madrid absteigend nach Rückennummern, weil Treppenstufen zählen allein nicht half. Irgendwann, vielleicht viel später, vielleicht nur einen Augenblick, jedenfalls bei Nummer vier, dem ätzenden Sergio Ramos, stand er unten vor der Tür.

«Was, wenn ich mich an so was gewöhne?», murmelte er. «Fuck. Ich führe Selbstgespräche.»

Vor dem Eingang winkten ihm aus dem Beifahrerfenster von Sakis' Taxi zwei Füße entgegen.

«Du bist immer noch hier?»

«Ich habe doch gesagt, ich warte. Ein Sakis, ein Wort.» Er gähnte laut, winkelte die Beine an und öffnete mit einer routinierten Bewegung die Tür. Er schlüpfte in seine Turnschuhe, die er sich auf den Bauch gelegt hatte, richtete sich auf und streckte sich, während er seinen Körper nach Zigaretten abtastete und in der Brusttasche fündig wurde. Aris beobachtete ihn, das beruhigte auch.

«Einsteigen! Wir sind in Athens Fucking City. Wir machen jetzt Party.»

«Ich weiß, dass du mich zu Herrn Stelios bringen sollst.»

«Umso besser.»

Aris hatte keine Lust einzusteigen, aber wehren wollte er sich jetzt auch nicht, und je schneller das Treffen mit Herrn Stelios stattfand, desto besser. Während er noch unentschlossen vor der offenen Beifahrertür herumstand, hörte er Aphrodites Stimme vom Balkon. Sie sollten warten.

«Fahr los», sagte Aris.

«No way. Ich bin ein Gentleman. Steht dir gut. Meine Jacke», sagte Sakis und wirkte überraschend gutmütig, fast mitfühlend.

«Du kannst sie dir in den Darm schieben!»

«Sie wirkt! Meine Jacke wirkt», Sakis klatschte jauchzend in die Hände. Er konnte sich ein breites Grinsen nicht verkneifen und zog an seiner Zigarette. Aris starrte ihn grimmig an.

«Weißt du, Aphrodite hat es nicht leicht. Als Frau allein mit Kind ...»

«Los geht's, ihr Fotzen!» Aphrodite ließ die Haustür hinter sich zuknallen, hatte eine Reisetasche dabei und eine Sonnenbrille auf der Nase. Die Flamingos hatte sie gegen etwas Schwarzes, Dramatisches eingetauscht.

«O.k., wo soll's denn hingehen? Wir müssen eigentlich zu Stelios, aber für dich mache ich gern einen Umweg.» Sakis sprang auf und öffnete euphorisch den Kofferraum. Aphrodite warf ihre Tasche rein und baute sich vor ihm auf. «Prima, ich will auch zu Stelios. Aber du kannst leider nicht mit, denn du musst hoch zu Lakis, nur ein paar Stunden, dann kommt meine Nachbarin, sie nimmt ihn immer um die Zeit. Ich brauche dein Taxi. Kriegst es morgen wieder zurück. Oder übermorgen.»

Bevor Sakis etwas erwidern konnte, hatte sie ihm den Autoschlüssel entrissen und den Hausschlüssel in die Hand gedrückt.

Aris war vollkommen egal, wo es hinging und wer hier fuhr, aber Sakis Gesichtsausdruck hatte ihm spontan gute Laune bereitet. So fühlte sich also Schadenfreude an.

Aphrodite hatte den Wagen nicht wirklich unter Kontrolle, fluchte dafür ausgiebig auf alle Hindernisse, die ihren Weg kreuzten, um sich Augenblicke später wieder zu beruhigen. Aris räusperte sich.

«Gibt es einen Menschen in diesem Land, der nicht verrückt ist und meint, was er sagt?»

«Ja, mich. Ich bin nicht verrückt, ich bin temperamentvoll», sagte Aphrodite, zwinkerte ihm zu und hupte wie zum Beweis einen Mopedfahrer fast vom Gefährt.

«Hör zu, ich habe einen Deal für dich. Ich mache dich

zum Star. Das wird eine Doppelseite in der Wochenendausgabe.» Sie strahlte vor Begeisterung, Aris blickte sie fragend an.

«Als mich dieser Stelios anrief und sagte, er sei ein alter Freund meiner Oma und dich mit dem Erbe aus Deutschland angekündigt hat, bin ich misstrauisch geworden. Meine Oma hat sich nie um ihre Familie gekümmert. Sie hat mich nicht einmal besucht. Wir kennen uns gar nicht. Also habe ich selbst ein paar Leute angerufen. Ein paar Gefallen eingefordert, Journalistenkram.»

Aris wusste nicht, ob das noch eine Kunstpause war oder ob Aphrodite darauf wartete, dass er nachfragte. Von rechts überholten Mofas und Roller, aus den winzigen Nischen zwischen den am Straßenrand geparkten Autos sprangen Menschen auf die Straße, die lebensmüde waren oder beeindruckend zuversichtlich. Man konnte gar nicht hinsehen. Dann doch lieber mit Aphrodite reden.

«Was hast du herausgefunden?»

«Er hat mächtig Dreck am Stecken. Es gibt keine Kiosklizenz auf seinen Namen, und vor 1995 gab es ihn nicht. Er ist nirgendwo versichert, hat kein Konto und keine Rentenansprüche. Er hat noch nie in seinem Leben eine Stromrechnung bezahlt.»

«Gut, aber er wird ja nicht der Einzige sein. Ich dachte, das ist hier normal.»

«Du verstehst das Spiel nicht.»

«Was habe ich denn jetzt wieder nicht verstanden?» Aris biss sich auf die Zunge. Seine Stimme war ziemlich hochgegangen. Aphrodite juckte das nicht.

«Information ist das wertvollste Gut, mein Lieber. Wenn du willst, dass jemand das tut, was du willst, musst du ihn dazu bringen, indem du etwas über ihn in Erfahrung bringst, was keiner wissen soll. Das ist Journalismus. Und das ist das Leben.»

Diese Aphrodite schien als Journalistin in etwa so qualifiziert wie Frau Xenaki als Psychologin, aber das kümmerte Aris weniger als die Befürchtung, dass er gerade in eine Sache hineingeriet, die er gern weitläufig umgehen würde: den Xenaki-Treibsand, bei dem man plötzlich bis zum Bauchnabel einsank und einem nichts blieb als die Hoffnung, dass doch noch jemand käme, um einen herauszuholen. Aris fasste sich ein Herz.

«Was ist denn nun dieser Deal, den du mir vorschlagen willst?»

«Also, ich habe Stelios Merkouris konfrontiert, und er hat mir deine Geschichte angeboten, wenn ich ihn in Ruhe lasse.»

«Was weiß er denn bitte über meine Geschichte?»

«Das kannst du ihn selbst fragen.»

Aphrodite hupte und hielt so plötzlich mitten im Kreisverkehr an, dass die Reifen quietschten. Aris zuckte zusammen und wartete auf den Aufprall von hinten. Glück gehabt. Nur Plastikbecher mit Eiskaffee flogen auf die Rückscheibe, umständlich manövrierte sich der Verkehr um das Taxi herum und hupte und brüllte.

Aphrodite ignorierte das Geschehen mit stoischer Gelassenheit, während Aris versuchte, sich wegzuducken. Es verstrich eine gefühlte Ewigkeit, bis die Taxitür hinter ihm aufging. Erst flogen drei vollgestopfte Plastiktüten auf den Rücksitz, dann folgte Herr Stelios, der laut und zufrieden in den Sitz sank, die Tür zuzog und seinen Bauch streichelte.

«Schön, euch zu sehen. Los geht's! Für das leibliche Wohl habe ich gesorgt. In der roten Tüte sind Wasserflaschen und Croissants. Weckt mich, wenn wir da sind», sagte er, schob sich die Kapitänsmütze ins Gesicht und legte sich hin. Aphrodite fuhr und fragte nicht. Aris war also wieder der Einzige, der keine Ahnung hatte, wo es hinging und was los war. Neben sich sah er verfallene Prachtbauten und Ramschläden. Als sie an der Athinas-Straße vorbeifuhren, zwinkerte der marmorne Perikles Aris von seinem Sockel aus zu. Vielleicht hatte ihm aber auch nur eine Taube aufs Auge gekackt.

V

Wohin auch immer diese Reise ging: Das war jetzt schon die schönste Strecke, die Aris je entlanggefahren war. Schöner als der alte Brennerpass, dessentwegen er überlegt hatte, doch noch den Führerschein zu machen.

Um ihn herum war alles klar. Der Joint, an dem Aphrodite ihn hatte ziehen lassen, war sicher nicht ganz unbeteiligt daran.

Sibel hatte noch mal geschrieben. Nicht das übliche «Hey Süßer, wie geht's? Meld dich endlich mal wiedeeeeeer!!!», auf das er seit dem Badewannen-Fiasko nicht mehr reagiert hatte. Sibel hatte ihm den Arsch gerettet. Anton Bader war im Spital gewesen und hatte sich nach ihm erkundigt. Der Polizist lebte also. Immerhin. Er hatte eine Art Phantombild dabei, und sie hatte ihm gesagt, dass dort nie ein Toni Luca gearbeitet hätte und auch sonst niemand, auf den seine Beschreibung passte. Anton Bader hatte sich Aris' weiße Sicherheitsschuhe gemerkt. Er hatte alle möglichen Pflegeeinrichtungen abgeklappert, um ihn zu finden. Vorerst war Aris aus dem Schneider. Wenn er es aber fast geschafft hatte, ihn trotz falschen Namens in Würzburg zu finden, wer sagte dann, dass er ihn nicht auch in Griechenland finden würde? Er schob diese Gedanken ganz weit weg, kurbelte seinen Sitz etwas nach hinten, schnallte sich ab und guckte die ganze Fahrt über aus dem Fenster. Erst links, dann rechts, je nachdem, wo das Meer war. Kurz vor Korinth waren sie an Sakis' Dorf vorbeigekommen, da hatte er sich gefragt, ob die Möbel wohl immer noch draußen im Garten standen. Dann wärmte der Gedanke ihm das Herz, dass Sakis gerade mit Lakis in Athen festsaß. Sie konnten nicht mal gegeneinander Playstation spielen, denn es gab nur einen klebrigen Controller.

Sie streiften Korinth, entlang der Obstplantagen. Wenig später ragten gewaltige Felsen aus dem Meer. Sie fuhren über eine endlose strahlend weiße Brücke bei Patras. Das Meer darunter glitzerte stolz, als wüsste es etwas, und dann wurden die Straßen immer enger und staubiger und die Landschaft steiler und grüner.

Aris hatte gar nicht mehr versucht zu erfahren, wo es hinging; es gab keinen würdevollen Weg, diese Frage zu stellen. Sie war ein Offenbarungseid und würde Aphrodite nur eine erneute Möglichkeit geben, ihn mit einer kryptischen Antwort vorzuführen oder sich direkt über ihn lustig zu machen.

Außerdem wusste er ja eigentlich, was ihr Ziel war. Aphrodite wollte seine Geschichte. Sie wollte ihn also bluten sehen. Sie würde ihn an den Ort fahren, den er nie hatte betreten wollen. Wahrscheinlich direkt zum Waisenhaus, ein paar Kilometer entfernt.

Da würde dann die alte Waisenhauswärterin oder wie das hieß, rauskommen und sagen: «Mensch, Aris, aus dir ist ja ein richtiger Mann geworden. Wir wollten dich ja eigentlich gar nicht gehen lassen, weil du so ein Wonneproppen warst. Aber gut, dass wir dich damals doch den Deutschen verkauft haben. Sonst wäre dein Leben ganz anders verlaufen. Brauchst dich nicht bedanken, haben wir gerne gemacht.»

Dann würden sie sich in die Arme fallen. Abends versammelte sich das ganze Dorf zu einem tollen Festmahl, es würden ein paar Fotos geknipst, und zack, fertig. Dann hätte Aris seine Wurzelbehandlung abgeschlossen, und alle wären glücklich. Er müsste dann nur noch vorgeben, irgendetwas zu fühlen, idealerweise Dankbarkeit. Rührung vielleicht. Schnaps war auch immer gut. Yamas! Prost! Feiern, Trauern und Verdrängen war einfacher mit Alkohol. Das war hier doch nicht anders als im Silvaner-Spital.

Aris war nicht klar, warum Stelios überhaupt mitgefahren war, anstatt einfach Frau Xenakis letzte Botschaft zu übermitteln und in seinem Kiosk hocken zu bleiben. Erst hatte er vermutet, dass Stelios dabei war, weil er den Weg kannte, doch er schlief fast die ganze Fahrt, anstatt zu navigieren. Mal schnarchend, mal nur schwer atmend und schmatzend lag er da. Die einzigen Worte, die er von sich gab, waren ein «Panagia mou» hier und ein «Panagia mou» da, wenn er sich auf der Rückbank umbettete. Eine Hand spielte am Bart herum, eine lag auf dem Bauch.

Als es bereits dämmerte, fuhr Aphrodite von der Landstraße ab und über Schotter auf ein altes Steinhaus zu, das unbewohnt schien. Allein ein neu wirkender weißer Kleinwagen, der davor geparkt war, trübte die Postkartenidylle und den Eindruck einer Zeitreise ins frühe 20. Jahrhundert. Kein Mensch war zu sehen. Bienenstöcke säumten das Gebäude zur einen Seite, ein kleines, windschief improvisiertes Gewächshaus zur anderen.

«Panagia mou. Da sind wir ja», Herr Stelios richtete sich

auf und schüttelte sich wie ein nasser Hund. Er stieg als Erster aus. «Zwanzig Jahre ist das her. Unglaublich.»

«Was ist das für ein Gefühl?» Mit einem routinierten Griff stellte Aphrodite ein Aufnahmegerät an, hielt es Aris unter die Nase und sah ihn erwartungsvoll an.

«Du redest die ganze Fahrt nicht mit mir und denkst, ich laber jetzt drauflos?», schob er das Gerät sanft beiseite und stieg aus.

«Wir haben doch Musik gehört», erwiderte Aphrodite und nahm ihre Kameratasche.

Herr Stelios schritt das Gelände ab, prüfte die Baumrinden und Blätter, als verstünde er etwas davon, und murmelte vor sich hin. Aris gähnte und streckte sich, sie waren schon einige Stunden unterwegs. In der Luft lag der Duft von Eukalyptus. Die Vögel hier zwitscherten zärtlicher als in Athen, das fiel ihm sofort auf. Vielleicht lag es auch am Gras, Aphrodite hatte den Innenraum des Taxis zur fahrenden Bong gemacht. Andererseits ergab das schon Sinn. Hier mussten sie sich nicht gegenseitig verdrängen, hier war Platz für jeden. Er klang schon wie Helmut. Und da standen sie auch schon: Gitte und Helmut.

«Fuck. Was für Hallus», brabbelte er. Stelios umarmte die beiden wie alte Freunde, und Aris merkte erst jetzt, dass sein Mund offen stand.

«Sehr gut, die Eltern sind schon da», frohlockte Aphrodite, lief auf sie zu und begrüßte sie. Aris kniff sich in den Arm, dann in die Hüfte. Sie waren da. Wirklich.

«Was wollt ihr hier?»

Sehr schön. Er war ruhig geblieben, fast höflich, hatte nicht mal gestammelt. Er fühlte sich gut. Wenn er das gewusst hätte, wäre er früher auf Gras umgestiegen, aber das hätten ihm die Cops in Würzburg nicht gegönnt, danach durchsuchten sie ihn immer. Zwei Mittelfinger für die Anton fucking Baders dieser Welt. Nicht mal das brachte ihn in Wallung. Peace. Und da wurde er auch schon gepackt.

«Wir warten seit fast zwanzig Jahre auf diesen Tag», Aris blieb wie versteinert stehen, als Gitte ihn umarmte und auf die Wange küsste, «endlich bist du hier.» Helmut war mit Herrn Stelios ins Gespräch vertieft. Sie umarmten und küssten sich überschwänglich. Aphrodite war hinter ihrer Kamera wie unsichtbar geworden und fotografierte alle Beteiligten, als gelte es, eine Familienfeier lückenlos zu dokumentieren. «Komm, mein Junge, du bist der Erste, der die Wahrheit von mir hören soll, über dich», flüsterte ihm Herr Stelios zu, legte seinen Arm um ihn und führte ihn an den Teich. Aris ließ ihn gewähren. Er schwebte über die Wiese, die Halme streichelten ihn durch die Schuhsohlen, dass es kitzelte. Es war der abgefahrenste Trip seines Lebens und dabei fühlte er sich nicht mal berauscht, nur überempfindlich und ein bisschen gelähmt. Er plumpste neben Stelios auf die Bank, und seine Augenbrauen tanzten vor Verwunderung, während er keine Worte für seine Gedanken fand und Stelios seine wohl noch ordnete. Was zur Hölle war hier los?

1995

Dieser Ort hatte nicht mal einen Namen. Er hatte es dennoch geschafft, Bruder Stylianos seine liebste Jahreszeit zu vermiesen, den Sommer. Dabei war es hier sicher mal ganz hübsch gewesen. Bevor die Bauern des Umlands angefangen hatten, das Wasser aus dem See zu pumpen, um ihre überdimensionierten Plantagen zu bewässern. In der Hoffnung auf üppige Ernten sprühten sie so viele Pestizide auf die Pflanzen, dass monatelang reifes Obst und Gemüse in leuchtenden Farben an den Feldrändern lag, das nicht verdarb und an das sich trotzdem kein Tier traute.

Aus dem alten Waisenhaus am See war so eine Bruchbude am Sumpf geworden. Manchmal, wenn er im Morgengrauen die Pflanzen goss und zusah, wie der kühle Nebel sich verflüchtigte und die Sonne emporstieg, wunderte sich Bruder Stylianos, dass er hier gelandet und wie schnell alles gegangen war.

Als er, aus Athos kommend, im Kafeneion von Kalomoira eingekehrt war und ihm die Männer dort von dem leerstehenden Gebäude in der Nähe erzählt hatten, war ihm klargeworden, dass er seine Aufgabe gefunden hatte.

Die Panagia hatte ihn verlassen. Zwanzig Jahre hatte sie nicht mehr zu ihm gesprochen. Er arbeitete härter, las mehr, betete voller Hingebung, doch sie blieb stumm. Er sah sie in seinen Träumen, doch alles, was sie für ihn übrig hatte, war ein mahnender Blick. Ihre gütigen Augen sahen ihn durchdringend an, doch sie lächelte nicht. Dann kam der Tag, an dem Bruder Athanasios Zeit gekommen war. Er hatte die letzten Monate nicht mehr allein stehen können, und von seinem mächtigen Körper war nur ein dürrer, krummer Rest geblieben, der fünfmal am Tag bewegt und eingeölt werden musste. Bevor man ihm die letzte Beichte abnahm, ließ er Bruder Stylianos zu sich rufen. Der kam, beugte sich mit dem Ohr über Bruder Athanasios' Lippen und hörte ihn sagen: «Ich habe dich geliebt, jetzt bist du frei. Geh dahin, wo du herkommst, und bringe Gottes Segen dahin, wo er fehlt.»

Bruder Stylianos ließ sich das nicht zweimal sagen. (Ein zweites Mal hätte Bruder Athanasios diesen Satz ohnehin nicht über die Lippen gebracht.) Was hatte er nicht alles versucht, um das kleinste Zeichen der Panagia zu erlangen! Einmal hatte er sich sogar auf die Klippe vor dem Kloster gestellt und gedroht zu springen, falls sie ihn nicht mehr brauchte. Sie hatte ihn nicht davon abgehalten – oder vielleicht doch, denn er sprang ja nicht.

Bruder Stylianos hatte sich Athos ohne Bruder Athanasios nicht vorstellen können. Sein ganzes Leben konnte er sich kaum ohne ihn vorstellen. Auf der ganzen Welt hatte er zwei Freunde. Athanasios und Helmut, den falschen Griechen. Mit Helmut hatte er Briefe ausgetauscht, mit Bruder Athanasios ein Leben geteilt. So traurig ihn dessen Tod machte, so frei fühlte er sich. Und so tat er, was ihm die Muttergottes durch Bruder Athanasios aufgetragen hatte, und machte sich auf den Weg. Alles, was er auf der Welt besaß, passte in eine kleine Reisetasche. Er warf sie über die Schulter und fühlte sich wieder wie der kleine Junge, der er gewesen war, als er sich vor einem halben Jahrhundert in Richtung Athos aufgemacht hatte.

Er wanderte und traf auf einfache, gastfreundliche Menschen, die ihm ihr Haus öffneten, ihn bewirteten und um Rat fragten. Er gab immer Antwort, doch er lachte dabei in sich hinein. Es gab keine wirklichen Antworten im Leben, das war alles, was ein Mensch begreifen konnte. Es gab Fragen und manchmal Barmherzigkeit. Nachdenken war nutzlos. Bruder Stylianos verdankte sein Leben der Muttergottes, also vertraute er ihr, tat, was sie ihm aufgetragen hatte, und gab sein Leben in ihre Hände. Damit war er meist gut gefahren. Er lebte noch. Die Muttergottes hatte ihn an dieses alte Steinhaus geführt, und er hatte all seine Kraft in den Versuch gesteckt, aus diesem Haus ein Heim zu machen. Doch wie viele Sommer blieben ihm? Sollte er sie hier, unter diesen grimmigen Dorfmenschen, verbringen?

Konnte das hier das Ziel seiner Wanderung sein? Einsamer als ein Eremit in der epirotischen Provinz zu enden klang nicht nach seiner Bestimmung. Gut, ganz so einsam war er nicht, ein paar Bauern kamen ab und zu vorbei und brachten Eier, Fleisch und Gemüse, doch er konnte weder ihre Gesichter noch ihre Namen unterscheiden. Viel Auswahl gab es sowieso nicht. Die meisten hießen Giorgos, Kostas oder Vangelis und konnten mit Mühe ihren Namen schreiben. Im Vergleich zu dieser Abgeschiedenheit war Athos eine Großstadt. Und in Athos hatte er Geschichten über Athen gehört, die Stadt, die taub machte und einen an ihrem Staub ersticken ließ. All das schien hier, im Waisenhaus ohne Kinder am Sumpf, sehr weit weg. Gegen ein ruhiges Leben hatte Bruder Stylianos nichts. Doch der Teich zog Mücken an, und das Waisenhaus, das schon vor seiner Ankunft so lange leergestanden hatte, dass Sonne, Wind und Regen ihre Narben im Gemäuer hinterlassen hatten, war weder bei Hitze noch bei Kälte gut zu bewohnen.

Streng genommen, merkte Bruder Stylianos nach einiger Zeit, war er nicht genau da, wo er herkam, obwohl ihm genau das ja aufgetragen worden war. Er war zwar in Epiros. Nur war ihm diese Gegend so fremd geworden. Ihm fehlte der freie Blick aufs Meer und die prächtigen Türme der Klöster und Kirchen. Die vertrauten Rufe zum Gebet und die Ruhe am Abend. Ihm fehlten die Touristen mit ihren lächerlichen Hüten und Schuhen und Rucksäcken, die Gott suchten. Hier war fast niemand, und er war ein Mann Gottes, dem die wenigen Bewohner des Umlands mit Ehrfurcht begegneten. Also fing Bruder Stylianos wieder an, die Muttergottes um Rat zu fragen. Und wieder schwieg sie sich aus. So verging das erste Jahr, und viele weitere wären wohl vergangen, wenn nicht diese eine Nacht gekommen wäre. Vollmond. Stylianos hatte kaum einschlafen können, weil die Mücken ihn nicht in Ruhe ließen. Kurz bevor er anfing zu träumen, rissen ihn Katzenschreie aus dem Schlaf. Das kam schon mal vor, hier waren die Katzen größer und wilder und auch lauter als in Athos. Mit dem Wasserschlauch konnte man ihnen eine Abkühlung verpassen. Das gefiel ihnen nicht, und sie suchten das weite. Stylianos folgte dem Geräusch, und als er die Verandatür öffnete, stand vor ihm ein Weidenkorb und er verstand, dass er ein Baby gehört hatte und keine Katzen. Im Korb waren ein paar Strampler, zwei Schnuller und zwei Fläschchen. Er hob den Korb an und sah sich auf dem Gelände um, doch da war niemand. Sofort hörte das Baby auf zu schreien und sah ihn fragend an. Die Augen waren dunkelbraun, fast schwarz, und das Gesicht von Mücken zerstochen. Das Zeichen der Muttergottes hatte er sich zwar anders vorgestellt, doch er nahm, was er kriegen konnte.

Bruder Stylianos hatte über die Jahre einige Erfahrung darin gesammelt, die älteren Brüder im Kloster zu pflegen. Das meiste, was er dabei gelernt hatte, ließ sich auf das kleine Ding anwenden, das jetzt mit ihm das Waisenhaus bewohnte, doch es war so zerbrechlich und schaute ihn immer so vorwurfsvoll an, dass Bruder Stylianos ganz bange wurde. Die ersten Tage wartete er ab, denn er war sicher, dass niemand sein Kind weggeben konnte, ohne das nach kurzer Zeit zu bereuen, zurückzukehren und es wieder abzuholen. Er verbrachte seine Zeit auf der Wiese vor dem Haus, ließ den Kleinen durchs Gras krabbeln und wartete. Niemand kam. Da wandte sich Stylianos mit ernster Miene an ihn: «Weißt du, Kleiner, ich bin selbst vaterlos aufgewachsen, deswegen weiß ich nicht, wie ich dir ein guter Vater sein kann, aber mit der Hilfe der Panagia werden wir schon einen Ausweg finden.» Um nichts dem Zufall zu überlassen, taufte er das Baby mit den Worten «Getauft wird der Diener Gottes Aris im Namen des Vaters, Amen, und des Sohnes, Amen, und des Heiligen Geistes. Amen.» Und so gab er ihm den Namen seines Vaters, Aris Merkouris, der als Aris Kommenos zum Nationalheld hätte werden können, wenn die Griechen ihn in ihren Geschichtsbüchern nicht komplett ignoriert hätten.

Die nächsten Wochen verbrachte Stylianos damit, mit dem kleinen Aris auf seinem Arm in den umliegenden Dörfern herumzufragen, wo denn dieses Kind herkam und ob es nicht jemand aufnehmen wollte. Niemand fand sich. Der Arzt in Kalomoira untersuchte Aris, stellte fest, dass er etwa ein halbes Jahr alt war und so weit gesund und dass die Tatsache, dass er immer so guckte und dabei so leise war, sich irgendwann verwachsen würde. Stylianos gab die Suche auf, baute eine Wiege und einen Kinderstuhl, und als Aris lernte, darin zu sitzen und Brei zu essen, fing Bruder Stylianos an, Spaß an seiner neuen Rolle zu haben. Am lustigsten fand er es, Aris an Zitronen, Knoblauch oder Oliven lecken zu lassen und zu beobachten, wie er die Augen zusammenkniff und sein ganzes Gesicht sich verformte, um kurz darauf wieder zu strahlen und Interesse an weiteren Kostproben anzumelden. So gewöhnten sie sich aneinander und lebten von Tag zu Tag. Die Panagia schwieg.

Dann kam Besuch, auf den Bruder Stylianos sich schon lange gefreut hatte. Ein roter VW Golf II fuhr vor. Helmut war auf Hochzeitsreise mit seiner jungen Frau, die nicht nur sehr hübsch, sondern sogar Weinkönigin war. Das wurde man in Deutschland, wenn man einen Schönheitswettbewerb gewann und viele Fragen über Wein beantworten konnte. Seltsam, aber beeindruckend. Stylianos war ganz gerührt, als er seinen Freund Helmut aus dem Auto steigen sah mit seinen braunen Locken, der getönten Sonnenbrille und dem akkurat gestutzen Schnurrbart. Gitte trug ein gelbes Sommerkleid.

Beide glühten sie vor Verliebtheit und ein wenig auch wegen des Sonnenbrands, den sie sich wohl am Strand zugezogen hatten. Dann sahen sie Aris und waren sofort verliebt, wie sie sagten. Sie setzten sich alle zusammen in den Garten, aßen und tranken, und Helmut und Gitte hörten sich an, wie Aris in Bruder Stylianos' Leben getreten war. Als schon einige Karaffen Wein geleert waren, schlug ihm Helmut vor, den Kleinen mit nach Deutschland zu nehmen.

Sie wollten Kinder, doch Helmut hatte sich in jungen Jahren sterilisieren lassen, um seinen Stammbaum, der genug Unglück in die Welt gebracht hatte, zu kappen, wie er sagte. Als Bruder Stylianos zögerte, boten sie an, auch ihn nach Deutschland zu holen.

Stylianos erbat sich Bedenkzeit und legte sich schlafen, um womöglich einen Rat der Muttergottes zu bekommen. Wieder blieb sie stumm. Am nächsten Morgen zog er Aris an, kämmte seine schwarzen Locken und sprach zu ihm. «Mein Junge, ich glaube, wir haben unseren Ausweg gefunden. Es wird nicht leicht, ich habe mich an dich gewöhnt, aber ich glaube, du wirst es gut haben. Vergiss nie, wo du herkommst, und mach das Beste aus deinem Leben. Die Muttergottes soll dich begleiten und Gottes Segen auch, und eines Tages tanze ich auf deiner Hochzeit», er küsste ihn auf die Stirn, salbte ihn mit Olivenöl und gab dem frisch vermählten Paar seine Entscheidung bekannt.

Sie brachen ihre Flitterwochen ab. Anstatt auf Santorini und Amorgos zu klettern und die Sonne untergehen zu sehen, liefen sie auf Ämter und Polizeiwachen, um Aris mit nach Deutschland nehmen zu dürfen. Am Ende opferten sie ihre Urlaubskasse, damit Aris mit offizieller, wenn auch nicht ganz legaler Adoptionsurkunde als Aris Kommenos-Stein den Weg nach Deutschland auf dem Arm seiner neuen Eltern antreten konnte.

Bruder Stylianos, der fürchtete, am Kloß in seinem Hals zu ersticken, kippte bei der Abfahrt einen Wassereimer hinter ihnen aus und sackte in sich zusammen, als der Wagen nicht mehr zu sehen war. Als er erwachte, hallten noch Helmuts Worte nach: «Keine Sorge. Wir machen einen guten Griechen aus ihm.»

Tage und Wochen vergingen. Anfangs fuhr er noch ins Dorf, um mit dem Münztelefon in Deutschland anzurufen, dem Kind ging es gut. Doch Stylianos aß nicht mehr, schlief kaum noch, und auch über Wein und Tsipouro konnte er sich nicht mehr freuen. Manchmal, wenn er den Dielenboden knarzen hörte, klopfte sein Herz, weil er meinte, Aris liefe herum.

Es kam der Morgen, an dem er verstand, dass er nicht mehr zurückschauen durfte. So fuhr er ins Dorf, rief Helmut an und sagte ihm, dass er fortgehen würde. Helmut weinte, er weinte auch, am Ende versprachen sie, sich wiederzusehen, wenn die Zeit dafür reif war. Spätestens bei Aris' Hochzeit. Bruder Stylianos packte, was er besaß – seine Habseligkeiten füllten mittlerweile zwei Reisetaschen –, nagelte die Türen des Waisenhauses mit Holzbrettern zu, so wie er sie vorgefunden hatte, und setzte sich an den Teich. Der Überlandbus kam in etwa zwei Stunden vorbei, doch Bruder Stylianos hatte sich noch keine Erlaubnis geholt.

«Liebe Panagia, barmherzige Muttergottes, wie siehst du das? Der Junge ist gerettet, ich werde hier nicht länger gebraucht, ich sollte nach Athen gehen und ein neues Leben anfangen, meinst du nicht auch?» Bruder Stylianos sah sich um, lauschte, doch da war nichts. Kein Zeichen. Er wartete regungslos, und als er kurz davor war aufzugeben, pfiff ihm der Wind durchs Gesicht und er hörte: «Ja, mein Kind, du warst mir ein guter Diener, ich brauche dich nicht mehr. Fortan wirst du nur noch Stelios heißen und in Athen einen Kiosk betreiben.»

Er schnalzte zufrieden mit der Zunge, war voller Liebe, schloss die Augen und ließ die Sonne auf die müden Lider scheinen. In der Ferne hörte er den Bus.

ξ

Aris saß neben Herrn Stelios auf der Bank am Teich und hatte den Blick in die Ferne gerichtet. Er hatte ihm zugehört, hatte nicht nachgefragt, nicht mal geblinzelt. Die Hand auf seiner Schulter ließ seine Haut brennen, doch er hielt das aus.

«Gut», sagte er und versuchte sich an der Gleichmut der grasenden Pferde auf der anderen Seite des Teichs.

«Ich war damals schon ein alter Mann, ich hätte nicht für dich sorgen können. Du wärst ein Ziegenhirte geworden.»

«Klar», sagte Aris, und seine Augen wurden glasig.

«Ich kannte Helmut so lange, und ich wusste, er würde sich gut um dich kümmern. Er konnte dir ein Leben bieten, dass du hier nicht hättest führen können.»

«Warum hast du ihm gesagt, dass ich aus Kommeno bin?»

«Wer sagt, dass du es nicht bist? Für mich bist du aus Kommeno. Das hat schon alles seine Richtigkeit. Die Panagia hat uns hier zusammengeführt, wir sind nur ihre unwürdigen Werkzeuge. Es ist doch alles gutgegangen.»

«Sind wir deshalb hier?», fragte Aris und sah ihm jetzt tief in die Augen. «Damit du mir sagst, wie toll alles gelaufen ist?»

Herr Stelios hielt kurz inne, ging in sich und lächelte.

«Helmut hat gelitten, weil sein Vater ein Mörder war. Du hast gelitten, weil Helmut nicht dein leiblicher Vater ist. Mein Vater, der kein schlechter Mensch war, konnte niemandem seinen Namen geben. Die Muttergottes hat euch zusammengebracht. Ich war nur der Bote.» Er klatschte in die Hände und lehnte sich zurück.

«Dreht euch mal zu mir», Aphrodite knipste weiter. Aris grinste im Affekt in die Kamera. Genervt stand er auf und ging Richtung Parkplatz. Es war so grün hier und so tot. Zertretene Blechdosen lagen schon so lange auf dem Boden, dass sie kein bisschen Farbe mehr trugen. Außer einigen Silos und Windrädern in der Ferne gab es hier offensichtlich keine Zivilisation. Dann sah er Gitte.

«Du rauchst?»

Sie saß etwas zurückgezogen mit einer Zigarette in der Hand auf einem weißen Gartenstuhl, Bienenstöcke um sich herum. Aris sah sie mit weit aufgerissenen Augen an und war trotz der vergangenen Monate ziemlich sicher, dass er noch nie so überrascht gewesen war.

«Meine letzte Zigarette hatte ich auch hier, aber da gab es noch keine Bienen, und der Teich war am Kippen. Dort drüben war ein Rosenbeet, ich habe mir Samen für unseren Garten mitgenommen. Bevor wir mit dir zurück nach Würzburg sind. Du warst so ein kleiner Wurm.»

«Es gibt überhaupt keine Rosen in eurem Garten.»

«Tja. Sie wollten da nicht wachsen. Genau wie du.»

Aris ließ sich gar nicht erst auf die Emo-Nummer ein, ging auf sie zu und streckte die Hand aus.

«Gib mir auch eine.»

«Spinnst du? Rauchen ist tödlich», foppte sie ihn. Aris grinste und wunderte sich. So hatte er Gitte noch nie erlebt.

Sie zündete sich noch eine an, inhalierte tief und stieß den Rauch mit einem Seufzer aus.

«Ich war jünger, als du es jetzt bist, und auf einmal war ich deine Mama. Kannst du dir das vorstellen?» Sie nahm tiefe Züge. Aris hielt ihre Hand.

«Warum habt ihr mich nicht einfach zurückgeschickt?», sagte er, während er den Rauch ausatmete und sich das Husten verkniff. Bei Gitte sah Rauchen eleganter aus, dabei war sie so aus der Übung.

«Hör mal. Du bist unser Kind. Das war klar, als wir dich mitgenommen haben. Egal, was passiert, du bleibst unser Kind.»

Aris wurde es zu schnulzig. Risiko. Diesmal würde er den Finger in die Wunde legen, anstatt die nächsten Nächte damit zu verbringen zu überlegen, was wohl passiert wäre, wenn er sich getraut hätte zu reden.

«Gitte, wach auf, unser aller Leben ist so abgefuckt, weil ihr damals nicht nachgedacht habt. Ihr habt es komplett verkackt», sagte er und stieß sie sachte an.

«Nun mal ganz vorsichtig, mein Lieber. Nur weil ich rauche, sind wir hier nicht in der Kneipe. Ich bin immer noch deine Mutter.»

Aris winkte ab. So war die Gitte, die er kannte. Wenn sie nicht weiterwusste, gab sie sich empört. Doch heute hatte er die Zügel in der Hand, und sie waren allein. Der große Showdown stand an, und er hatte Heimvorteil. Es kam ihm ein bisschen schäbig vor, dass er nun die Wahrheit nutzen würde, um Gitte vorzuführen, andererseits lag es nicht in Aris' Verantwortung, sie vor Unheil zu bewahren, er holte also aus zum großen Schlag.

«Ich bin nicht aus Kommeno. Hast du das gewusst?»

Sie sah ihn prüfend an, während sie Rauch ausstieß,

löschte die Zigarette auf einem Stein und verstaute sie, eingewickelt in ein Taschentuch, in ihrer Jacke.

«Ich habe es geahnt. Wir waren so oft da und haben niemanden gefunden, der von dir wusste. Ich habe das deinem Vater auch schon mal gesagt, dass da was nicht stimmen kann. Aber sag es ihm jetzt bitte trotzdem nicht. Er würde das nicht verkraften.»

Das machte sie geschickt. Sie nahm ihm den Wind aus den Segeln, gab die Moralische, und wenn Aris Helmut mit der Wahrheit konfrontieren würde, wäre er am Arsch.

«Woher kommst du denn?», fragte Gitte, und das Interesse klang ehrlich, auch wenn Aris sofort die Allergie spürte, die er über die Jahre gegen diese Frage entwickelt hatte.

«Keine Ahnung. Irgendjemand hat mich hier entsorgt», antwortete er betont gleichgültig und musterte sie aus dem Augenwinkel. Gittes Miene verfinsterte sich kurz. Sie sah erst ihn an, dann wich sie seinem Blick aus, wandte sich ab, als ob sie in der Ferne etwas suchte. Was sollte das wieder? Sie hielt sich die Hand vor den Mund, und gerade als Aris anfing, sich Sorgen zu machen, dass sie vielleicht zusammenbrechen könnte oder so, begriff er, dass sie vergeblich versuchte, nicht zu lachen.

«Findest du das lustig, ja?» Zorn stieg in Aris auf. Sie stritt nicht mal ab, dass sie sich lustig machte. Gitte prustete los und krallte sich dabei in Aris' Arm.

«Weißt du, was wirklich witzig wäre?», fragte sie und brachte die Worte kaum raus, Tränen verschmierten die Mascara, und Aris sah sie ungläubig an. «Wenn du gar kein Grieche wärst», sie konnte sich vor Lachen kaum noch auf dem Stuhl halten. Aris stutzte, Gitte drehte offenbar gerade vollkommen durch. Ihr Lachanfall kam einfach nicht zum Ende, und plötzlich konnte er nicht anders: Er lachte mit. Gitte klopfte sich auf die Schenkel, grunzte regelrecht, sodass sich Helmut aus der Ferne per Zuruf erkundigte, ob alles in Ordnung sei.

Als Gitte sagte: «Alles gut, wir haben nur Spaß», merkte Aris, dass er sich nicht erinnern konnte, wann er das letzte Mal mit Gitte gelacht hatte. Wann Gitte überhaupt das letzte Mal wirklich gelacht hatte.

Dann war Abendmahl. Anders, als sich Aris das vorgestellt hatte. Keine Tomaten aus dem Garten, keine Oliven vom Baum. Ein alter Mann auf einem klapprigen Mofa brachte Gyros, Souvlaki und Pommes. Eingewickelt in Alufolie. Immerhin, der Wein war gut, Stelios hatte einige Flaschen dabei. Ein Lagerfeuer brannte. Aphrodite blieb der Runde fern und recherchierte, dafür war sie zwischendurch ins Dorf gefahren, wo sie Zigaretten kaufte und weitere O-Töne einsammelte, wie sie das nannte. Sakis und Lakis ging es gut. Sie schickten Videonachrichten mit Gesichtsfiltern an alle Kontakte. Sakis und Lakis als Einhörner. Sakis und Lakis als Prinzessinnen, Pandabären, Zombies. Sakis und Lakis als feuerspeiende Drachen. Mit verzerrten Stimmen. Aris schaute schon gar nicht mehr hin, aber Herr Stelios begeisterte sich immer wieder aufs Neue für den Quatsch und ließ alle daran teilhaben. In Helmut fand er einen dankbaren Empfänger, doch der hätte sich wohl für alles begeistern lassen, was von ihm kam; Aris war ganz irritiert davon, wie er zu Herrn Stelios aufsah.

«Was läuft da zwischen euch?», fragte er Helmut am Feuer, während er versuchte, das magere Fleisch vom Souvlaki-Spieß zu knabbern.

«Ach, Ari, das kann ich dir sagen. Stylianos, ich meine

Stelios, war der erste Mensch, der mich wirklich verstanden hat. Kannst du dir das vorstellen?»

«Gut, dass du fragst. Nein, kann ich nicht», sagte er, es klang mindestens so dramatisch, wie er es gemeint hatte, der Rotwein half dabei, und Aris wärmte sich an den Flammen, die Stelios mit einem Reservekanister Benzin angefacht hatte.

Gitte lallte schon wieder und erzählte Aphrodite, die inzwischen mit am Feuer saß, peinliche Geschichten aus Aris' Kindheit. Mit einem Mal stand Herr Stelios, der eine ganze Weile stumm in die Flammen gestarrt hatte, auf.

«Leute, ich liebe euch. Aber ich bleibe hier. Manchmal muss man erst gehen, um zu verstehen, was man zurücklässt», sagte er und prostete der Runde zu.

Dann fingen die Alten an zu singen, und Aris wusste, dass es Zeit war zu gehen. Er wankte ein wenig.

«Bring mich ans Meer, Aphrodite, du Schaumgeborene.» Ihm war nicht klar, woher er den Mut dafür nahm, war jedoch froh, dass es dunkel war. Aphrodite, die ihrem trüben Blick nach auch nicht mehr ganz nüchtern war, zuckte mit den Schultern.

«Whatever. Steig ein.»

π

«Aufwachen. Frühstück.»

Eine Packung Butterkekse landete auf Aris' Schoß, und er schreckte auf dem Beifahrersitz hoch. Aphrodite stand neben ihm und schüttelte zwei Becher Nescafé so stark, dass ihr fast die Zigarette aus dem Mund fiel. Aris war schlagartig wach, das grelle Licht blendete ihn. Sie standen an einer Klippe. So hoch, dass man das Meer nicht hören konnte. Hinter ihnen ragten gewaltige Berge aus dem Grün. Aris nahm sich die Kekspackung und stieg aus.

«Wo sind wir? Was sind das für Statuen?»

«Das sind die Tänzerinnen von Zalongo. Die Souliotises.»

«Nie was von gehört.»

Er gähnte, öffnete die Kekspackung und tauchte zwei Butterkekse in den kalten, schaumig geschlagenen Kaffee, den ihm Aphrodite reichte. Aris blinzelte verschlafen. Aphrodite streckte sich der Sonne entgegen. Ein leichter Wind trug den Qualm sachte nach oben, und es war, als stieg mit ihm ein Teil von ihr gen Himmel.

«Erzähl mir davon.»

Sie schien auf diese Gelegenheit gewartet zu haben, denn ohne zu zögern, trat sie zum Referat an. Unter Einsatz ihres ganzen Körpers und die Hälfte ihres Kaffees verschüttend erzählte sie die Geschichte der selbstverwalteten Dorfgemeinschaft von Souli, in der vor allem die Frauen das Sagen hatten und alle Bewohner Krieger waren. Über Jahrhunderte versuchten die Osmanen, das Dorf einzunehmen, doch vergeblich: Den Bewohnern von Souli waren die Berge zu vertraut und ihre Dörfer gut geschützt. Aphrodite tanzte über den Schotter und wirbelte Staubwolken auf. Ihre Sonnenbrille fiel zu Boden, doch das kümmerte sie nicht. Nach allem, was Aris verstand, waren die Souliotises das griechische Pendant zu Asterix und Obelix, mit dem Unterschied, dass sie am Ende, im Jahre 1803, doch verloren. Die Dörfer wurden evakuiert. Einige Frauen flohen über die Berge und schafften es bis nach Zalongo. Eingekesselt von osmanischen Truppen des Ali Pascha, entschieden sie, dass ihnen ihre Freiheit wichtiger war als das bloße Überleben, und so stiegen sie auf den Bergkamm, nahmen sich bei der Hand und tanzten mit ihren Kindern auf die Klippe zu, an der heute das Denkmal steht. Eine nach der anderen stürzten sie sich in den Tod.

Das war die schönste Geschichte, die Aris je gehört hatte. Er schloss die Augen, atmete tief ein und genoss die Sonnenstrahlen auf den Lidern. Das war kein übler Ort, um zu sterben. Blick aufs Meer, frische Luft, Salbei und Oregano. Besser als verkabelt in einem dunklen, stinkenden Zimmer neben piependen Geräten. Aphrodite setzte sich auf die Motorhaube und zündete sich eine weitere Zigarette an.

«Wärst du gesprungen?», fragte Aris und lehnte sich neben sie.

«Niemals. Du?»

«Ich weiß nicht. Was war die Alternative?»

«Folter, Sklaverei und Zwangsprostitution.»

Aris schluckte. Aphrodite grinste.

«Sag mal. Warum hast du mich nicht geküsst? Gestern?»

Aris errötete schlagartig und hustete, um das Erröten zu vertuschen, was völlig misslang.

«Wir hatten ganz schön einen sitzen. Wir waren allein am Strand. Kein Mann, den ich kenne, hätte da gezögert.»

«Wolltest du denn, ich meine, hättest du ...» Aris stammelte wie ein Kleinkind.

«Ich hätte dich abblitzen lassen, aber nett. Du hättest es versuchen müssen, aus Höflichkeit», sagte Aphrodite und zwinkerte ihm zu.

«Lass uns losfahren, dein Sohn wartet sicher schon.» Aris biss sich auf die Zunge, doch es war alles gesagt.

«Malaka», Aphrodite stieß sich von der Motorhaube ab und setzte sich ans Steuer.

Zum ersten Mal war Aris dankbar für jedes Geräusch, das Sakis' Taxi von sich gab, denn es half, die Stille auszuhalten. Das klappernde Armaturenbrett war Musik in seinen Ohren. Seitdem sie losgefahren waren, hatten sie kein Wort mehr miteinander gewechselt. Aphrodite wirkte erstaunlich fit dafür, dass sie die letzte Zeit fahrend, rauchend und trinkend verbracht hatte. Aris merkte jetzt seinen Kater. Es war kein normaler Kater, eher ein Emo-Kater. Ein Emo-Tiger, würde Sibel sagen.

Er könnte Aphrodite danach fragen, was sie über ihre Oma wusste. Ja, das war ein guter Plan, allerdings hatte sie Frau Xenaki kaum je erwähnt. Nur ein paar Anekdoten. Dass Frau Xenaki ihre Kinder neben sich im Schuhkarton liegen hatte, in ihren ersten Jahren am Fließband einer Schuhfabrik, und dass ihre Mutter wohl deswegen auf einem Ohr taub war. Und dass Frau Xenakis Kinder zwar alle in Deutschland geboren worden waren, aber keines dort blieb. Sie hatte fast nur von ihrer Arbeit als Fotografin gesprochen. Von Belichtungszeiten und Brennweiten. Von der Kameradrohne, auf die sie sparte. Von Reportagen über Menschenhandel und Drogenkuriere, Korruption und andere Skandale. Seitdem das Kassettendeck Bon Jovi gefressen hatte und sie in einer Gegend unterwegs waren, in die kein Radiosignal drang, waren sie der Stille ausgeliefert. Aphrodite war gut darin, ihm das Gefühl zu geben, nicht da zu sein. Als säße sie allein, entspannt und gelangweilt im Auto. So sah sie aus. Jetzt fingen die Serpentinen an, und Aris wurde übel. Von den Felsvorsprüngen lachten ihn immer wieder Bergziegen aus, an denen sie vorbeifuhren.

«Lass uns den Artikel fertig schreiben. Ich mach ein Porträt von dir. Ich brauche nur noch ein paar Gefühle von dir», durchbrach Aphrodite plötzlich (und ausgerechnet dort, wo der Straßenverlauf Aris Meinung nach ihrer beider Aufmerksamkeit bedurfte) das Schweigen.

«Ich habe bislang nicht den Eindruck, dass ich da überhaupt gefragt bin», Aris war erstaunt über seine schnelle Antwort und darüber, wie patzig sie klang. Aphrodite schaltete schmunzelnd ihr Diktiergerät an und fragte ihn, wie es ihm jetzt ginge, wo er seinen Wurzeln ganz nah war. Aris seufzte, lehnte sich zurück und wünschte sich, eine Bergziege zu sein.

ρ

Das Meer tat immer mehr weh, wenn man es verlassen musste, als es guttat, wenn man dort war. Wer nie am Meer war, konnte sich glücklich schätzen. Das wussten aber nur diejenigen, die mal am Meer gewesen waren und wieder gehen mussten. Jetzt könnte Aris am Strand liegen. Unter dem Schatten eines Eukalyptusbaumes oder unter einem Plastikschirm. Es war Freitag, und Freitag war Strandtag.

Aris aber stand auf dem Friedhof.

Am Klingeln seines Telefons hatte er verstanden, dass der Tag gekommen war. Er wollte nicht abheben, doch er wusste, dass er damit den Lauf der Dinge auch nicht ändern konnte. So meldete er sich, und sein Hals schnürte sich zu. Er hörte sich sagen: «Ich bin auf dem Weg.»

Er war da. In der prallen Sonne mit dem Zikadenkonzert im Nacken und dem aufgewirbelten Feinstaub in der Lunge. Aphrodite schien die Hitze nichts auszumachen, sie hatte es sich nicht nehmen lassen, den Schwarzes-T-Shirt-schwarze-Jeans-schwarze-Stiefel-Look mit einem blaugrauen Camouflage-Blazer aufzulockern, der die Blicke des Pastors auf sich zog. Vielleicht hielt er sie für ein Fascho-Morgenröte-Girl. Oder er stand auf sie. Viel Auswahl hatte er hier ja nicht. Neben Aphrodite und ihm waren Stelios, zwei unbekannte alte Herren, die wie Ägypter aussahen (falls Ägypter wie schwarze Griechen aussahen), und vier alte Frauen, deren Gesichter vor lauter Tränen an Kontur verloren hatten, gekommen.

Er zupfte sein Hemd zurecht, das unangenehm am Körper klebte. Der Kragen spannte am Hals. Den Trauerflor hatte er erst im letzten Moment angelegt, er wollte nicht schon auf dem Weg zum Friedhof auffallen. Schaut mal, da trauert einer. Und jetzt kratzte das Ding, und Aris schaute betreten zu Boden. Seine erste griechische Beerdigung.

Dann stand Aphrodite neben ihm und plauderte drauflos.

«Du hättest dich ja mal melden können.»

Das klang nicht vorwurfsvoll, Aphrodite stellte nur fest, und sie hatte ja recht. Nachdem ihr Artikel erschienen war, hatte Aris sie wütend angerufen und sich beschwert. Auf ihrem Foto grinste er debil, und beschrieben wurde er als «unsicherer Knuddelbär» und «patriotischer Waisenjunge», der nach Griechenland zurückgekommen war, um am neuen Aufschwung mitzuwirken und das Land aus der Krise zu holen.

Der Artikel schmeichelte ihm genau genommen, er wirkte fast wie ein Held. Das Problem war, dass Aris sich in Aphrodites Nähe immer nackt fühlte und sie ihn trotzdem nicht verstand.

Er wollte gar keine Krise beenden, nicht mal seine eigene. Die letzten Monate hatte er liegend verbracht. An guten Tagen am Meer, an schlechten in Frau Xenakis Wohnung. Er hatte dort keinen Strom und kein warmes Wasser, das war wohl selbst den Kakerlaken zu einfach geworden, sie waren verschwunden. Dafür blinzelte ihm ein fetter, gescheckter Kater regelmäßig träge von seiner Fensterbank zu. Aris hatte ihn «Kommenos» getauft. Er nahm sich seinen Lebenswandel zum Vorbild und beschränkte sich auf das Wesentliche. Essen, Schlafen und Hygiene.

Ab und zu ging er mal raus. Er lief durch die Stadt bis zum Kiosk von Herrn Stelios am Omonoia-Platz, doch der blieb geschlossen. Sakis sah er auch kaum, er hatte sich mit seiner Frau vertragen, es schien ganz gut zu laufen. Helmut und Gitte schickten ihm unter der Bedingung Geld, dass er sich einmal im Monat bei ihnen meldete. Aris hatte aushandeln können, dass eine Postkarte reichte, und darauf war er ein bisschen stolz.

Plötzlich wurde es laut unter den Trauergästen.

«Wer sind diese Frauen?», erkundigte sich Aris bei Aphrodite. «Die kriegen sich ja gar nicht mehr ein.»

«Oh, die habe ich bestellt. Das sind Klageweiber aus Syrien. Für die Atmosphäre. Sind gar nicht teuer. Sind sogar Christinnen.»

Aris zog die Augenbrauen hoch und bekam sie nicht mehr runter. Ihn beschlich, wie schon so oft zuvor, das Gefühl, dass er der einzige ernstzunehmende Mensch auf der Welt war.

Nur dass er diesmal darauf wartete, dass Frau Xenaki aus dem Gebüsch sprang, um zu sagen: «Reingelegt, kleiner Mann!»

Er verstand den Singsang des Pastors nicht, der Weihrauch benebelte ihn. Das war ein schöner Grabstein. Ein bisschen zu pompös vielleicht, aber sehr kunstvoll gearbeitet. Und da lag sie also, Aphrodite Xenaki, wider Erwarten doch sterblich. Und Aris wollte sie beweinen, die Tränen standen in den Startlöchern bereit. Es war, als ob er niesen müsste, doch nicht konnte. Aris hatte in seinem Leben 171 Menschen sterben sehen. Kein Tod hatte ihn wirklich berührt. Keinen hatte er persönlich genommen. Klar war es schade, wenn ein netter Opi starb, aber wie vermessen war das doch, all die auserzählten Leben immer weiter in die Länge zu ziehen, wo doch das Ende unausweichlich war. Eine Frau Xenaki beweint man nicht, dachte er. Sie hatte sein Leben verändert und ihres gelebt. Sie hatte es fertiggebracht, ihn nach Athen zu schicken, und jetzt war er bald ein Jahr da und konnte nicht mal sagen, was er hier noch wollte.

Aber nein: Frau Xenaki hatte noch etwas zu erzählen. Sie war noch nicht fertig mit der Welt. Zumindest nicht mit ihm. Aris sah sich um, spähte zwischen den pompösen Mausoleen des Athener Bürgertums, das mit marmornen Tempeln versuchte, der Nachwelt einzureden, dass es zu den Guten gehört hatte, nach ihr. Frau Xenaki saß sicher irgendwo gut gepolstert, rauchte lässig, sah amüsiert auf ihn herab und murmelte so etwas wie: «Hör auf zu heulen, kleiner Mann. Ich bin es doch nur.»

So musste es sein, und gleich würde sie, gegen die Natur und ihre Gesetze, Lokum kauend auferstehen, um allen auf die Nerven zu gehen. Als jemand die Hand auf seine Schulter legte, durchfuhr es ihn wie ein Stromstoß.

«Ey, ich hab doch gesagt, du sollst dich nicht rasieren!»

«Sibel, was machst du hier?»

«Na, ich lass doch Lady X nicht gehen, ohne ihr die letzte Ehre zu erweisen. Und einer muss dich ja nach Hause holen, kleiner Mann.»

Sie lächelte, doch als Aris seine Arme um sie legte, wurden ihre Augen glasig. Aris' Brustkorb brannte von innen, und er umklammerte Sibel, als könnte sie ihn vor dem

Schmerz retten, der ihn durchfuhr. Er hatte ihr so viel zu sagen, dass er nur schweigen konnte. Jetzt, endlich, liefen Tränen über seine Wangen. Nein, es war der Regen. Durchatmen. Aufrecht in der Niederlage, das war doch seine Kernkompetenz. Sibel flüsterte ihm Grüße von Claudia zu.

Dann war auf einmal der Pastor weg. Die ersten Tropfen auf dem Evangelium hatten seine Sprechgeschwindigkeit verdoppelt, er hatte zügig zum Abschluss gefunden, gab noch letzte organisatorische Hinweise und verschwand klimpernd Richtung Kirche. Die Klagesyrerinnen wälzten sich im Wasser, als würde hier ein Musikvideo gedreht. Synchron erhoben sie die Hände und flehten gen Himmel. Der Regen prasselte auf sie nieder, durchnässte ihre Kleider und übertönte ihr Wimmern. Sie zogen das durch.

Das Unwetter hangelte sich am Berg Hymettos entlang, über Sibels Schulter sah Aris die Wolkenfront direkt auf sich zurasen. Wer konnte, hatte sich in Sicherheit gebracht. Es blitzte. Es donnerte. Und Aris lachte laut auf, löste sich aus der Umarmung und rannte los in Richtung Ausgang.

Epilog

«Alter, ich schwöre, du hast mir grad das Happy End versaut, geht's noch?!», brüllte Sibel, die selten die Fassung verlor und oft dazu neigte, das letzte Wort für sich zu beanspruchen, und wandte sich dabei an den Verfasser.

«Gerasimaus, ganz ehrlich, das ist doch kein Ende! Ich habe die ganze Zeit über die Beine stillgehalten, ich hätte mindestens drei eigene Kapitel verdient, es wird fast nie erotisch, auf dem Cover bin ich auch nicht, und davon abgesehen lässt du alle Leute, die ich feiere, sterben. Reiß dich mal zusammen. Weißt du, was dein Problem ist? Du brauchst immer so Drama. Denk doch mal an mich. Glaubst du, ich fühle mich gerade empowered? Schreib ein neues Ende, yalla. Schreib: Und Sibel fuhr mit ihrem Porsche Cayenne das Friedhofstor um, winkte Aris herbei, der dankbar einstieg. Sie hupten dreimal für Frau Xenaki und fuhren, nach einem kleinen Abstecher über Istanbul, zurück nach Würzburg, wo sie hingehörten und mit einer großen Party erwartet wurden. So. Geht doch. Jetzt kannst du aufhören. Alter, ich hab das nicht mal gelernt und kann es besser als du. Du merkst schon, dass ich gerade deine Arbeit mache, ne? Und wer macht meine? Ich meine ja nur. Solidarität ist keine Einbahnstraße. Für Solidarität muss jeder auf den Catwalk.»

Dank

Mein herzlicher Dank geht an Elisabeth und Michael dafür, dass sie dieses Buch ins Rollen gebracht haben, und an Diana, die daran geglaubt und das mit mir durchgezogen hat. Davor und währenddessen habe ich viele tolle Menschen an meiner Seite gewusst, über die ich mich freue und denen ich danken möchte.

Meine Familie. Christian, der nie pünktlich war, aber immer dabei. Mely, die mir in High Heels Türen eintrat, wo sie andere höchstens aufgehalten hätten. Sasha und Olga und Deniz und Marianna, die mir die Bäume zeigen konnten, wenn ich den Wald nicht mehr sah. Anna und Agata. Sanem und Eberhard. Sapir und Stefan (Gyros4ever). Vicky (tsigaro twra). Marina (Rolex in Arbeit).

Den Vergessenen zum Trost: Tsipouro. Mindestens.

MIX
Papier aus verantwortungsvollen Quellen
FSC® C083411

Das für dieses Buch verwendete Papier ist FSC®-zertifiziert.